从唐诗中

汲取写作智慧

涵泳唐诗名句，提升文化底蕴
锻炼写作技巧，学会诗意表达

姜越 编著

远方出版社

图书在版编目（CIP）数据

从唐诗中汲取写作智慧 / 姜越编著. -- 呼和浩特：
远方出版社，2023.11
（"魅力经典"系列）
ISBN 978-7-5555-1913-3

Ⅰ.①从… Ⅱ.①姜… Ⅲ.①唐诗—诗歌研究 Ⅳ.
①I207.227.42

中国国家版本馆CIP数据核字（2023）第140356号

从唐诗中汲取写作智慧
CONG TANGSHI ZHONG JIQU XIEZUO ZHIHUI

编　　著	姜　越	
责任编辑	蔺　洁	
封面设计	李　玉	
版式设计	姚　雪	
出版发行	远方出版社	
社　　址	呼和浩特市乌兰察布东路666号　　邮编 010010	
电　　话	（0471）2236473总编室　2236460发行部	
经　　销	新华书店	
印　　刷	北京洲际印刷有限责任公司	
开　　本	710毫米×1000毫米　1/16	
字　　数	250千	
印　　张	18.5	
版　　次	2023年11月第1版	
印　　次	2024年1月第1次印刷	
标准书号	ISBN 978-7-5555-1913-3	
定　　价	66.00元	

前　言

　　诗是语言之精华，诗中的名句更是精华之精华。多读古诗词，能丰富我们的人生体验，提升我们的人生境界，培养我们的审美情趣。"腹有诗书气自华"，文化底蕴深厚了，文气自然充沛，写文章自然游刃有余。

　　古诗词可以作为文章的调料。我们在写作时，如能熟练运用古诗词，会让文章生动形象，富有文学色彩，甚至能起到画龙点睛的作用。朱自清先生常在自己的文章中引用古诗词，如"'吹面不寒杨柳风'，不错的，像母亲的手抚摸着你"一句便成为描写春风的典范。

　　古诗词中含有丰富的文章技法。它精于构思，意象生动，议论精警，而在短短几句中也有起承转合，其中的文章技巧是非常丰富的。比如刘禹锡"旧时王谢堂前燕，飞入寻常百姓家"这句，以燕子归巢这一形象，将古今句连起来抒发物是人非、繁华不再的感慨，构思非常高妙。再如李商隐的《贾生》，头两句"宣室求贤访逐臣，贾生才调更无伦"从正面入手，一方面写文帝求贤若渴，一方面写贾谊的少年才俊。后两句"可怜夜半虚前席，不问苍生问鬼神"却急转直下，从反面讽刺文帝不注重国家社稷，只关心自己的长生不老，与前面的正面歌颂形成鲜明对比，真是麻雀虽小，五脏俱全。这就能给我们写作带来很多启发。

多读古诗词，我们还会积累丰富的文化符号——意象。意象透射出诗人主观情感的形象，是中国古典诗词中一种突出的文化现象。不同的意象可以表达不同的含义，当然同一意象在不同的情景下也可以表示不同的情怀。比如，"菊"常象征隐逸、高洁、清高，"莼羹鲈脍"常表达思乡之情，"梧桐"带着浓厚的衰飒悲凉之意，常用来表现愁苦、孤寂等情思……正是这些丰富多彩的文化符号，使我们成为一个有文化的人，一个锦心绣口的人。

学习古诗词，能让我们感受中华文化之美！

目 录

第一章　读唐诗，学名句

一、景物描写

一川碎石大如斗，随风满地石乱走。·············· 003

飞流直下三千尺，疑是银河落九天。·············· 004

三山半落青天外，二水中分白鹭洲。·············· 005

大漠孤烟直，长河落日圆。·············· 007

千山鸟飞绝，万径人踪灭。孤舟蓑笠翁，独钓寒江雪。·············· 008

天街小雨润如酥，草色遥看近却无。最是一年春好处，绝胜烟柳满皇都。

·············· 010

日出江花红胜火，春来江水绿如蓝。·············· 011

白云回望合，青霭入看无。·············· 013

江作青罗带，山如碧玉簪。·············· 014

鸡声茅店月，人迹板桥霜。·············· 015

明月松间照，清泉石上流。·············· 017

忽如一夜春风来，千树万树梨花开。·············· 018

细雨鱼儿出，微风燕子斜。…………………………… 020

春潮带雨晚来急，野渡无人舟自横。…………………… 022

黄河之水天上来，奔流到海不复回。…………………… 023

晴空一鹤排云上，便引诗情到碧霄。…………………… 025

遥望洞庭山水色，白银盘里一青螺。…………………… 026

借问酒家何处有？牧童遥指杏花村。…………………… 027

人间四月芳菲尽，山寺桃花始盛开。…………………… 028

春城无处不飞花，寒食东风御柳斜。…………………… 030

三月三日天气新，长安水边多丽人。…………………… 032

北风卷地白草折，胡天八月即飞雪。…………………… 033

燕山雪花大如席，片片吹落轩辕台。…………………… 035

黑云压城城欲摧，甲光向日金鳞开。…………………… 036

羌笛何须怨杨柳，春风不度玉门关。…………………… 038

夜来风雨声，花落知多少？…………………………… 040

二、咏物抒情

夕阳无限好，只是近黄昏。…………………………… 041

好雨知时节，当春乃发生。…………………………… 043

红豆生南国，春来发几枝？劝君多采撷，此物最相思。…… 044

春蚕到死丝方尽，蜡炬成灰泪始干。…………………… 045

衰兰送客咸阳道，天若有情天亦老。…………………… 047

随风潜入夜，润物细无声。…………………………… 049

海上生明月，天涯共此时。情人怨遥夜，竟夕起相思。…… 050

晚来天欲雪，能饮一杯无？…………………………… 052

鸟宿池边树，僧敲月下门。⋯⋯⋯⋯⋯⋯⋯⋯⋯⋯⋯⋯⋯ 053

曲径通幽处，禅房花木深。⋯⋯⋯⋯⋯⋯⋯⋯⋯⋯⋯⋯⋯ 055

只在此山中，云深不知处。⋯⋯⋯⋯⋯⋯⋯⋯⋯⋯⋯⋯⋯ 056

三、喜怒哀乐

近乡情更怯，不敢问来人。⋯⋯⋯⋯⋯⋯⋯⋯⋯⋯⋯⋯⋯ 058

忽见陌头杨柳色，悔教夫婿觅封侯。⋯⋯⋯⋯⋯⋯⋯⋯ 059

月落乌啼霜满天，江枫渔火对愁眠。姑苏城外寒山寺，夜半钟声到客船。

⋯⋯⋯⋯⋯⋯⋯⋯⋯⋯⋯⋯⋯⋯⋯⋯⋯⋯⋯⋯⋯⋯⋯ 061

一封朝奏九重天，夕贬潮州路八千。⋯⋯⋯⋯⋯⋯⋯⋯ 062

上穷碧落下黄泉，两处茫茫皆不见。⋯⋯⋯⋯⋯⋯⋯⋯ 064

司空见惯浑闲事，断尽江南刺史肠。⋯⋯⋯⋯⋯⋯⋯⋯ 065

还君明珠双泪垂，恨不相逢未嫁时。⋯⋯⋯⋯⋯⋯⋯⋯ 066

剑外忽传收蓟北，初闻涕泪满衣裳。⋯⋯⋯⋯⋯⋯⋯⋯ 068

两岸猿声啼不住，轻舟已过万重山。⋯⋯⋯⋯⋯⋯⋯⋯ 069

却看妻子愁何在，漫卷诗书喜欲狂。⋯⋯⋯⋯⋯⋯⋯⋯ 071

春风得意马蹄疾，一日看尽长安花。⋯⋯⋯⋯⋯⋯⋯⋯ 073

抽刀断水水更流，举杯销愁愁更愁。⋯⋯⋯⋯⋯⋯⋯⋯ 074

相见时难别亦难，东风无力百花残。⋯⋯⋯⋯⋯⋯⋯⋯ 076

云横秦岭家何在？雪拥蓝关马不前。⋯⋯⋯⋯⋯⋯⋯⋯ 077

古来圣贤皆寂寞，唯有饮者留其名。⋯⋯⋯⋯⋯⋯⋯⋯ 079

欲渡黄河冰塞川，将登太行雪满山。⋯⋯⋯⋯⋯⋯⋯⋯ 080

蜀道之难，难于上青天！⋯⋯⋯⋯⋯⋯⋯⋯⋯⋯⋯⋯⋯ 082

目
录

四、怀古感悟

一去紫台连朔漠，独留青冢向黄昏。……………………………… 083

江东子弟多才俊，卷土重来未可知。……………………………… 085

杨家有女初长成，养在深闺人未识。……………………………… 086

昔人已乘黄鹤去，此地空余黄鹤楼。黄鹤一去不复返，白云千载空悠悠。

………………………………………………………………………… 088

人生七十古来稀。………………………………………………… 090

今人不见古时月，今月曾经照古人。……………………………… 091

朱雀桥边野草花，乌衣巷口夕阳斜。旧时王谢堂前燕，飞入寻常百姓家。

………………………………………………………………………… 092

江畔何人初见月？江月何年初照人？人生代代无穷已，江月年年只相似。

………………………………………………………………………… 094

云想衣裳花想容，春风拂槛露华浓。……………………………… 096

诚知此恨人人有，贫贱夫妻百事哀。……………………………… 097

前不见古人，后不见来者。念天地之悠悠，独怆然而涕下！……… 098

十年一觉扬州梦，赢得青楼薄倖名。……………………………… 099

门前冷落鞍马稀，老大嫁作商人妇。……………………………… 100

人生得意须尽欢，莫使金樽空对月。……………………………… 101

为他人作嫁衣裳！………………………………………………… 103

一骑红尘妃子笑，无人知是荔枝来。……………………………… 104

朱门酒肉臭，路有冻死骨。………………………………………… 105

城中桃李须臾尽，争似垂杨无限时。……………………………… 107

商女不知亡国恨，隔江犹唱后庭花。……………………………… 108

五、事理规律

历览前贤国与家，成由勤俭破由奢。 …………………………… 110

天意怜幽草，人间重晚晴。 …………………………………………… 111

尔曹身与名俱灭，不废江河万古流。 …………………………… 113

周公恐惧流言日，王莽谦恭未篡时。向使当初身便死，一生真伪复谁知？

………………………………………………………………………… 114

野火烧不尽，春风吹又生。 ………………………………………… 116

千淘万漉虽辛苦，吹尽狂沙始到金。 …………………………… 118

无边落木萧萧下，不尽长江滚滚来。 …………………………… 119

人事有代谢，往来成古今。 ………………………………………… 121

山雨欲来风满楼。 …………………………………………………… 122

此时无声胜有声。 …………………………………………………… 123

沉舟侧畔千帆过，病树前头万木春。 …………………………… 124

沧海月明珠有泪，蓝田日暖玉生烟。 …………………………… 126

桃花流水窅然去，别有天地非人间。 …………………………… 127

莫道桑榆晚，微霞尚满天。 ………………………………………… 129

一寸光阴一寸金。 …………………………………………………… 130

劝君莫惜金缕衣，劝君须惜少年时。有花堪折直须折，莫待无花空折枝。

………………………………………………………………………… 131

年年岁岁花相似，岁岁年年人不同。 …………………………… 133

志士幽人莫怨嗟，古来材大难为用！ …………………………… 134

试玉要烧三日满，辨材须待七年期。 …………………………… 135

目

录

六、情感操守

天长地久有时尽，此恨绵绵无绝期。……………………………… 137

东边日出西边雨，道是无晴却有晴。……………………………… 139

在天愿作比翼鸟，在地愿为连理枝。……………………………… 140

此情可待成追忆，只是当时已惘然。……………………………… 141

身无彩凤双飞翼，心有灵犀一点通。……………………………… 143

曾经沧海难为水，除却巫山不是云。……………………………… 145

同是天涯沦落人，相逢何必曾相识！……………………………… 146

洛阳亲友如相问，一片冰心在玉壶。……………………………… 148

莫愁前路无知己，天下谁人不识君？……………………………… 149

劝君更尽一杯酒，西出阳关无故人。……………………………… 150

海内存知己，天涯若比邻。………………………………………… 152

谁言寸草心，报得三春晖。………………………………………… 153

露从今夜白，月是故乡明。………………………………………… 155

天生我材必有用，千金散尽还复来。……………………………… 156

长风破浪会有时，直挂云帆济沧海！……………………………… 157

会当凌绝顶，一览众山小。………………………………………… 159

欲穷千里目，更上一层楼。………………………………………… 161

大鹏一日同风起，扶摇直上九万里。……………………………… 162

出师未捷身先死，长使英雄泪满襟。……………………………… 164

安得广厦千万间，大庇天下寒士俱欢颜，风雨不动安如山！……… 165

疾风知劲草，板荡识诚臣。………………………………………… 167

新松恨不高千尺，恶竹应须斩万竿！……………………………… 168

从唐诗中汲取写作智慧

七、军事战争

车辚辚，马萧萧，行人弓箭各在腰。⋯⋯⋯⋯⋯⋯⋯⋯ 170

可怜无定河边骨，犹是春闺梦里人。⋯⋯⋯⋯⋯⋯⋯⋯ 171

君不见青海头，古来白骨无人收。新鬼烦冤旧鬼哭，天阴雨湿声啾啾。

⋯⋯⋯⋯⋯⋯⋯⋯⋯⋯⋯⋯⋯⋯⋯⋯⋯⋯ 173

秦时明月汉时关，万里长征人未还。但使龙城飞将在，不教胡马度阴山。

⋯⋯⋯⋯⋯⋯⋯⋯⋯⋯⋯⋯⋯⋯⋯⋯⋯⋯ 174

烽火连三月，家书抵万金。⋯⋯⋯⋯⋯⋯⋯⋯⋯⋯⋯ 176

渔阳鼙鼓动地来，惊破霓裳羽衣曲。⋯⋯⋯⋯⋯⋯⋯⋯ 177

落日照大旗，马鸣风萧萧。⋯⋯⋯⋯⋯⋯⋯⋯⋯⋯⋯ 179

醉卧沙场君莫笑，古来征战几人回。⋯⋯⋯⋯⋯⋯⋯⋯ 180

白日不照吾精诚，杞国无事忧天倾。⋯⋯⋯⋯⋯⋯⋯⋯ 182

国破山河在，城春草木深。⋯⋯⋯⋯⋯⋯⋯⋯⋯⋯⋯ 183

八、读书创作

两句三年得，一吟双泪流。⋯⋯⋯⋯⋯⋯⋯⋯⋯⋯⋯ 185

文章千古事，得失寸心知。⋯⋯⋯⋯⋯⋯⋯⋯⋯⋯⋯ 186

文章憎命达，魑魅喜人过。⋯⋯⋯⋯⋯⋯⋯⋯⋯⋯⋯ 188

为人性僻耽佳句，语不惊人死不休。⋯⋯⋯⋯⋯⋯⋯⋯ 189

读书破万卷，下笔如有神。⋯⋯⋯⋯⋯⋯⋯⋯⋯⋯⋯ 191

清水出芙蓉，天然去雕饰。⋯⋯⋯⋯⋯⋯⋯⋯⋯⋯⋯ 192

意匠惨淡经营中。⋯⋯⋯⋯⋯⋯⋯⋯⋯⋯⋯⋯⋯⋯ 194

请君莫奏前朝曲，听唱新翻杨柳枝。⋯⋯⋯⋯⋯⋯⋯⋯ 195

千呼万唤始出来，犹抱琵琶半遮面。·············· 197

此曲只应天上有，人间能得几回闻。·············· 198

桐花万里丹山路，雏凤清于老凤声。·············· 199

第二章　读唐诗，学写作

一、鲜明而典型的形象

来日绮窗前，寒梅著花未？·················· 203

医得眼前疮，剜却心头肉。·················· 204

少小离家老大回，乡音无改鬓毛衰。·············· 206

苦恨年年压金线，为他人作嫁衣裳！·············· 207

一唱都护歌，心摧泪如雨。·················· 208

二、写景抒情的技巧

谁知竹西路，歌吹是扬州。·················· 210

月出惊山鸟，时鸣春涧中。·················· 211

日暮汉宫传蜡烛，轻烟散入五侯家。·············· 213

南朝四百八十寺，多少楼台烟雨中。·············· 214

三、议论方法

尘世难逢开口笑，菊花须插满头归。·············· 215

采得百花成蜜后，为谁辛苦为谁甜？ ………………………… 216

西施若解倾吴国，越国亡来又是谁？ ………………………… 218

可怜夜半虚前席，不问苍生问鬼神。 ………………………… 219

雨中黄叶树，灯下白头人。 …………………………………… 220

四、构思与立意

花近高楼伤客心，万方多难此登临。 ………………………… 221

白雪却嫌春色晚，故穿庭树作飞花。 ………………………… 222

寻常不省曾如此，应是江州司马书！ ………………………… 224

溪水无情似有情，入山三日得同行。 ………………………… 225

丛菊两开他日泪，孤舟一系故园心。 ………………………… 226

江边一树垂垂发，朝夕催人自白头。 ………………………… 228

永巷长年怨绮罗，离情终日思风波。 ………………………… 229

五更鼓角声悲壮，三峡星河影动摇。 ………………………… 230

五、选材与布局

曲径通幽处，禅房花木深。 …………………………………… 232

新丰美酒斗十千，咸阳游侠多少年。 ………………………… 233

烽火城西百尺楼，黄昏独坐海风秋。 ………………………… 234

和雪翻营一夜行，神旗冻定马无声。 ………………………… 235

犬吠水声中，桃花带露浓。 …………………………………… 237

试玉要烧三日满，辨材须待七年期。 ………………………… 238

六、线索与情节

望来已是几千载，只似当时初望时。…………………… 239

野戍荒烟断，深山古木平。…………………………… 241

平明寻白羽，没在石棱中。…………………………… 242

残星几点雁横塞，长笛一声人倚楼。………………… 244

千山鸟飞绝，万径人踪灭。…………………………… 245

借问酒家何处有，牧童遥指杏花村。………………… 247

征人去日殷勤嘱，归雁来时数附书。………………… 248

曾与美人桥上别，恨无消息到今朝。………………… 250

开元一枝柳，长庆二年春。…………………………… 251

第三章　古典诗词常见意象

一、送别类意象 ……………………………………… 255

二、思乡类意象 ……………………………………… 257

三、愁苦类意象 ……………………………………… 263

四、人格隐喻类意象 ………………………………… 268

五、爱情类意象 ……………………………………… 272

六、战争类意象 ……………………………………… 277

第一章

读唐诗，学名句

诗是文章之精华，诗中的名句更是精华之精华。这些唐诗名句或写景状物准确生动，传为千古绝唱；或是抒发情感酣畅而贴切，引起人们强烈共鸣；或是阐发哲理简洁而深刻，成为人们的座右铭。编者在每句唐诗下面，注明出处，并做了赏析，附上原诗，使读者全面了解它的来历。并且收集了唐诗活用的例句，供读者写作时借鉴参考。

一、景物描写

一川碎石大如斗，随风满地石乱走。

◎ **出处**

唐·岑参《走马川行奉送出师西征》

◎ **原诗**

君不见走马川，雪海边，平沙莽莽黄入天。

轮台九月风夜吼，一川碎石大如斗，随风满地石乱走。

匈奴草黄马正肥，金山西见烟尘飞，汉家大将西出师。

……

◎ **注释**

川：指旧河床。

走：滚动。

◎ **赏析**

满河床的碎石其大如斗，随着夜风的吼叫，遍地石块乱滚。作者通过描写恶劣的环境，来反衬将士不畏艰险的精神，进而表现将士高昂的精神。狂风像发疯的野兽，咆哮、怒吼，以至于飞沙走石。作者用极度夸张的手法来描写边塞的险恶环境。

◎ 例句

①山上山下，沙砾旋舞，石碛横飞。我不禁记起了唐代边塞诗人岑参的诗句："一川碎石大如斗，随风满地石乱走。"而王维的"大漠孤烟直"在这儿也有了新注脚：原来大漠中的"孤烟"也可以是龙卷风刮起的沙柱。（摘自张行《赞一弓城》）

②嘉峪关，地处广袤的戈壁滩上，自然景色奇特，黄土飞扬，尘沙漫天，"醉卧沙场君莫笑，古来征战几人回"的沧桑悲壮与"一川碎石大如斗，随风满地石乱走"的豪迈气象相呼应，又会把人带到"饮马长城窟，水寒伤马骨"的边塞世界里。（摘自白英《长城饮马嘉峪关》）

飞流直下三千尺，疑是银河落九天。

◎ 出处

唐·李白《望庐山瀑布》

◎ 原诗

日照香炉生紫烟，遥看瀑布挂前川。

飞流直下三千尺，疑是银河落九天。

◎ 注释

九天：九重天，指天的最高处。

◎ 赏析

银白色的瀑布，从山顶飞奔而下，直落三千尺，仿佛是银河从九重天上飞落而下。这两句是李白吟咏庐山瀑布的名句，描写庐山瀑布的雄壮，气势豪放奔腾，充分流露出作者的豪放不羁与潇洒自如。诗人以高度夸张的艺术手法，将飞流直下的瀑布描写得奇特雄伟，气象万千，宛如一幅生动的山水画。

①庐山瀑布因李白的"飞流直下三千尺，疑是银河落九天"而令人神往。西湖风光因苏轼的"欲把西湖比西子，淡妆浓抹总相宜"而更加诱人。寒山寺因张继的"姑苏城外寒山寺，夜半钟声到客船"而吸引了无数游客。（摘自唐燕飞《凿破南荒千古阁——生态旅游视域下的郑珍黔中山水诗解读》）

②水流经之处，万物得以繁衍生长，这是君子的仁义；浅处流动不息，深处渊然不测，这是君子的智慧；飞流直下三千尺时毫不迟疑，这是君子的果敢；污浊之物融入水中，出来时光鲜洁净，这是君子的包容；水遇满则止，这是君子的原则与节制。（摘自张宇《上善若水任方圆，厚德如霖泽九州——浅析谭盾〈水乐〉的音乐特征及文化价值》）

三山半落青天外，二水中分白鹭洲。

◎ 出处

唐·李白《登金陵凤凰台》

◎ 原诗

凤凰台上凤凰游，凤去台空江自流。

吴宫花草埋幽径，晋代衣冠成古丘。

三山半落青天外，二水中分白鹭洲。

总为浮云能蔽日，长安不见使人愁。

◎ 赏析

"凤凰台"在金陵凤凰山上，相传南朝刘宋永嘉年间有凤凰集于此山，乃筑台，山和台也由此得名。诗人没有让自己的感情沉浸在对历史的凭吊之中，他把目光又投向大自然，投向那不尽的江水："三山半落青天外，二水中分白鹭洲。"此句一作"一水中分白鹭洲"。"三山"在金陵西南长江边上，三峰并列，南北相连。据陆游的《入蜀记》载："三山自石头及凤凰台望之，杳杳有无中耳，及过其下，则距金陵才五十余里。"陆游所说的"杳杳有无中"正好注释"半落青天外"。李白把三山半隐半现、若隐若现的景象写得恰到好处。"白鹭洲"，在金陵西长江中，把长江分割成两道，所以说"二水中分白鹭洲"。这两句诗气象壮丽，对仗工整，是难得的佳句。后人常引用这两句诗来描述山水佳境。

◎ **例句**

①青山之外是蓝色的群山，蓝山之外是悠然自得的白云，给人一种"三山半落青天外"的缥缈空灵之感。（摘自陈慧瑛《绝句：牧歌·玉瓶儿——碧瑶情调》）

②当年的十里秦淮，繁华的六朝风烟，引领着中华大地的风骚："三山半落青天外，二水中分白鹭洲""旧时王谢堂前燕，飞入寻常百姓家"这些历史的名句，便是最好的证明。（摘自刘蜀宁《感悟南京》）

③吴先生在博物苑的设计中采用了象征和隐喻的手法，将南京历史上的城市意象，即"三山半落青天外，二水中分白鹭洲"，融入到建筑中去，取"三山半落，二水中分"之意象，主体建筑北高南低，形成山水骨架，并以绿水环绕湖心岛隐喻白鹭洲，形成完整的山水园林格局。（摘自都萤《织造遗韵楝亭歌——楝亭设计回眸》）

大漠孤烟直，长河落日圆。

◎ **出处**

唐·王维《使至塞上》

◎ **原诗**

单车欲问边，属国过居延。

征蓬出汉塞，归雁入胡天。

大漠孤烟直，长河落日圆。

萧关逢候骑，都护在燕然。

◎ **注释**

使：出使。

塞上：边塞之上。

大漠：广阔无际的沙漠。

孤烟：用狼粪烧出的燧烟。

◎ **赏析**

广大无边的沙漠中，浮升起一缕又长又直的孤烟，映照着天边一轮又圆又大的落日。描写漠野黄昏，景色瑰丽，雄浑无边。"大漠孤烟直，长河落日圆"这两句诗是王维描写大漠风光的名句。两句对仗工整，概括准确而又自然。后人常引用这两句诗来描绘塞外风光。

◎ **例句**

①长长的列车碾着如泻光华急驶，在旷达隽远的茫茫夜戈壁留下巨大的喘息声。仿佛禅宗弟子之"顿悟"，一种苍凉悲壮的气概充溢胸怀，兀地领会到当年边塞诗人们的千古绝唱"中天悬明月，令严夜寂寥""大漠孤烟直，长河落日圆"……（摘自刘小敏《伟哉中华——一个南方女子的西行漫笔》）

②从上万米的高空，俯看这辽远、死寂的荒漠地带，我才开始感觉

出"大漠孤烟直，长河落日圆"的妙意。理解了古往今来的诗人们描写沙漠荒原时那种可怕的笔调，那种神秘的滋味。（摘自李亚平《塔克拉玛干的故事》）

③"大漠孤烟、长河落日"、刀砍斧削的大坂、长蛇逶迤的峡谷，或是茫茫草原的踽踽独骑，或是浩浩瀚海的一叶驼舟……在大自然浑沌、苍茫的底色中，自然与心灵、肉体与灵魂既可幡然互相感悟、互相沟通，亦可截然雄峙对立。（摘自其纲《寓思致于平和，寄至味于淡泊——读〈那醒来的和睡着的〉》）

④我国西部地区聚集了丰富的地形地貌，如"大漠孤烟直，长河落日圆"的戈壁沙漠；"风吹草低见牛羊"的开阔悠远的草原；气势雄伟、峥嵘挺拔的雪域高原；博大精深、质朴雄浑的黄土高原……（摘自乌兰高娃《浅析中国当代西部风景油画的艺术特征》）

⑤我想起那句古老的诗"大漠孤烟直，长河落日圆"，想象得出几千年前那片无垠的沙漠以及它上空那轮圆到极致的夕阳。放眼望去，除了黄色、还是黄色，黄沙虽广阔到无边，却静悄悄的，没有一丝流动。（摘自佟晨绪《夕阳散记》）

千山鸟飞绝，万径人踪灭。孤舟蓑笠翁，独钓寒江雪。

◎ **出处**

唐·柳宗元《江雪》

◎ **原诗**

如题

◎ **注释**

飞绝：飞尽，绝迹。

径：小路。

踪：足迹，脚印。

蓑：用棕或莎草编织成的雨具，即蓑衣。

笠：斗笠。

◎ 赏析

千山里的鸟儿都飞光了，万径上的人踪都消失了，举目四望，看不到一个行人，只有那身披蓑衣、头戴笠帽的渔翁，孤独地坐在一条小船上，寂寞地垂钓着一江的风雪。这是柳宗元最为后人传诵的一首诗。此诗描写渔翁于寒江独钓，孤高清远，悠然显露出一种苍凉、脱俗的意境。该诗作于柳宗元被贬永州时，这首诗中的渔翁形象，身处孤寒之界而我行我素，足履渺无人烟之境而处之泰然。其风标，其气骨，其守贞不渝的心态，不是很令人钦慕吗？后人常引用此诗或只引部分语句，来咏写冬日雪景，或孤独处境。

◎ 例句

①我又用一块白色的海浮石雕凿成群山状，在盆景盘里铺上细沙和白色小贝壳，以一叶扁舟和垂钓渔翁做配件，但见空蒙悠远，漫天皆白，显示出柳宗元的"千山鸟飞绝，万径人踪灭。孤舟蓑笠翁，独钓寒江雪"的意境。（摘自李英宾《巉岩竞秀斗室中》）

②这种脱俗的感受，真如东坡所说的"遗世而独立，羽化而登仙"，趋近柳宗元的绝句："千山鸟飞绝，万径人踪灭。孤舟蓑笠翁，独钓寒江雪。"常人难以企及。（摘自程步奎《从祝枝山的美感经验到瞿秋白的豆腐》）

③大队的人搭完这个"人"字棚后就回去了，把他一人撂在这"万径人踪灭"的大森林里。（摘自祖慰《"银耳大王"王事录》）

④又是一幅对雪的尝试，白山黑水、深山古刹、"千山鸟飞绝，万

径人踪灭",画家营造出一幅凛然的"雪景寒林图",气氛萧瑟,意境深远。(摘自张丽华《漫笔点丹青》)

⑤"千山鸟飞绝,万径人踪灭。"繁华落尽,欲望凋零。但冬天以它的豪放与潇洒在天空与大地挥写诗行。(摘自方华《冬之炫目》)

天街小雨润如酥,草色遥看近却无。最是一年春好处,绝胜烟柳满皇都。

◎ 出处

唐·韩愈《早春呈水部张十八员外》,题一作《初春小雨》。

◎ 原诗

如题

◎ 赏析

这首小诗是写给水部员外郎张籍的。张籍在兄弟辈中排行十八,故称张十八。诗的风格清新自然,看似平淡,其实绝不平淡。

首句点出初春小雨,以"润如酥"来形容它的细滑润泽,准确地捕捉到了它的特点。造句清新优美。与杜甫的"好雨知时节,当春乃发生。随风潜入夜,润物细无声"有异曲同工之妙。第二句紧承首句,写草沾雨后的景色。以远看似有,近看却无,描画出了初春小草沾雨后的朦胧景象。写出了春草刚刚发芽时,若有若无,稀疏矮小的特点。可与王维的"青霭入看无""山色有无中"相媲美。第三、四句对初春景色大加赞美:"最是一年春好处,绝胜烟柳满皇都。"这两句意思是说:早春的小雨和草色是一年春光中最美的东西,远远超过了烟柳满城的衰落的晚春景色。

写春景的诗,在唐诗中,多取明媚的晚春,这首诗却取早春咏叹,认为早春比晚春景色优胜，别出新意。前两句体察景物之精细已经令人称赞，后两句如骑兵骤至更在人意料之外。后人常引用这首诗或其中的句子来形容、赞美春色。

◎ **例句**

①清明是"天街小雨润如酥"的季节，清人郑燮用"小楼忽洒夜窗声，卧听潇潇还渐渐，湿了清明"的佳句来描绘它，一个"湿"字可谓传神。（摘自吴伟卿《微雨随笔》）

②我望着远处的土坡，那里出现淡淡的一层鹅黄色。但走到跟前，这草色却又消失了，这使人想到唐朝诗人韩愈那"天街小雨润如酥，草色遥看近却无"的名句是多么恰切了。（摘自马尚瑞《播洒春色的人》）

③你看，早春刚过，在"草色遥看近却无"的时节，是柳，跃于桃李之首，羞怯地绽开一团团小小的绒蕾，沐浴着春光的抚爱，庄重地向人间报告着春的消息。（摘自赵丽君《柳》）

日出江花红胜火，春来江水绿如蓝。

◎ **出处**

唐·白居易《忆江南》

◎ **原诗**

江南好，风景旧曾谙。

日出江花红胜火，春来江水绿如蓝。能不忆江南？

◎ **注释**

红胜火：比火红还鲜艳好看。

绿如蓝：比蓼蓝还碧绿。蓝，一种蓼科植物，其叶可制青绿色染料。

◎ 赏析

清晨日出的时候，江边盛开的花朵，简直比火还要红艳；当春天来到时，江里的水，青绿得就像是蓝色的一样。江南水乡花草繁盛，这首词以红花、绿水来描写江南的美景，色彩鲜明艳丽，情趣无限。后人常引用这两句词来形容赞美江南春光的美丽动人。

◎ 例句

①没赶上"日出江花红胜火，春来江水绿如蓝"绚丽如画的江南春光，我们来时，已是"柳添黄，萍减绿，红莲脱瓣，喷清香桂花初绽"的金秋时节。（摘自单复《江南春色》）

②"日出江花红胜火，春来江水绿如蓝。"春天的早晨，河面上飘荡着白色的轻雾，不时有小鱼儿打着水花，小燕儿掠水飞过。（摘自朱欣《蚕乡春早》）

③春日的暖和和的阳光下谈论岁月与死亡，似乎是意味无穷的事。城边上湘江河，又类如所谓"日出江花红胜火，春来江水绿如蓝"的胜状了。极好看。（摘自何立伟《苍狗》）

④"江南好，风景旧曾谙。日出江花红胜火，春来江水绿如蓝。能不忆江南？"未曾料，让人民不能忘怀的江南独景如今悄然显现于岭南中山市民众镇的岭南水乡。（摘自岑苗等《岭南好风景今更娇》）

⑤日出江花红胜火，春来江水绿如蓝。这是革命的春天，这是人民的春天，这是科学的春天！（摘自小卫《〈科学的春天〉创作记事》）

白云回望合，青霭入看无。

◎ **出处**

唐·王维《终南山》

◎ **原诗**

太乙近天都，连山接海隅。

白云回望合，青霭入看无。

分野中峰变，阴晴众壑殊。

欲投人处宿，隔水问樵夫。

◎ **注释**

青霭：映着山色的云气。

◎ **赏析**

回头望去，白云悠悠，与天际合在一处；远远看到青色的云气，进山后又无一些影像了。"青霭入看无"与"白云回望合"互文，它们交错为用，相互补充。诗人走出茫茫云海，前面又是蒙蒙青霭，仿佛继续前进，就可以摸着那青霭了；然而走了进去，不但摸不着，而且看不见；回过头去，那青霭又合拢来，蒙蒙漫漫，可望而不可即。这一联诗，写烟云变幻，移步换形，极富含蕴。

◎ **例句**

①那雪，白得虚虚幻幻，冷得清清醒醒，那股皑皑不绝一仰难尽的气势，压得人呼吸困难，心塞眸酸。不过要领略"白云回望合，青霭入看无"的境界，仍须回到中国。（摘自余光中《听听那冷雨》）

②从夜里零时起，自己已是不折不扣的八十老翁了。然而这老景却真如古诗中所说的"青霭入看无"，我看不到什么老景。（摘自季羡林《八十述怀》）

③阳明山也因为有了多变的云而活泼起来了，还用唐诗来形容，

王维的《终南山》最合适："白云回望合，青霭入看无。"（摘自孙宇《造访阳明山》）

④卫星和飞船上高分辨率的摄像机，天天都在窥视搜察地球，但捕捉到的也只是些表象。诚如唐朝王维的诗句："白云回望合，青霭入看无。"（摘自曹京柱《新农村，其修远兮》）

江作青罗带，山如碧玉簪。

◎ **出处**

唐·韩愈《送桂州严大夫同用南字》

◎ **原诗**

苍苍森八桂，兹地在湘南。

江作青罗带，山如碧玉簪。

户多输翠羽，家自种黄甘。

远胜登仙去，飞鸾不假骖。

◎ **注释**

青罗带：青色的绫罗飘带。

碧玉簪：碧玉做的簪子。簪，别在发髻上的一种首饰，有的用玉石制成。

◎ **赏析**

这两句诗运用形象的比喻，描绘了漓江山水之美，意思是江水长流，好似青罗丝带，迤逦飘动，青山耸翠，有如碧玉头簪，直插云天。后人常引用这两句诗来赞美桂林山水的美丽动人。

◎ **例句**

①唐代著名文学家韩愈的诗句："江作青罗带，山如碧玉簪。"

真是巧妙的艺术夸张，引人遐想的精辟描写。他把蜿蜒的漓江比作青色罗带，拔地挺立，奇特苍翠的山峰比作晶莹的碧玉簪。如果从碧玉簪、青罗带联想开去，桂林山水岂不犹如飘飘欲仙的女神了？（摘自邵克萍《希望您喜欢这幅画》）

②古往今来，有多少诗人用最美好的语言加以赞颂和讴歌！唐代大文学家韩愈的"江作青罗带，山如碧玉簪"的诗句，形象地描绘出这一段漓江的秀丽景色。（摘自孙喆《青罗带流彩碧玉簪蕴诗——漓江风光游赏》）

③"江作青罗带，山如碧玉簪。"在青花瓷样的山水底色上，诗人挥墨撰写响彻千年的溢美之词。而今，在广西灵秀的风景长廊里，有座瑶乡村寨正回荡一首瑶家人的致富之歌，唱着"中国编织之乡"的传奇，演绎着草芒藤条上的别样生活。（摘自张楠等《穿藤引条在瑶乡》）

④"江作青罗带，山如碧玉簪。"中国西南的喀斯特峰林景观自古至今披满了文人骚客的溢美之词。（摘自冉景丞等《茂兰喀斯特森林岩石上的植物之关》）

⑤"江作青罗带，山如碧玉簪。"八百里漓江，一江流碧；岸列万青峰，玉簪罗髻。（摘自乔樵《访古探幽话漓江》）

鸡声茅店月，人迹板桥霜。

◎ 出处

唐·温庭筠《商山早行》

◎ 原诗

晨起动征铎，客行悲故乡。

鸡声茅店月，人迹板桥霜。

槲叶落山路，枳花明驿墙。

因思杜陵梦，凫雁满回塘。

◎ 注释

鸡声：报晓的鸡叫。

茅店：用茅草搭盖的客店。

◎ 赏析

明月静静地照着茅屋，公鸡催人的啼声已经响起；清晨的板桥上全是又冷又白的寒霜，早起的行人在桥上留下一个又一个的脚印。这两句诗是温庭筠的名句，描写寒冷清晨行人早行的情景，画面清幽宁静，意境凄冷萧瑟，清冷中却蕴蓄着无限的生机。这两句诗可分解为代表十种景物的十个名词：鸡、声、茅、店、月、人、迹、板、桥、霜。虽然在诗句里，"鸡声""茅店""人迹""板桥"都结合为"定语加中心词"的偏正词组，但由于作定语的都是名词，所以仍然保留了名词的具体感。例如"鸡声"一词，"鸡"和"声"结合在一起，完全可以唤起引颈长鸣的视觉形象。后人常引用这两句诗来描述旅途的辛苦。

◎ 例句

①我背着我的笔纸，开始一县接一县地走动，真所谓过起温庭筠曾描写过这里的生活了："鸡声茅店月，人迹板桥霜。"（摘自贾平凹《在商州山地——〈小月前本〉写后》）

②我无从问路，只好提着行李穿街入巷，信步而去，有鸡声喔喔，从深巷传来。沿途路柳墙花，石桥荒坡，才初秋时分，已浅着轻霜。我再一次体味了"鸡声茅店月，人迹板桥霜"的旅人滋味！（摘自陈慧英《夏都随笔》）

③然而，独备一体，自己存在的依据。在"鸡声茅店月"里映出身影，在跨过时间之河的"板桥"上留下染满霜尘的足迹……（摘自胡马

《人迹板桥霜——温庭筠》）

④不知怎的，一听到那鸡叫声，我便想起唐人温庭筠的名句"鸡声茅店月，人迹板桥霜"，想起家乡农村那些有鸡鸣为钟的岁月。（摘自陈伯齐《聆听鸡鸣》）

明月松间照，清泉石上流。

◎ **出处**

唐·王维《山居秋暝》

◎ **原诗**

空山新雨后，天气晚来秋。

明月松间照，清泉石上流。

竹喧归浣女，莲动下渔舟。

随意春芳歇，王孙自可留。

◎ **赏析**

这两句诗纯用白描，明朗的月光，照耀着寂静的松林，清悠的泉水淙淙作响，从山间石上流出。苏轼曾评说王维"诗中有画"，这两句诗确实做到了写景如画，自然生动，达到了艺术上炉火纯青的地步。所谓"以物芳而明志洁"，是诗人高尚情操的自我写照。后人常引用这两句诗来描绘恬静安谧的山林景物。

◎ **例句**

①还有按唐人诗句塑造的"明月松间照，清泉石上流"，"竹喧归浣女，莲动下渔舟"。单凭这一手，老拱就可以在三行称王了。（摘自谢明《古庵奇遇》）

②透过作者的描写，我们进入了一个又一个美妙的境界：清泉映

月，清幽美净，我们仿佛进入"明月松间照，清泉石上流"的美景……（摘自江边柳《一篇独出机杼的山水游记——读〈鼎湖山听泉〉》）

③"明月松间照"，照一片宁静淡泊；"清泉石上流"，流一江春水细浪。你是否看到月光似水，在心间流动，你是否感到清泉如琴，在胸中奏响？（摘自小小鑫《心中的明月清泉》）

④说起森林公安的工作，人们第一个想到的都是山清水秀，鸟语花香，即便没有了古时候的"山重水复疑无路，柳暗花明又一村"，想必也是春天"山光悦鸟性，潭影空人心"，夏天"明月松间照，清泉石上流"，秋天"停车坐爱枫林晚，霜叶红于二月花"，冬天看山舞银蛇，原驰蜡象，红装素裹，分外妖娆。（摘自武倩《森林公安工作"五味"》）

⑤当然，淡泊名利并不是"寂寞沙洲冷"般的落寞，不是顾影自怜时的黯然，也不是沉浸虚幻中的飘渺，而是一种"明月松间照，清泉石上流"的平和心境，一种"壁立千仞，无欲则刚"的操守自持。（摘自孔令武《饮茶思廉》）

忽如一夜春风来，千树万树梨花开。

◎ 出处

唐·岑参《白雪歌送武判官归京》

◎ 原诗

北风卷地白草折，胡天八月即飞雪。

忽如一夜春风来，千树万树梨花开。

散入珠帘湿罗幕，狐裘不暖锦衾薄。

将军角弓不得控，都护铁衣冷难着。

瀚海阑干百丈冰，愁云惨淡万里凝。

中军置酒饮归客，胡琴琵琶与羌笛。

纷纷暮雪下辕门，风掣红旗冻不翻。

……

◎ 注释

忽如：一作"忽然"。

梨花：指雪。

◎ 赏析

萧子显《燕歌行》："洛阳梨花落如雪。"这里是把雪比作梨花。这两句诗紧接首二句，描绘塞外雪景，意思是忽然有如一夜春风吹来，千万树梨花顿时开放，遍地皆白。此为咏雪名句，把北风看作春风，把雪花比作梨花，想象奇特，比喻新鲜。后人常引用这两句诗来描绘雪景、梨花，或形容某一美好事物的突然出现，或形容某一繁荣昌盛的景象。

◎ 例句

①那"忽如一夜春风来，千树万树梨花开"的雪花，飘飘，飘飘，是你春意融融的永不凋谢的诗稿。（摘自胡月《看君马去疾如鸟》）

②春天来了，沉睡的花草树木开始苏醒、萌动，给大地带来了生机。"忽如一夜春风来，千树万树梨花开。"随着梨花的盛开，各种害虫也蠢蠢欲动，果树的防虫治虫已刻不容缓。（摘自陈本德《知音——记农艺师叶孟贤、汪宜蕙夫妇》）

③诗群崛起，词家涌现，华章比比，佳作连连，出现了"忽如一夜春风来，千树万树梨花开"的繁荣，形成了"莫笑过江典午鲫，岂无横槊建安才"的诗词创作队伍。（摘自文中俊《在长白山诗社成立三周年纪念大会上的工作报告》）

④众多商家都瞄准了微信营销这一快速发展的新应用，颇有"忽如一夜春风来，微信营销遍地开"的架势。（摘自梁雪等《你好，微信！》）

⑤忽如一夜春风来，千树万树梨花开。2013年中国的半导体产业瞬间"春风送暖入屠苏"：好事不断，多点开花。（摘自顾文军《半导体的春天》）

细雨鱼儿出，微风燕子斜。

◎ **出处**

唐·杜甫《水槛遣心二首》之一

◎ **原诗**

去郭轩楹敞，无村眺望赊。

澄江平少岸，幽树晚多花。

细雨鱼儿出，微风燕子斜。

城中十万户，此地两三家。

◎ **赏析**

这两句诗刻画细腻，描写极为生动。意思是鱼儿在毛毛细雨中摇曳着身躯，喷吐着水泡儿，欢欣地游到水面来了。燕子轻柔的躯体，在微风的吹拂下，倾斜着掠过水蒙蒙的天空……这是历来为人传诵的名句。诗人遣词用意精微细致，描写十分生动。"出"写出了鱼的欢欣，极其自然；"斜"写出了燕子的轻盈，逼肖生动。诗人细致地描绘了微风细雨中鱼和燕子的动态，其意在托物寄兴。这两句诗流露出作者热爱春天的喜悦心情。后人常引用这两句诗来描绘春天的景物。

◎ **例句**

①"细雨鱼儿出，微风燕子斜"，"随风潜入夜，润物细无声"，春天的小雨便是大自然的温柔与谦逊，大自然的慷慨与恩宠，却也是大自然的顽皮。（摘自王蒙《雨·船》）

②杜甫名句："细雨鱼儿出，微风燕子斜。"也同样能说明这一点。细雨落在水面上，水面上有一个个水泡。鱼儿在水泡中跳跃，如果是大雨，鱼儿就不会这样；燕子体轻，只有微风，它才会借着风势飞行，如果是大风，那也不成。诗人之所以能将这景物描写得如此动人，还不是由于他观察得细致入微吗？（摘自《写作趣谈》编写组《写作趣谈·啊，风景如画》）

③"细雨鱼儿出，微风燕子斜。"风雨使一切都变得更生动活泼，更富于灵性了。（摘自柳嘉《风雨吟》）

④这里的自然植被葱郁，有大量野生鸟类、禽类繁衍生息，与湿地原生态共同呈现"细雨鱼儿出，微风燕子斜"的美景。（摘自应舍法《下渚湖："天堂"边的翡翠》）

⑤绵绵细雨又会把人带进"黄梅时节家家雨，青草池塘处处蛙""细雨鱼儿出，微风燕子斜"的意境中，于是，天地间的一山一水，一草一木，无不在浓妆淡抹中如诗如画，给人一种野旷天低、江清月近、满目青山、心如处子的安适和山长水阔、天高地远的豁朗。（摘自肖晓玲《坐在书房游山水》）

春潮带雨晚来急，野渡无人舟自横。

◎ **出处**

唐·韦应物《滁州西涧》

◎ **原诗**

独怜幽草涧边生，上有黄鹂深树鸣。

春潮带雨晚来急，野渡无人舟自横。

◎ **注释**

春潮：二、三月间江河之水上涨，叫春潮，俗称桃花汛。

野渡：郊外的渡口。

◎ **赏析**

春天的潮水与暮雨一齐急迫地袭来，郊外的渡口无人摆渡，只有小船在岸边横斜着、飘荡着。用"急"字写潮、写雨，用"横"字写舟，造语工精，很受后人赞赏。喻守真说此二句："一幅荒江渡口景象，宛在目前，是造意用字之妙。"（《唐诗三百首详析》）后人常引用"春潮带雨晚来急"一句来比喻某种形势来临之快；或引用"野渡无人舟自横"一句来描写孤舟停系在岸边的景象。

◎ **例句**

①不过，船到十里老虎滩，如果没有纤夫，光靠哼唱李白那个"轻舟已过万重山"的诗篇，船舶照样不会逆水而上，只能是落得个诗人自写状："野渡无人舟自横"……（摘自陈继光《多极的世界》）

②是"野渡无人舟自横"的意境？是"明朝散发弄扁舟"的冷清？这游人留下笑涡的河湾，叩响了我记忆的窗棂。（摘自李平为张铁元摄影作品《小舟》的配文）

③要看春雨，还得到郊外去。"春潮带雨晚来急，野渡无人舟自横。"这样的春雨斯文全无，瞧那来势汹汹的样子，伴随着潮水，似乎

要摧毁什么物件似的。（摘自彭忠富《杏花春雨杨柳风》）

④呼应世界，闲人不再闲，马不停蹄在路上，赏"乱花渐欲迷人眼，浅草才能没马蹄"的绚烂，品"春潮带雨晚来急，野渡无人舟自横"的静幽，叹"飞流直下三千尺，疑是银河落九天"的壮丽，与散学归来早的孩子一道安享"忙趁东风放纸鸢"的童真，和快乐农夫一道"把酒话桑麻"，感受泥土芬芳的田园气息……他返璞归真，不上网，不发短信，不看电视，不打电游，一心一意融入自然。（摘自陈志宏《闲人》）

⑤雨点急急地倾打在水面上，将水上的空濛拉得更深更近。那草野的岸边小舟，在雨的急切中，缓缓飘荡开来，让你不经意间，领略一番"春潮带雨晚来急，野渡无人舟自横"的春意。（摘自卢晓庆《春雨·湖·小调》）

黄河之水天上来，奔流到海不复回。

◎ **出处**

唐·李白《将进酒》

◎ **原诗**

君不见，黄河之水天上来，奔流到海不复回。

君不见，高堂明镜悲白发，朝如青丝暮成雪。

人生得意须尽欢，莫使金樽空对月。

天生我材必有用，千金散尽还复来。

……

◎ **赏析**

此诗作于颍阳山，颍阳距黄河不远，登高纵目，故借这两句起兴。

意思是黄河源远流长，落差极大，如从天而降，奔腾浩荡，一泻千里，东走大海，再不回返。诗人"自道所得"，语带夸张，为后文感叹人生短促，从反面蓄势，手法巧妙。后人常引用这两句诗或只引前一句来描写黄河的气势等。

◎ 例句

①"黄河之水天上来，奔流到海不复回。"

黄河，你哺育了自己的子孙，却又带来了多少灾难；你是我们民族不屈的象征，却又那么桀骜不驯……"制服黄河，造福中华"，这是中华民族千百年来的夙愿，只有在新中国，梦想才变成了现实。（摘自王春声《制服黄河锁龙头》）

②1983年5月离开了晋西北，渡过九曲黄河，走进陕甘宁边区的时候，忽然想起李白的诗句："黄河之水天上来，奔流到海不复回。"李白的天才不仅写出祖国的山河面貌，更重要的是写出了中华民族的气魄……（摘自马加《黄河之水天上来——纪念柯仲平同志逝世二十周年》）

③不错，一人泉太小，品外泉太浅，远不如"黄河之水天上来，奔流到海不复回"（李白《将进酒》）那么气势磅礴，也不如"浙江八月何如此，涛似连山喷雪来"（李白《横江词六首》）那么来势凶猛。（摘自王向东《水不在深》）

④景区的主人提醒我，这不是一湖水，这分明是黄河！"黄河之水天上来"，"浪涛风簸自天涯"，一切磅礴与粗粝，在此幻化为温柔与娇媚。（摘自赵玛《柔情黛眉》）

⑤只因音乐家冼星海在壶口瀑布谱写出鼓舞人民斗志的《黄河大合唱》，又因唐代诗人李白诗云"黄河之水天上来，奔流到海不复回"，我对世界最大瀑布之一的黄河壶口瀑布总有一分期待。（摘自马婧婧《壶口观瀑》）

晴空一鹤排云上，便引诗情到碧霄。

◎ **出处**

唐·刘禹锡《秋词二首》之一

◎ **原诗**

自古逢秋悲寂寥，我言秋日胜春朝。

晴空一鹤排云上，便引诗情到碧霄。

◎ **注释**

排：推开，冲开。

碧霄：碧蓝色的天空。

◎ **赏析**

在晴朗的秋空里，一只白鹤排云直上，那矫健的姿态，激发了"我"的诗情，引发了"我"的壮志，与之一同飞上碧蓝的高天。古人多悲秋。对秋天和秋色，刘禹锡却表现出与众不同的感受，唱出了高昂而令人鼓舞的激情。后人常引用这两句诗来表述类似的景物或奋发向上的激情。

◎ **例句**

①"晴空一鹤排云上，便引诗情到碧霄。"聂卫平所表现出的这种顽强进取、坚定从容和崇高的责任感，必将成为全体青年的楷模。因为这是时代的需要。（摘自毕熙东《了不起，聂卫平！》）

②唐代诗人刘禹锡曾作《秋词》："自古逢秋悲寂寥，我言秋日胜春朝。晴空一鹤排云上，便引诗情到碧霄。"仁人志士只会嗟叹时日之短，哪来得及伤春悲秋？排云而上的豪迈、直冲九霄的激情，才是中年应有的状态。（摘自严介和《中年况味是奋斗》）

③这个时候即使工作再繁重，每个人的眉宇之间也洋溢着轻松与悠闲。此情此景，让我不禁想起刘禹锡的《秋词》："自古逢秋悲寂寥，

我言秋日胜春朝。晴空一鹤排云上，便引诗情到碧霄。"（摘自杜中伏《秋情》）

遥望洞庭山水色，白银盘里一青螺。

◎ **出处**

唐·刘禹锡《望洞庭》

◎ **原诗**

湖光秋月两相和，潭面无风镜未磨。

遥望洞庭山水色，白银盘里一青螺。

◎ **注释**

山水色：洞庭湖中小山很多，其中尤以君山的风景为最美。一作"山水翠""山翠小"。

青螺：指远望青山之状。《桂海虞衡志》："青螺状如田螺，其大如拳，揩摩去粗皮，如翡色，雕琢为酒杯。"一说，青螺，即青螺髻，喻峰峦之状。

◎ **赏析**

这两句诗是描写洞庭湖山光水色的名句，意思是远远望去，洞庭湖的君山青翠小巧，好像一个白银大盘里盛着一个青螺酒杯。诗人将洞庭湖比作白银盘，将君山比作青螺杯，互相衬托，更显其美。后人常引用这两句诗来描绘洞庭湖中君山的秀美。

◎ **例句**

①唐代诗人刘禹锡曾吟出"遥望洞庭山翠小，白银盘里一青螺"，富于形象性地描画了洞庭湖中君山的秀色；而这儿，则千姿百态的大小岛屿，星罗棋布，不可胜数。（摘自陈伯吹《作家楼的窗口》）

②她，历史悠久，有文字记载的，就已四千多年。名胜古迹，星罗棋布，曾有三十六亭、四十八庙。李白、杜甫、白居易等许多文人骚客，为她吟诗作赋，歌咏祖国锦绣河山，抒发诗人博大胸怀。唐代诗人刘禹锡在《望洞庭》中所描写的"遥望洞庭山水翠，白银盘里一青螺"，就是脍炙人口的佳句。（摘自陈淀国《君山关》）

③忽儿船头一转，面前蓦然挺起了一个小岛。突兀耸峙，青翠碧绿，映在波光水影里，让人悠然想起刘禹锡的诗句："遥望洞庭山水翠，白银盘里一青螺。"（摘自郭建英《啊，小岛》）

④滔流至此，江面豁然开朗，江水徐缓沉静，形成一汪阔大的水域，中间簇拥着葱郁的思礼洲。用"遥望西江山水翠，白银盘里一青螺"来描摹是再恰当不过了。（摘自王立球《探幽思礼洲》）

⑤"君山银针"产在岳阳，洞庭湖里洞庭山（又名君山），就是"淡扫明湖开玉镜"（李白）、"白银盘里一青螺"（刘禹锡）、"碧色全无翠色深"（雍陶）那个所在。（摘自秦燕春《潇湘地，湖南人，霸蛮茶》）

借问酒家何处有？牧童遥指杏花村。

◎ 出处

唐·杜牧《清明》

◎ 原诗

清明时节雨纷纷，路上行人欲断魂。

借问酒家何处有？牧童遥指杏花村。

◎ 注释

酒家：卖酒的人家。

杏花村：其说法不一，一说为今山西汾阳的杏花村；一说为今安徽
贵池的杏花村。

◎ 赏析

想询问一下，附近什么地方有酒家呢？放牧的孩子没有开口，而
是用手指着远处盛开着杏花的一座村庄。"遥指"二字，引读者生发联
想，杏花村庄深处，酒旗斜矗，诗境美妙，意味隽永。后人常引用这两
句诗来说酒家、谈杏花之类。

◎ 例句

①多少乡间往事、儿时趣事，变得诗意盎然。牧童的身影，总在
酒精的伴随下，由清晰变得朦胧，又由朦胧变得清晰——借问酒家何处
有？牧童遥指杏花村。（摘自包光潜《风雨牧归路》）

人间四月芳菲尽，山寺桃花始盛开。

◎ 出处

唐·白居易《大林寺桃花》

◎ 原诗

人间四月芳菲尽，山寺桃花始盛开。

长恨春归无觅处，不知转入此中来。

◎ 注释

大林寺：在江西庐山牯岭西，相传为晋代僧人昙诜所造，为我国佛
教圣地之一。有"花径"，旧属大林寺，相传白居易为书二字，刻于石
碣之上。

芳菲：花木，这里指春花。《文选》谢玄晖《休沐重还道中》：
"赖此盈樽酌，含景望芳菲。"

恨：遗憾，惋惜。

觅：寻找。

◎ **赏析**

人间四月春归去，春花开过已凋谢，可是这高山古寺里一片桃花正在盛开。前两句记事写景，这后两句借景抒怀，高山奇遇，桃花胜景，给诗人带来一种特殊的感受，即仿佛从人间的现实世界突然步入到一个什么仙境，置身于非人间的另一世界。此诗作于诗人被贬江州之后。政治上的不幸，正使诗人大有"人间芳菲尽"之感。如此意外地见到这"桃花始盛开"的奇境，感情上必然有所触发，不难看出，诗的后两句表露出官场失意后，"穷则独善其身"的退隐山林之思。后人常引用这两句诗来说明地理位置高低的不同会影响物候的自然现象。

◎ **例句**

①我们离开昆明的时候，圆通山的樱花和海棠早凋谢了，而他这里正初放着报春花和映山红，虽然万年寺的秋色特佳，我们来的不是时候，但却因为追上春天，很有"人间四月芳菲尽，山寺桃花始盛开"的快感。（摘自洛汀《峨眉月》）

②"江南二月试罗衣，春到燕山雪尚飞。"这句诗，反映了纬度愈高的地方，天气就暖得愈晚的情景。"人间四月芳菲尽，山寺桃花始盛开。"这句诗，则描绘了海拔愈高的地方，春天也到来愈迟的物候。（摘自黎先耀《甘露如饴》）

③可惜此刻花径已是百花凋残，正是"人间四月芳菲尽"了。我们只在那里盘桓了片刻，便直奔大诗人李白曾赞为"天下之壮观"的五老峰而去。（摘自野曼《情满匡庐》）

④"人间四月芳菲尽，山寺桃花始盛开。"然而这里的稀有植物"天女木兰"，偏偏把花期推迟到盛夏，足见其孤标傲世与不合流俗。

（摘自国靛青等《寻访天女花》）

⑤都说"人间四月芳菲尽"，而大兴安岭的杜鹃却得天独厚，"春来杜鹃花似海，夏日泉畔松涛声。"（摘自白雪等《兴安杜鹃别样红》）

春城无处不飞花，寒食东风御柳斜。

◎ **出处**

唐·韩翃《寒食》

◎ **原诗**

春城无处不飞花，寒食东风御柳斜。

日暮汉宫传蜡烛，轻烟散入五侯家。

◎ **注释**

春城：指春天的长安城。

寒食：春秋时，晋公子重耳流亡在外19年，介子推精心服侍他，受尽辛苦。后来重耳复国，做了国君，即晋文公，在赏赐当初与之共患难的臣仆时，介子推既不做官，也不受赏，而是带着老母隐居在绵山中。重耳得知，遍山寻不见，便用火焚山逼他走出来，结果事与愿违，火熄后，发现介子推已被烧死在树下。后人为了纪念他，每年清明节前三日，昼不举火，夜不点灯，都吃冷食，俗称寒食节。

御柳：御苑中的杨柳。

◎ **赏析**

春天的长安城内外，到处都飘扬着柳絮杨花。寒食节的时候，东风吹拂，御苑中的杨柳飘然起舞。这是一首政治讽刺诗。喻守真说："四句不说别处，偏飞'五侯家'，则是明指宦官之得宠，而能传赐蜡烛。

寓意深刻，不加讥刺，而已甚于讥刺。"（《唐诗三百首详析》）用春秋笔法，含蓄讽刺，暗指皇帝信宠太监，大权旁落，终于亡国。"春城无处不飞花"一句，写长安春景，生动形象，广为传诵。后人常引用这一句来描绘春天来临的景象。

◎ 例句

① "春城无处不飞花"。最近，我随车采访，听到、看到的无数新事，使我感到每节车厢都洋溢着温暖如春的气息。于是我将这句唐诗改了一个字，作为本文的标题。（摘自陈继光《春程无处不飞花——记13/14次特快列车》）

②正逢繁花似锦的三月，又幸运去到"春城无处不飞花"的昆明，欣赏了中外闻名的"滇茶"。（摘自李华飞《花二题》）

③二月的西安，虽不是"春城无处不飞花"的季节，但在熙熙攘攘的闹区，一下子涌出数万"朵"姹紫嫣红的"鲜花"，给古城带来盎然的春意。（摘自南来苏《周原奇葩》）

④我八小时以内忙工作，业余时间忙自己的事，一天又一天，除了吃饭、睡觉，几乎没有闲暇出去，以至于看到"江上燕子故来频""春城无处不飞花"时，才惊觉季节的变换。（摘自钟寿军《大雁河边》）

⑤春城无处不飞花，即使在寒冷的冬季。道旁耐寒的杜鹃仍然缤纷吐艳，院里报春的山茶已经含苞欲放。（摘自林筱芳等《昆明：品牌与模式》）

三月三日天气新，长安水边多丽人。

◎ **出处**

唐·杜甫《丽人行》

◎ **原诗**

三月三日天气新，长安水边多丽人。

态浓意远淑且真，肌理细腻骨肉匀。

绣罗衣裳照暮春，蹙金孔雀银麒麟。

……

◎ **赏析**

古时候三月三日叫上巳节，在这一天，人们都要到水边去祓除不祥，叫作"修禊"，后来就演变成春游的节日。因为这一天人们都跑到水边来，所以说"三月三日天气新，长安水边多丽人"，后人常套用这一句，来形容某一地方美女众多。开头写了曲江春游盛况，意在讽刺杨国忠兄妹的骄奢淫逸。后人常引用这两句诗来描绘人们踏青春游的盛景等。

◎ **例句**

①杜甫《丽人行》"三月三日天气新，长安水边多丽人"——不仅辛辣地讽刺了杨国忠兄妹的骄奢淫逸，同时，也为我们了解古代的节日留下了极为形象的材料。（摘自彭和群《三月三日天气新》）

②人们带着春食春酒，席地野餐，或在江边"曲水流觞"相与为乐。"三月三日天气新，长安水边多丽人。"大诗人杜甫描绘的正是当时唐代长安城郊著名的曲江风景区游人踏青的盛景。（摘自张运华《春游诗话》）

③元代诗人杨铁崖把西湖春日的晴昼比作"天气浑如曲江节，野客正是杜陵翁"（《钱塘湖上》）。原来唐代京城长安有曲江，是著名的

风景区，每逢三月三日，京都人士，倾城出游，这就是杜诗所谓"三月三日天气新，长安水边多丽人"，因命名这一天为"曲江节"。（摘自斯尔螽《西湖诗话·"风月晴和人意好"》）

④"一觞一咏"，"畅叙幽情"，书圣王羲之"婉若游龙，翩若惊鸿"的《兰亭集序》展现了"流觞曲水，列坐其次"的上巳宴饮吟咏图景；"三月三日天气新，长安水边多丽人"，诗圣杜甫清新明快、隐含忧郁的诗作传达了当年太平盛世的繁华气象与朝野君臣的胜时游赏……这是历史，岁月深处，上巳节的风采令人追慕。（摘自何颖《民间上巳节的习俗流变》）

⑤古时踏青，人们是很注重衣着的，杜甫《丽人行》诗中写道："三月三日天气新，长安水边多丽人。态浓意远淑且真，肌理细腻骨肉匀。绣罗衣裳照暮春，蹙金孔雀银麒麟。"踏青丽人仪态之娴雅、体姿之优美、衣着之华丽，可见一斑。（摘自刘错《"踏青"诗话》）

北风卷地白草折，胡天八月即飞雪。

◎ 出处

唐·岑参《白雪歌送武判官归京》

◎ 原诗

北风卷地白草折，胡天八月即飞雪。

忽如一夜春风来，千树万树梨花开。

散入珠帘湿罗幕，狐裘不暖锦衾薄。

将军角弓不得控，都护铁衣冷难着。

……

白草：产于西北地区，秋天变白。《汉书·西域传》颜师古注："白草似莠而细，无芒，其干熟时正白色，牛马所嗜也。"王先谦补注谓白草"春兴新苗与诸草无异，冬枯而不萎，性至坚。"

胡天：这里指西北地区。古代对西北民族地区称为"胡"。

◎ 赏析

凛冽的北风卷地而来，坚韧的白草都被吹折了，大西北地区八月天就开始大雪纷飞。后人常引用这两句诗来说明祖国西北地区寒冬早到，气候寒冷，或说明气候变化异常。

◎ 例句

①我们来工地采访，正值八月，一日之内竟从炎夏进入隆冬。刚下过一场大雪，群山银装素裹，原来，古人"北风卷地白草折，胡天八月即飞雪"的诗句，一点不算夸张。（摘自朱传雄《火车从这里穿越天山》）

②由于长期过着"北风卷地白草折""风头如刀面如割"的边塞生活，皮肤已经够黑的了，现在再加上泥炭土，就比非洲黑人还黑。（摘自何芷等《泥炭土的命运》）

③西北边塞一带属大陆性气候，有其特殊性。"朝穿皮袄午穿纱""胡天八月即飞雪"，是众所周知的事实。不但"八月飞雪"是"司空见惯寻常事"，而且寒潮一来，"七月雪"亦不罕见，"六月雪"也间或有之。（摘自谢求成《月黑雁飞高》）

④2010年4月，中铁十一局集团中标兰新铁路增建二线甘青段16标段35.4亿元施工任务。项目在"北风卷地白草折，胡天八月即飞雪"的瓜州，属于极度干旱荒漠区，是世界著名风库之一。（摘自桑胜文等《余霖：我战必胜》）

⑤这种爽朗简明、一目了然的戍敌之法，从另一个角度描画了河西

漠北的基本景象：苍茫无际、单纯净廓。"纷纷暮雪下辕门，风掣红旗冻不翻""欲将轻骑逐，大雪满弓刀""北风卷地白草折，胡天八月即飞雪"。（摘自习习《雄关》）

燕山雪花大如席，片片吹落轩辕台。

◎ **出处**

唐·李白《北风行》

◎ **原诗**

烛龙栖寒门，光耀犹旦开。

日月照之何不及此，唯有北风号怒天上来。

燕山雪花大如席，片片吹落轩辕台。

幽州思妇十二月，停歌罢笑双蛾摧。

……

◎ **注释**

燕山：山名。这里概指燕山一带，并非专指燕山。

轩辕台：遗址在今河北省怀来县乔山上。此篇为诗人北游幽州时所作。

◎ **赏析**

北国幽燕一带的雪花大如席子，一片片地吹落在轩辕台上。写环境险恶，极尽夸张渲染之能事，为下面诗中主人公的出场铺写具有典型性的环境，以衬写战士之苦，揭示思妇之痛。后人常引用前一句诗来夸说雪花之大，或用于说明夸张的例句。

◎ **例句**

① "燕山雪花大如席"，果然名不虚传，风雪弥漫了山路，遍地皆

白，呵，绿的军装，红的领章，像条条绿带、朵朵山花。山坡崖角，一夜之间遍布绿色帐篷，把景忠山装点得丰神异彩，这是从津门和内蒙古科尔沁草原开来凿12.69公里引水隧洞的人民子弟兵。（摘自解国祯《滦水茶香》）

②漫天飞舞的大雪。李白浪漫主义的诗句："燕山雪花大如席。"大如席的有序的晶体，踏着复杂的"迪斯科"节奏，即兴凌空舞，够刺激！（摘自祖慰《困惑，在双轨上运行——教授和狼孩的同构》）

③李白诗云"燕山雪花大如席"，极言燕山雪花之大。这自然是文学上的夸张。（摘自陈孙华《六出飞花异彩纷呈》）

④从地理上看，北京邻近内蒙古大草原，西风东渐，赫赫有名的西伯利亚寒流常经过它而南下，它也首先经历风雪的洗礼与寒流的考验，所以古时即有"燕山雪花大如席"的夸张形容。（摘自洪烛等《北京的风与沙尘暴》）

⑤浩浩冬日，不光有"燕山雪花大如席，片片吹落轩辕台"的壮阔景象，也有"长安雪后似春归，积素凝华连曙辉"的天国胜景。（摘自如明《冬来飞雪总入诗》）

黑云压城城欲摧，甲光向日金鳞开。

◎ 出处

唐·李贺《雁门太守行》

◎ 原诗

黑云压城城欲摧，甲光向日金鳞开。

角声满天秋色里，塞上燕脂凝夜紫。

半卷红旗临易水，霜重鼓寒声不起。

报君黄金台上意，提携玉龙为君死。

◎ **注释**

黑云：出自《晋书》："凡坚城之上有黑云如屋，名曰军精。"

甲光：铠甲在太阳照射下的反光。

向日：一作"向月"。

◎ **赏析**

黑云浓重，向城头压来，城墙好像要被摧垮，铠甲在阳光下如鱼鳞一般，闪动着金光。写初出兵之时，语气十分雄壮。《幽闲鼓吹》中写道："李贺以歌诗谒韩吏部，吏部时为国子博士分司，送客归，极困，门人呈卷，解带旋读之。首篇《雁门太守行》曰：'黑云压城城欲摧，甲光向日金鳞开'，却援带命邀之。"开篇便打动了韩愈。后人常引用"黑云压城城欲摧"一句诗来形容反动势力一时来得猖獗，也有借来写气候现象的。

◎ **例句**

①留下这么一个晴朗灿烂的回忆可不容易啊，那时候上海这个"孤岛"正处于"黑云压城城欲摧"的境地，凡是挺直脊梁骨的华胄子孙都煎熬在水深火热之中，生活里多的是凄风苦雨。（摘自吴岩《荒芜园》）

②所以，能否倾听不同意见，想一想，似乎没有什么了不起，及至轮到自己头上，说不定又会觉得"黑云压城城欲摧"，天好像就要坍下来的样子。因此，谔谔者，是很不受欢迎的。（摘自公今度《再加一个"宽"》）

③今天早晨8时30分左右，北京上空乌云密布，天黑似锅底，大有"黑云压城城欲摧"之势。（摘自崔俐莎《逆风相聚堆云压城·北京昨晨几似暗夜》）

④在人生中穿梭心灵常被尘土蒙蔽，如生命的云层遮蔽了阳光。处在困厄的阴云之下，抬头望处皆是"黑云压城城欲摧"之景，这时不妨跳出阴云，站在云层之上俯视：一切云淡风轻。（摘自孟佳《心的境界》）

羌笛何须怨杨柳，春风不度玉门关。

◎ **出处**

唐·王之涣《凉州词》

◎ **原诗**

黄河远上白云间，一片孤城万仞山。

羌笛何须怨杨柳，春风不度玉门关。

◎ **注释**

羌笛：指羌笛吹奏的《折杨柳》曲。古人有临别折杨柳相赠的风俗。柳与留谐音，赠柳以表示留念之意。北朝乐府《鼓角横吹曲》有《折杨柳枝》云："上马不捉鞭，反拗杨柳枝。下马吹横笛，愁杀行客儿。"这里化用其义。

怨杨柳：即怨离别之意，因为听到《折杨柳》的曲子就会引起离别的愁思。

春风：一作"春光"。

度：过。

玉门关：在今甘肃敦煌，唐时为凉州西境，是古代通往西域的要道。

◎ **赏析**

羌笛为什么要吹奏《折杨柳》那样悲伤幽怨的曲调呢？要知道，温暖的春风是吹不过玉门关的啊！"春风"在这里喻指皇恩，含蓄地指出皇帝不关心远边戍卒，抒写出塞上士兵的苦闷与怨情。后人说到杨柳或西北地区等，常引用这两句诗。

◎ 例句

①"羌笛何须怨杨柳，春风不度玉门关"，那是我国诗人王之涣描写古代边疆的凄凉景象和倾诉个人思想感受的名句。如今，新疆各项建设事业蒸蒸日上，各族人民幸福安乐，到处欢歌笑语，今日的新疆正是"春风已度玉门关"。（摘自赵寻《春风已度玉门关——看电视音乐艺术片〈天山交响曲〉有感》）

②春风不度玉门关。如果真是如此，那倒是幸事——在西北，春风一起，漫天沙尘。一出门，脸上痒乎乎的，抹得下沙子来。眼睛涩得发疼。（摘自戈悟觉《今天，昨天，还有明天》）

③"羌笛何须怨杨柳，春风不度玉门关""劝君更尽一杯酒，西出阳关无故人""大漠孤烟直，长河落日圆"，说起敦煌，脑海中不由得闪出这些诗句，也曾想象一幅幅精美的壁画、慢舒广袖的飞天、浩瀚无边的大漠戈壁……（摘自李佳芯等《行摄敦煌——穿越沧桑感受历史》）

④"羌笛何须怨杨柳，春风不度玉门关。"将士的思乡之情，塞外苍凉的景象，我们在此将之忽略掉了，竟至于没有感受。（摘自魏广军《西行漫记》）

⑤从敦煌去玉门关的路上，我脑子里一直盘桓着这些疑问，这段行程有90公里，当地的朋友劝我不必作此行，说是要让我失望的。我说，哪怕是只看到一些土墩，也心甘情愿。这样的情结，缘于唐代诗人王之涣的《凉州词》："黄河远上白云间，一片孤城万仞山。羌笛何须怨杨柳，春风不度玉门关。"（摘自兵哥《千年风沙》）

夜来风雨声，花落知多少？

◎ **出处**

唐·孟浩然《春晓》

◎ **原诗**

春眠不觉晓，处处闻啼鸟。

夜来风雨声，花落知多少？

◎ **注释**

来：传来。

◎ **赏析**

夜里传来一阵风雨之声，不知外面刚刚开出的花瓣被风雨吹打落了多少？以问句收束，颇觉韵味无穷。有人评此诗"是最自然的诗篇，是天籁"。（《唐诗鉴赏辞典》）后人常引用这两句诗来描述风雨吹打花残的景象，或比喻美好事物遭到摧残。

◎ **例句**

①一串古诗句裹风挟雨，跃上心头："夜来风雨声，花落知多少？"哦，楼外那株含苞待放的早桃不知怎么了，真叫人担心……（摘自陈一凡《风雨三题》）

②孟浩然的《春晓》："春眠不觉晓，处处闻啼鸟。夜来风雨声，花落知多少？"那美妙的春在窗外鸟鸣中醒来，一夜风雨，满处落花，春天的清晨是如此妩媚动人。（摘自周广玲《古诗里的春天》）

二、咏物抒情

夕阳无限好，只是近黄昏。

◎ **出处**

唐·李商隐《乐游原》

◎ **原诗**

向晚意不适，驱车登古原。

夕阳无限好，只是近黄昏。

◎ **注释**

适：指舒适。

古原：旧原野，指"乐游原"，乐游原即乐游苑，在今西安城南，为唐代游览胜地。

◎ **赏析**

这首诗是作者赞美黄昏前的原野风光和表现自己的感受，李商隐透过当时唐帝国的暂时繁荣，预见到社会的严重危机。而"夕阳无限好，只是近黄昏"两句诗也表示：人到晚年，过往的良辰美景早已远去，不禁叹息光阴易逝，青春不再，这是迟暮者对美好人生的眷恋，也是作者有感于生命的伟大与不可超越，而借此抒发一下内心的无奈感受。这两句诗用来形容景象暂时还繁荣和兴盛，但很快就要衰弱、没落下去了。后人常引用这两句诗来说明好景不长；或说明某些事物虽然暂时还繁荣，但很快就要衰弱没落；也有人略变其句，反其意而用之，抒发老当益壮的情怀。

◎ 例句

①他突然感到流年似水，快四十了，再不抓紧时间做点事情，就只能剩下"夕阳无限好，只是近黄昏"的慨叹了。（摘自成萍等《车轮辗过世界屋脊》）

②乔老先生久久注视着那一行大字，似乎为某件事情牵动了心肠，他气愤地把手杖朝地上狠捣几下，愠怒地自语道："鱼目混珠，泥沙俱下……唉，夕阳无限好，只是近黄昏！我就尽力而为吧。"（摘自徐本夫《将军坟的秘密》）

③最忌字讳物的清朝统治者们，此时忘了众所周知的不祥之兆："夕阳无限好，只是近黄昏"！他们何曾想到："八旗子弟"后来成了最潦倒的公子王孙，武昌枪响一举使封建王朝崩溃倾覆！（摘自奚学瑶《夕阳》）

④轰轰烈烈的奋斗生活渐行渐远之后，"夕阳无限好"就成为人们对"已近黄昏"的老年生活的美好憧憬。（摘自徐振民《谁来为我养老？——浅谈中国未来养老问题》）

好雨知时节，当春乃发生。

◎ **出处**

唐·杜甫《春夜喜雨》

◎ **原诗**

好雨知时节，当春乃发生。

随风潜入夜，润物细无声。

野径云俱黑，江船火独明。

晓看红湿处，花重锦官城。

◎ **注释**

乃：即，就。

发生：使万物萌生。

锦官城：成都的别称。

◎ **赏析**

好雨好像懂得季节的变化，正当春天到来之时，它就使草木萌生。诗人用拟人的手法，描写春雨之及时。后人常引用这两句诗来说明好雨及时，或比喻某一事物发生的及时。

◎ **例句**

①但我阳台上栽的玫瑰、蝴蝶兰、日本海棠，还有那几棵金银花，却在潇潇细雨中精神抖擞，显得分外嫩绿、光鲜。真是"好雨知时节""润物细无声"啊。（摘自贺青《绿叶赋》）

②"好雨知时节"，"润物细无声"，深入细致、动之以情的工作，较之那简单生硬、不近情理的一套，效果可能强上许多倍。（摘自雷克《"感情投资"面面观》）

③好雨知时节，当春乃发生。随着国省道干线公路改造徐徐拉开帷幕，两条具有示范意义的重要国道改造格外引人瞩目。（摘自谢丁等

《国道改造浙江出发》）

④"好雨知时节，当春乃发生。随风潜入夜，润物细无声。"绵绵春雨随着轻柔的春风在夜里落下，悄然无声地滋润着大地万物。这好似学生在潜移默化中受教育，受熏陶。（摘自李倩《润物无声春有功——记教育与德育工作案例》）

红豆生南国，春来发几枝？劝君多采撷，此物最相思。

◎ **出处**

唐·王维《相思》

◎ **原诗**

如题

◎ **注释**

红豆：产于岭南，今广东、广西一带，树干高丈余，秋季开小花，冬春结果，果实如豌豆，色鲜红，形略扁。相传古时有一人死在水边，妻子想念他，哭死在树下，化为红豆，故又名相思子。

撷：摘取。

◎ **赏析**

红豆生长在南方，到了春天又添几枝新叶？希望你多多地摘取，因为它最能表达相思之情。这是一首借红豆表达相思之情的咏物诗，"此物最相思"一句结出正意。古人常用红豆来表达爱情，流传至今。现在常引用这首诗或诗中部分句子来表达对爱人、朋友或对祖国的思念。

◎ **例句**

①这就是红豆啊！"红豆生南国，春来发几枝？劝君多采撷，此物

最相思。"王维的这首《相思》涌上心头。咏红豆的诗早已溶解于心，但看见红豆，还是初次。（摘自戴砚田《情溢玄武湖》）

②台湾相思的名字真好，虽然不是为我而取，却牵动我多少的联想。树名如此惹人，恐怕跟小时候读的唐诗有关："红豆生南国，春来发几枝？劝君多采撷，此物最相思。"这么深永天然的好诗，只怕我一辈子也写不出来了。（摘自余光中《春来半岛》）

③可是，你心里藏着一个久已慕恋的隐秘，即南国的相思之树——红豆。红豆生南国，此物最相思，她该如何地令人销魂呢？（摘自和容《相思豆》）

④时尚男孩在情人节送给女友的往往不是玫瑰，而是个性十足的香醇巧克力，既高雅、浪漫，又有"红豆生南国"般的文化内涵。（摘自龙源《刘静：独创爱情巧克力赚取100万》）

⑤那鲜红似唇坚硬如铁的颗粒就像一枚枚红纽扣，将童年的事儿一个个串起来。红豆生南国，银豆生岚皋。一为相思，一为思乡。（摘自黄开林《老树》）

春蚕到死丝方尽，蜡炬成灰泪始干。

◎ 出处

唐·李商隐《无题》

◎ 原诗

相见时难别亦难，东风无力百花残。

春蚕到死丝方尽，蜡炬成灰泪始干。

晓镜但愁云鬓改，夜吟应觉月光寒。

蓬山此去无多路，青鸟殷勤为探看。

丝：谐"思"音。

方：才。

蜡炬：蜡烛。

泪：蜡炬燃点时流溢的脂油叫作"烛泪"。

◎ 赏析

春天里的蚕直到死才停止吐丝，燃点着的蜡烛直到成为灰烬才停止流泪。体现了爱情的坚贞，意境新奇，诗味隽永，已成千古传诵的名句。但联系到作者的身世，作者很可能借此抒发政治上屡遭失败的苦情。这两句，虽然给人的感觉是悲伤失望的，但其中也蕴含着积极执着的追求，即使这追求没有希望，也不甘心就此放弃。此外，它的表意并不是单一的，还寓含着一种更具普遍意义的哲理，那就是对工作或事业忠诚执着的追求，那种无私奉献的高尚品德。因此，这两句诗表面上写爱情，实际上还蕴含着人世真理，含义隽永，耐人寻味。

◎ 例句

①君宇想了一会儿，说道："评梅，记得有这样两句诗吗，——春蚕到死丝方尽，蜡炬成灰泪始干。我愿做一支蜡烛，照亮人间，哪怕毁灭自己！"（摘自柯兴《风流才女——石评梅传》之二十）

②小黄和同学们在家中组成自学小组，李老师常牺牲休息时间去辅导。"春蚕到死丝方尽，蜡炬成灰泪始干。"李老师的献身精神感动了小黄，小黄立志要当像李老师那样的"人类灵魂工程师"。（摘自黄启后《严师·慈母——记优秀班主任李俊兰老师》）

③我爱江南水乡，我爱这具有自我牺牲精神的典型的中国妇女，"春蚕到死丝方尽"就是她一生的写照。（摘自吴海燕《我爱飞翔》）

④长期以来，主流观点将师德定格为理想道德的化身，学校在师德

教育实践中经常采用的主要是三种方法：一是崇尚"红烛"精神的人生观教育。"教师是人类灵魂的工程师。""春蚕到死丝方尽，蜡炬成灰泪始干"便是其写照。（摘自范晓伟等《师德，不仅仅是那盏用爱心铸就的灯》）

⑤"春蚕到死丝方尽，蜡炬成灰泪始干"，一句流传了千年的诗句深深地诠释给我们生命的意义与伟大，而泰戈尔的"一沙一世界，一花一天堂"又给了我们另一份对生命的感悟。关于生命，诺贝尔说："生命，那是自然拿给人类去雕琢的宝石。"而我看来，生命，不仅是呱呱坠地的那一声啼哭，而且是母亲十月怀胎的辛苦；生命，不仅是你我拥有的一笔财富，而且是培育我们的所有人的心血灌注。（摘自野草《生命就在今天》）

衰兰送客咸阳道，天若有情天亦老。

◎ 出处

唐·李贺《金铜仙人辞汉歌》

◎ 原诗

茂陵刘郎秋风客，夜闻马嘶晓无迹。

画栏桂树悬秋香，三十六宫土花碧。

魏官牵车指千里，东关酸风射眸子。

空将汉月出宫门，忆君清泪如铅水。

衰兰送客咸阳道，天若有情天亦老。

携盘独出月荒凉，渭城已远波声小。

◎ 注释

衰兰：指秋天衰败的兰花。

客：指铜人。

◎ **赏析**

秋天的兰花凋零了，也在咸阳道旁送铜人归去，天公不断地看到这种兴亡盛衰的变化，如果它是有情的，也会因哀伤而衰老。本是铜人离别汉宫的花木而去，却说是"衰兰送客"；又说老天有情也会衰老，正是以不老的天，衬托人事有代谢，草木有盛衰。用衰兰的愁映衬金铜人的愁，也就是诗人自身的愁，婉曲而新奇。后人常引用"天若有情天亦老"一句诗来抒发感叹盛衰之情。

◎ **例句**

①然而，他却不会再回这斗室了，永远不再回了……斗室呵，斗室，"衰兰送客咸阳道，天若有情天亦老"！（摘自徐柏容《明月不归沉碧海》）

②振宇心受触动，便说："中国有句诗：'天若有情天亦老。'那是同情的天泪。你妈妈知道你带着我的鲜花去了，她会安息的。"（摘自杨嘉《南国名医》）

③天若有情天亦老，人世尘寰，又是春风浩荡，姹紫嫣红。（摘自《芙蓉镇》）

④为了确保基本的研究时间与教学精力，导师有权拒填那些漫天飞舞而且颇有难度的量化表格，尤其有权拒绝自撰关于"学术地位""社会影响"之类无异于诱导和纵容自吹、有损填表者之尊严的表格。"衰兰送客咸阳道，天若有情天亦老。"如此填来填去，不仅无助于提高导师学术水准与指导能力，反而徒耗其学术生命，助长浮夸风气。（摘自郭世佑《导师的权利》）

⑤天若有情天亦老，冯丹阳的生活注定要充满意外。突然有一天，在没有任何征兆的情况下，她相守了6年之久的郑凯飞悄无声息地不辞而别。（摘自唐朝《以浮云之名》）

随风潜入夜，润物细无声。

◎ **出处**

唐·杜甫《春夜喜雨》

◎ **原诗**

好雨知时节，当春乃发生。

随风潜入夜，润物细无声。

野径云俱黑，江船火独明。

晓看红湿处，花重锦官城。

◎ **注释**

潜：悄悄地。

润：滋润。

◎ **赏析**

春雨随着春风，在夜间悄悄地降落，无声无息地滋润着万物，不为人们所知。"起有悟境，从次联得来。于'随风''润物'悟出'发生'，于'发生'悟出'知时'也。"（浦起龙《读杜心解》）描绘工细，体物入微。后人常引用这两句诗来说明时雨润物之泽，或比喻教育的潜移默化。

◎ **例句**

①小说、散文是"随风潜入夜，润物细无声"地感染读者，像"食补"，消化功能不太好的"食客"让大部分"营养"排泄了。（摘自燃兮《管窥蠡测说杂文》）

②此时，"汉族离不开少数民族，少数民族离不开汉族"的主题思想，像"随风潜入夜，润物细无声"的春雨，悄然不觉地浸透到观众的心灵之中。（摘自赵立魁《不是亲人胜似亲人——影片（亲人）观后》）

③从人一降生起，文化就从衣食住行各方面制约着人，并且，如同"润物细无声"的春雨，悄悄地在人心上刻下印记。（摘自聂莉莉《润物细无声——漫谈社会与文化》）

④教育大境界往往成于小视野，匠心独运的教育细节就像春雨"随风潜入夜，润物细无声"，滋润出绿草成茵，培育出参天大树。（摘自曹永浩《教育藏于细节》）

⑤随风潜入夜，润物细无声。微传播的"细雨"，移动通信和新媒体技术的快速发展，在改变着媒体生态环境的同时，也改变着我们的生活。（摘自陆高峰《微传播，侵入我们生活的"客人"》）

海上生明月，天涯共此时。情人怨遥夜，竟夕起相思。

◎ **出处**

唐·张九龄《望月怀远》

◎ **原诗**

海上生明月，天涯共此时。

情人怨遥夜，竟夕起相思。

灭烛怜光满，披衣觉露滋。

不堪盈手赠，还寝梦佳期。

◎ **注释**

怀远：怀念正在远方的亲人。

天涯：即天边，指遥远的地方。

情人：有怀远之情的人。

遥夜：长夜。

竟夕：终夜，整个夜晚。

◎ 赏析

海上一轮明月高高升起，这时候远在天边的亲人也一定和我一样在观赏月色。我这怀念远方亲人的人，埋怨夜太长久了，整夜相思而不能入睡。开篇点明"望月"，接着由景入情，转入"怀远"，与宋·苏轼《水调歌头·丙辰中秋》词结句："但愿人长久，千里共婵娟"，主旨基本相同，都是千古写月名句。后人常引用这四句诗或只引前两句来表明亲人虽远隔天涯，但共赏一轮明月，互相思念，其心相知，其意缠绵。

◎ 例句

①从杨秀兰家出来，夜幕降临了。皓洁的月光轻柔地撒在海岛上，令人想起了古人的诗句："海上生明月，天涯共此时。情人怨遥夜，竟夕起相思。"（摘自李欲晓《长岛情思——访长岛县去台人员家属》）

②"海上生明月，天涯共此时。"海上的月光是小轩窗低绮户所无法比拟的。在床前望月思乡的游子，当你来到月光下的海滩，又该是一番什么心情呢？（摘自张星《海之交响》）

③李铁铮贪婪地望着巴黎的夜景，神思却一下子飞到了新中国的首都北京。"海上生明月，天涯共此时。"相违了19年的北京、南京、上海、重庆、兰州，如今变成什么样子啦？（摘自魏秀堂《他经巴黎归来——李铁铮先生回归纪略》）

④"海上生明月，天涯共此时。"儿时，每到中秋节，妈妈便教我念这句诗。那时我们搬个小凳子，坐在院子里，感受徐徐吹来的凉风，听着唧唧的虫鸣声，望着皎洁的圆月。（摘自丁海霞《妈妈的中秋节》）

⑤明月，在诗人的笔下，有过"流光正徘徊"的荡漾，有过"海上生明月"的怀远，也有过"明月出天山"的苍茫，而我更喜欢"清月出岭光入扉"的那份纯净。（摘自沙海燕《追忆当年明月》）

晚来天欲雪，能饮一杯无？

◎ **出处**

唐·白居易《问刘十九》

◎ **原诗**

绿蚁新醅酒，红泥小火炉。

晚来天欲雪，能饮一杯无？

◎ **注释**

无：用法同"否""吗"，疑问词。

◎ **赏析**

天快黑了，看来要下雪了，你能来与我对饮一杯热酒吗？"无"字之用，虽然带有商量的口气，但邀友之情却很真挚，饶有风趣。后人在写到晚上饮酒时，常引用这两句诗，为文章增加诗意之美。

◎ **例句**

①他领我走到地安门外，进了一条胡同，上了一座小楼，窗外什刹海已经有很厚积雪，大雪还在纷纷飘落。他告诉我们，这里是有悠久历史的"烤肉季"。我想大概是"晚来天欲雪，能饮一杯无？"引起他的灵感吧。（摘自李霁野《忆常维钧同志》）

②白居易《问刘十九》："晚来天欲雪，能饮一杯无？"酒能抵御雪冷的进犯。我问谁？此时能问谁？只能问我自己："更深天已雪，能饮一杯无？"（摘自祖慰《困惑，在双轨上运行》）

③土炕上生蓝旺旺一盆木炭火，烫一壶烧酒，炒四个小菜，全家便悠哉乐哉。老人戴上花镜念那《唐诗三百首》："晚来天欲雪，能饮一杯无？……"（摘自杨栋《梨花村记》）

④初冬的黄昏，天空阴沉得紧，大雪好像转瞬即至，耳边不禁响起白居易的那首《问刘十九》："绿蚁新醅酒，红泥小火炉。晚来天欲

雪，能饮一杯无？"不由得想把这首暖意融融、妙趣横生的小诗发给远方的友人，而自己呢，则送人玫瑰，手有余馨。（摘自忆江南《另一层妙处》）

⑤万籁俱寂的群山环绕中的山村，不管是雪中的东北平原，还是钟灵毓秀的皖南古居，总会有家犬几只，红灯初悬，温馨依旧。雪在宫先生的画中不是清冷的，而是暖融贴心的，是关怀中"晚来天欲雪，能饮一杯无"的亲切召唤；是"柴门闻犬吠，风雪夜归人"后的一壶老酒，半碗热汤；是失魂落魄游子回家后"梦暖雪生香"的一枕思念……（摘自赵英辉《水静舟自横梦暖雪生香》）

鸟宿池边树，僧敲月下门。

◎ **出处**

唐·贾岛《题李凝幽居》

◎ **原诗**

闲居少邻并，草径入荒园。

鸟宿池边树，僧敲月下门。

过桥分野色，移石动云根。

暂去还来此，幽期不负言。

◎ **赏析**

夜来人静，鸟儿栖居在池塘边的树上，僧人月下归来轻轻敲叩寺门。胡仔《苕溪渔隐丛话》前集卷十九引刘公《嘉话》："岛初赴举京师，一日，于驴上得句云：'鸟宿池边树，僧敲月下门。'始欲着'推'字，又欲着'敲'字，炼之未定，遂于驴上吟哦，时时引手作推敲之势。时韩愈吏部权京兆，岛不觉冲至第三节，左右拥至尹前，岛具对所得句云云。韩立马良久，谓岛曰：'作敲字佳矣。'"因此留下了"推敲"的典故。后人常引用这两句诗，或证"推敲"之必要，或写幽静的境界。

◎ **例句**

①当人们孤零零地生活，连什么叫开门待客也不知道时，世态之炎凉、冷漠就可见一斑了。唐人贾岛名诗句"鸟宿池边树，僧敲月下门"，对门讲敲而不讲推的学问，于今可越发令人赞叹不已。（摘自言言《敲门》）

②一轮皓月正当头。皎洁的银光洒在我和小庙身上，真有点"鸟宿池边树，僧敲月下门"的景趣。（摘自蔡志宇《夜上峨眉山》）

③无论"长安一片月，万户捣衣声"，还是"鸟宿池边树，僧敲月下门"，在我眼里，古诗中最好的句子，所言之物皆为"静"。（摘自王开岭《寂静之音》）

④经常，就需要把一个自然段翻来覆去地看，一个字一个字地斟酌、推敲，放了稿下班回家，脑袋里还回旋着那几句话，看到底删哪个字更合适，一如唐朝诗人贾岛作《题李凝幽居》时的痴迷：到底"鸟宿池边树，僧推月下门"好，还是"鸟宿池边树，僧敲月下门"更好，一推一敲反复玩味……有时，干脆删掉文章中可有可无的一个自然段。（摘自伍荔霞《一路跋涉》）

⑤"鸟宿池边树，僧敲月下门"，虽然这时没有僧、月相伴，但是也别有一种超凡脱俗的况味萦绕心头。（摘自国靛青《缘系天河》

曲径通幽处，禅房花木深。

◎ **出处**

唐·常建《题破山寺后禅院》

◎ **原诗**

清晨入古寺，初日照高林。

曲径通幽处，禅房花木深。

山光悦鸟性，潭影空人心。

万籁此俱寂，但余钟磬音。

◎ **注释**

曲径：蜿蜒的小路。曲，一作"竹"。

幽处：幽雅清净的地方。

禅房：僧房，僧人的住处。

花木深：与"幽处"相呼应。

◎ **赏析**

弯弯曲曲的小路通向幽雅清净的地方，禅房深藏在花木丛中。此刻此景此情，诗人仿佛领悟到了空门禅悦的奥妙，摆脱尘世一切烦恼，像鸟儿那样自由自在，无忧无虑。似是大自然和人世间的所有其他声响都寂灭了，只有钟磬之音，这悠扬而洪亮的佛音引导人们进入纯净怡悦的境界。显然，诗人欣赏这禅院幽美绝世的居处，领略这空门忘却尘俗的意境，寄托自己遁世无门的情怀。后人常引用"曲径通幽处"来说明弯弯曲曲的小路通向幽雅清净之地，或说明艺术作品的含蓄曲折，深远有致。

◎ **例句**

①第四，曲径通幽处，禅房花木深。就是说可以采取迂回战术。如前所说，有些考生的怯场现象是由于在作文某一环节上卡壳却又不会转

弯，结果越想越紧张、害怕而产生的。有经验的考生对此采取的对策往往是暂时避开，不死心眼地朝一个牛角尖钻。（摘自朱乾坤等《语文复习应试100问》）

②由于这园中之园常常在曲径通幽处，正当你感到"山重水复疑无路"之际，忽见"柳暗花明又一村"，因而产生"迂回不尽之路，云水相忘之乐"。（摘自廖志豪等《苏州史话》）

③出东门向上攀，曲径通幽处，有一块巨大的岩石，石上一株古松，松上古人题词："树老千年欲化龙。"（摘自郭淑敏等《苍岩山断想录》）

④细细品味那句"曲径通幽处，禅房花木深"，仿佛置身于一个幽静的小院，在挤满蓓蕾的树下，品一本自己喜欢的书，抒几句深情的感悟，倾听那四季花开的声音。（摘自季羡林《宁静以致远》）

⑤我在小城曲径通幽处生活，游离在小城之中，却时常深陷在思乡的情结里。（摘自王春芝《和一座城的缘分》）

只在此山中，云深不知处。

◎ **出处**

唐·贾岛《寻隐者不遇》

◎ **原诗**

松下问童子，言师采药去。

只在此山中，云深不知处。

◎ **赏析**

"我"在松下向童子询问先生的去处，童子说先生上山采药去了。只知道他在这座山上，但是山中的云雾深浓，却不知他到底在哪里。原诗的语意隽永，别富禅机，颇能发人深思。"只在此山中，云深不知处"两句诗，更是给人一种飘然出世之感，使人不禁对隐者清逸高妙的生活，顿生无限思慕之心。后人常引用这两句诗或只引后一句来描述某人某物的难于寻找，或幽深隐僻的境界。

◎ 例句

①只有当偶然看见风筝飘在天空的时候，才想起这个我童年时代放风筝的伙伴来。然而，"只在此山中，云深不知处。"在这几百万人口的大城市里，车声嚷嚷，人海茫茫，我到哪里去寻找他呢？（摘自张榕《风筝飘飘》）

②七零八落的新简旧信，漫无规则地充塞在书架上、抽屉里，有的回过，有的未回，"只在此山中，云深不知处"，要找到你决心要回的那一封，耗费的时间和精力，往往数倍于回信本身。（摘自余光中《尺素寸心》）

③看了小马的《黄山》，就好像作者仍在莽莽山中的"云深不知处"迷而忘返呢。（摘自李世栋等《十月画坛风光美——介绍矿区青年美术、书法展览》）

④我在实践中摸索并形成了一定的教学模式，但我的专业却进入了"高原期"，充满了"只在此山中，云深不知处"的迷茫。（摘自洪丽玲《"逼"出来的美丽》）

⑤我们去的那日，天公不作美，车子在山路上盘旋，越往里走，雾气越重，两边的山峦已经笼罩在一片白茫茫中。"只在此山中，云深不知处。"贾岛的《寻隐者不遇》写的就是这般境界吧。（摘自陈小龙《石梁半日闲》）

三、喜怒哀乐

近乡情更怯，不敢问来人。

◎ **出处**

唐·宋之问《渡汉江》

◎ **原诗**

岭外音书断，经冬复历春。

近乡情更怯，不敢问来人。

◎ **注释**

怯：畏缩不前，胆怯。

来人：指从家乡出来的人。

◎ **赏析**

长年离家在外，得不到一点故乡的音信，不知故乡情况如何？家人是否安好？因此越走近故乡，内心就越发恐慌。即使在路上遇见来自故乡的人，内心虽迫切地想知道故乡的情形，却反而犹豫踌躇不敢发问。现今常用"近乡情更怯，不敢问来人"两句诗，来形容久别故乡的游子，一旦归返家园时，既矛盾又复杂的情绪。

◎ **例句**

①既然想家就振作回去。归途心境"百尺风中旗"（孟郊），行路

更难，"近乡情更怯，不敢问来人"（宋之问）。终于回到祖地。有的用胡语胡侃，乡人越听越不懂，他越得意。有的乡音依旧，但未离乡的孩童不认识老头，"笑问客从何处来？"（贺知章）幸亏仍讲乡音，没被赶出去。（摘自许达然《回家》）

②"近乡情更怯，不敢问来人。"我带着孩子走下火车，忐忑不安地四下张望。（摘自李一信《乡吟》）

③"近乡情更怯。"二百多位来自美国、加拿大、澳大利亚、巴西、瑞士等地的荣氏亲属，从各自乘坐的机舱里，几乎都是目不转睛地俯瞰着，俯瞰着……终于，望眼欲穿的故土、魂牵梦萦的山山水水展现在眼前了。（摘自计泓赓等《团圆——记荣氏亲属在北京的团聚》）

④故乡对于杜甫，是"即从巴峡穿巫峡，便下襄阳向洛阳"的归心似箭；故乡对于宋之问，是"近乡情更怯，不敢问来人"的纠结；故乡对于余光中，是一湾浅浅的海峡对岸的大陆。（摘自佟晨绪《故乡是什么》）

⑤可能是由于自小学戏的缘故吧，长大后，对舞台有一种说不出的感觉，仿佛游子久不归，近乡情更怯。（摘自赵武《再见了，东华》）

忽见陌头杨柳色，悔教夫婿觅封侯。

◎ **出处**

唐·王昌龄《闺怨》

◎ **原诗**

闺中少妇不曾愁，春日凝妆上翠楼。

忽见陌头杨柳色，悔教夫婿觅封侯。

◎ 注释

陌头：路边。

觅封侯：指从军求取功名。

◎ 赏析

这两句诗"不说别而别情自见，不言愁而愁思倍增。"（喻守真语）意思是忽然看见路边的杨柳树，春来发出青青的颜色，不觉惹动离情别绪，懊悔当初让丈夫去从军求取功名了。后人常引用这两句诗来表述离愁别恨。

◎ 例句

①当然，以上所举都是些极端的例子，但即使是合理的追求，也需要牺牲人自身或自身范围的一些东西的。"忽见陌头杨柳色，悔教夫婿觅封侯"，其中不也有多少不足和哀愁吗？（摘自杨济东《酒中谁解不平鸣——读元好问〈鹧鸪天〉》）

②此刻梵梵刻骨铭心地思念起晓易来了，真有"悔教夫婿觅封侯"的懊丧！倘若晓易在身边，扶着她，偎着她，梵梵的痛苦就能减少一半了，丈夫是妻子的精神支柱啊！（摘自王小鹰《一路风尘》）

③怪不得闺中少妇偶尔抬头，"忽见陌头杨柳色"，就会从内心深处"悔教夫婿觅封侯"；也怪不得李益随军到荒凉的戈壁，只在滹沱河边望见一抹柳色，即会意识到春已到来，而吟出了"漠南春色到滹沱。碧柳青青塞马多"的佳句；还有那位王之涣先生，出关见不到杨柳，只不过从笛声中听到"折杨柳"的曲子，便发出来"羌笛何须怨杨柳，春风不度玉门关"的感慨和叹息。（摘自金伯弢《漏泄春光有柳条》）

④在《春夜雨霏霏》中，莫言一反"忽见陌头杨柳色，悔教夫婿觅封侯"的怨妇伤春古典传统，而是以"两情若是久长时，又岂在朝朝暮暮"的浪漫而抒情的清新柔美笔调，细腻地写出了一个有着"脸是晒不

黑的玉兰花瓣"般美丽的村居军属少妇"我"在结婚2周年纪念日的春雨霏霏之夜对婚后20天就离家守岛而至今未归的丈夫的绵绵思念。（摘自丁玉柱《春夜雨霏霏》）

⑤你也许什么都没有看见过，可你读过那首诗："闺中少妇不曾愁，春日凝妆上翠楼。忽见陌头杨柳色，悔教夫婿觅封侯"，在你的想象里那昔日的翠楼就是眼下的危楼了。（摘自陆文夫《生命的留痕》）

月落乌啼霜满天，江枫渔火对愁眠。姑苏城外寒山寺，夜半钟声到客船。

◎ **出处**

唐·张继《枫桥夜泊》，一题《夜泊枫江》。

◎ **原诗**

如题

◎ **赏析**

此诗描写一个秋天的夜晚，诗人泊船苏州城外的枫桥。江南水乡秋夜幽美的景色，吸引着这位怀着旅愁的游子，使他领略到一种情味隽永的诗意美，写下了这首意境深远的小诗。表达了诗人旅途中孤寂忧愁的思想感情。

首句写所见（月落）、所闻（乌啼）、所感（霜满天）；二句描绘枫桥附近的景色和愁寂的心情；三、四句写客船卧听古刹钟声。平凡的桥、平凡的树、平凡的水、平凡的寺、平凡的钟，经过诗人艺术的再创造，就构成了一幅情味隽永、幽静诱人的江南水乡的夜景图，成为流传古今的名作、名胜。这首诗采用倒叙的写法，先写拂晓时的景物，然后追忆昨夜的景色及夜半钟声，全诗有声有色，有情有景，情景交融。

此诗自从欧阳修说了"三更不是打钟时"之后，议论颇多。其实寒山寺夜半鸣钟却是事实，直到宋代依然。

◎ **例句**

①唐朝诗人张继在《枫桥夜泊》中说："月落乌啼霜满天，江枫渔火对愁眠。"我没见过姑苏的渔火，但小清河上的蟹灯，那晕黄的灯光，飘飘忽忽，闪烁在中秋萧疏的原野上，闪烁在我记忆中的深处……（摘自杨启璋《清河蟹灯》）

②"姑苏城外寒山寺，夜半钟声到客船。"很早很早以前（大概从宋朝开始）就有人提出过怀疑，认为夜半不是撞钟的时候，我从小就觉得很奇怪：为什么半夜不是撞钟的时候呢？我的家就是夜半撞钟的。而且只有夜半钟。半夜，子时，十二点。（摘自汪曾祺《桥边小说三篇·幽冥钟》）

③这时节，有众多的诗文相伴岂不是兴事？张继的"月落乌啼霜满天，江枫渔火对愁眠"。这些许哀愁，融于穆寥的深夜里，绵延怎样的思念？（摘自吴燕燕《秋之清凉》）

一封朝奏九重天，夕贬潮州路八千。

◎ **出处**

唐·韩愈《左迁至蓝关示侄孙湘》

◎ **原诗**

一封朝奏九重天，夕贬潮州路八千。

欲为圣明除弊事，肯将衰朽惜残年！

云横秦岭家何在？雪拥蓝关马不前。

知汝远来应有意，好收吾骨瘴江边。

◎ 注释

九重天：指朝廷、皇帝。

潮州：在今广东省潮安县。

湘：指韩愈的侄孙韩湘，也就是八仙故事里的韩湘子。

◎ 赏析

早晨还在朝廷里得意为官，哪想一封奏章惹起祸端，到了晚上，就被贬谪到千万里外的远方。后人常用这两句诗来形容人生道路的艰险，尤其在仕途官场上，稍有不慎，就有贬官下台的可能。

元和十四年（819年），韩愈因为反对唐宪宗迎佛骨，由刑部侍郎贬为潮州刺史。韩愈只身一人，仓促上路，走到蓝田关口时，他的妻儿还没有跟上来，只有他的侄孙子跟了上来，所以他写下这首诗。诗中，韩愈刚正不屈的风骨宛然如见。"朝奏"与"夕贬"、"九重天"与"路八千"、"圣明"与"衰朽"、"欲除弊事"与"肯惜残年"强烈对比，高度概括，扩大和加深了诗的内涵。

◎ 例句

①到底是年轻得志，不知天高地厚，出于对当时昏愦政治的愤慨，他卷入了一场流产的政治革新，结果却落得像韩愈那样"一封朝奏九重天，夕贬潮州路八千"的下场，被逐出京师。（摘自穆福田《柳宗元植绿柳州》）

②须知，在多种方案中进行抉择时，我们往往会受到"希望原则"的诱惑，在不知不觉中抉取众方案中那个最合乎自己希望的方案。然而事实上，这个方案往往是违背客观现实的错误方案，那种真正合乎客观规律的正确方案却"夕贬潮州路八千"了。（摘自朱健国《警惕"希望原则"》）

上穷碧落下黄泉，两处茫茫皆不见。

◎ **出处**

唐·白居易《长恨歌》

◎ **原诗**

……

临邛道士鸿都客，能以精诚致魂魄。

为感君王展转思，遂教方士殷勤觅。

排空驭气奔如电，升天入地求之遍。

上穷碧落下黄泉，两处茫茫皆不见。

……

◎ **注释**

穷：尽，这里指寻遍。

碧落：道教所说的东方第一天始青天，有碧霞遍满，叫"碧落"，一般用作天上的代称。

黄泉：挖地很深出水，叫作"黄泉"，一般用作地下的代称。

茫茫：广阔辽远的样子。

◎ **赏析**

这两句诗写明皇李隆基命方士寻找杨玉环的魂魄，意思是上天入地寻找个遍，天高地阔，都不见贵妃的踪影。后人常引用这两句诗来形容到处寻找而难于找到。

◎ **例句**

①有形者易见，无形者难言。最怕的是无形的拦路虎。因为无形，故易忽略；又唯其无形，只在隐约之间，"上穷碧落下黄泉，两处茫茫皆不见"，故特别令一些知识分子心怀惴惴。（摘自陈正宽《服色小议》）

②这一切究竟是怎样开始的？又会如何发展下去？他痛心疾首地瞻前顾后。

上穷碧落下黄泉，两处茫茫皆不见。

却看见了其间最污浊的一幕。就发生在他的家里，仲华的房间中……（摘自陶正《假释》）

③一时寻找肥源的运动，遍及全村上下，男女老幼，都在庄严地挖空心思，上穷碧落下黄泉，巴不得去认肥料公司的亲戚，或一夜开窍，发明一种造粪机。（摘自彭瑞高《田塘纪事》）

司空见惯浑闲事，断尽江南刺史肠。

◎ **出处**

唐·刘禹锡《赠李司空妓》。

◎ **原诗**

高髻云鬟宫样妆，春风一曲杜韦娘。

司空见惯浑闲事，断尽江南刺史肠。

◎ **注释**

司空：官名，此指李绅。

浑：全。

江南刺史：这里是刘禹锡自指。刺史，官名。

◎ **赏析**

这两句诗的意思是这轻歌曼舞，你李司空看得习惯了，完全是平常的事，不足为奇，可对我这个刚被罢归的江南刺史来说，却感伤得柔肠断尽啊！宋·苏轼《满庭芳·佳人》词曰："人间何处，有司空见惯，应谓寻常。"后来就用"司空见惯"来形容经常看到，不足为奇的事物。后人常引用刘禹锡这两句诗或只引前一句来说明某种事物经常见到便习以为常，不足为怪了。

◎ **例句**

①于是更多的人只有自认倒霉。"司空见惯浑闲事，断尽江南刺史肠。"不正常的现象，而纠正不了，到最后被人们"认可"，这不能不说是一种悲剧。（摘自吴志实《从"见怪不怪"想到法》）

②农民来到市区，面对高楼大厦、车水马龙的繁华不会像刘姥姥进大观园那样望而却步了。因为区镇、县城已"城市化"，对于他们这些是"司空见惯浑闲事"了。（摘自将为《"环外新妆"遐思》）

③至于话说到半截突然间想不起来后面要谈的事情，这种情况对于一些年长的人更是"司空见惯浑闲事"了。（摘自裴植《孔子说健忘》）

④木芙蓉在"北方"是稀见，在南方的地位却又是"司空见惯浑闲事"，未必为人所赏。（摘自俞香顺《林黛玉"芙蓉"花签考辨》）

还君明珠双泪垂，恨不相逢未嫁时。

◎ **出处**

唐·张籍《节妇吟》。此诗一本题下注云："寄东平李司空师道。"

◎ **原诗**

君知妾有夫，赠妾双明珠；

感君缠绵意，系在红罗襦。

妾家高楼连苑起，良人执戟明光里。

知君用心如日月，事夫誓拟同生死。

还君明珠双泪垂，恨不相逢未嫁时。

◎ **赏析**

李师道是当时藩镇之一的平卢淄青节度使，其势炙手可热，他用各种手段，勾结、拉拢文人和中央官吏。张籍主张统一、反对藩镇分裂，因此这首诗便是为拒绝李师道的勾引而作。诗表面上描写了一位忠于丈夫的妻子，经过思想斗争后终于拒绝了一位多情男子的追求，守住了妇道。实际表达了作者忠于朝廷、不被藩镇高官拉拢、收买的决心。这两句诗的意思是"我"把你送的明珠还给你，一阵心酸，忍不住眼泪直往下垂；真恨不得我们相逢在"我"还未出嫁的时候。话虽委婉含情，而拒绝的语气却坚决明朗。这两句诗既表明了自己的心迹，又不致伤害对方的感情，确是"拒婚"妙语。后人常引用这两句诗来表示婉言拒绝别人的求爱，或表示相逢恨晚，造成爱情上的遗憾。

◎ **例句**

①我颤动着手指，慢慢抽出信时，展开，同往昔一样工整的"仲义同学"四个字下边竟是无论如何也不敢相信的文字：

"还君明珠双泪垂，恨不相逢未嫁时……"

啊，古人的诗句敲响了我爱情的丧钟！我的眼前一黑，歪倒在椅子上。（摘自王金屏《不应错失的错失》）

②"还君明珠双泪垂，恨不相逢未嫁时"，虽然男女互相有情，但女方还是拒绝了对方的求爱，这是正确的。（摘自刘达临《君知妾有夫，赠妾双明珠》）

③以后他发现，自己真爱的，并不是罗普霍夫而是同自己有着相同志趣的、丈夫的朋友沙诺夫。但这已是"恨不相逢未嫁时"了。（摘自静波等《情窦初开须当心》）

④突然，他脑子里灵光一闪，想起那句诗："还君明珠双泪垂，恨

不相逢未嫁时。"顿时，他怔在那里，心里五味杂陈：喜悦，甜蜜，辛酸。遗憾，失落，一齐涌上心头。（摘自紫陌《还君明珠》）

⑤李文田无奈，只好将梁卷"抑而不录"，并在卷末批曰："还君明珠双泪垂，恨不相逢未嫁时。"表明其惜才而又无奈的心情。此后，梁启超便绝迹科场，他做《时务报》主笔时，更是痛斥科举制度扼杀人才。（摘自王开林《人间已无梁任公》）

剑外忽传收蓟北，初闻涕泪满衣裳。

◎ **出处**

唐·杜甫《闻官军收河南河北》

◎ **原诗**

剑外忽传收蓟北，初闻涕泪满衣裳。

却看妻子愁何在，漫卷诗书喜欲狂。

白日放歌须纵酒，青春作伴好还乡。

即从巴峡穿巫峡，便下襄阳向洛阳。

◎ **注释**

剑外：代指蜀中，诗人所在之地。蜀地在剑门之南，就长安而言，故称"剑外"。

蓟北：泛指唐代幽州、蓟州一带，即今河北省北部。

涕：眼泪。

◎ **赏析**

蜀中忽然传来了唐军收复河南河北，安史之乱即将平定的消息，乍一听到这一特大喜讯，令人惊喜、激动得热泪滚滚，湿满衣裳。此诗作于唐宗广德元年（763年）春天，作者五十二岁。据《旧唐书·代宗本纪》，唐宝应元年（762年）冬十月，诏天下兵马元帅雍王统兵十万讨史朝义，"河北州郡悉平"。次年正月，"贼范阳尹李怀仙斩史朝义首来献，请降"。至此，延续七年之久的"安史之乱"即将结束。杜甫流寓梓州（治所在今四川三台），闻讯喜极而悲，悲喜交集，遂作此诗。

"涕泪满衣裳"，以形传神，表现初闻捷报时的激情，形象而逼真。王嗣奭说："此诗句句有喜跃意，一气流注，而曲折尽情，绝无妆点，愈朴愈真。他人绝不能道。"后人常引用这开头两句诗来形容初闻喜讯时惊喜若狂的心情。

◎ 例句

①从我自己来讲，我诞生于黑暗旧世界，我的思想开始形成时，就满怀国破家亡之痛；同时，那又是"五四"之后大觉醒时代，因此，"剑外忽传收蓟北，初闻涕泪满衣裳""王师北定中原日，家祭无忘告乃翁"，每一读之，辄涕泪纵横，击节称赏。（摘自刘白羽《天涯何处无芳草——（芳草集）自序》）

②多少年来，盼的就是"冒着敌人的炮火前进"，打出一个新天地来；而今炮声隆隆，真是"初闻涕泪满衣裳"，一时也说不清，说不完那种复杂而又痛快的感受。（摘自吴岩《从寂寞中走出来》）

两岸猿声啼不住，轻舟已过万重山。

◎ 出处

唐·李白《早发白帝城》

◎ 原诗

朝辞白帝彩云间，千里江陵一日还。

两岸猿声啼不住，轻舟已过万重山。

◎ 注释

白帝：白帝城，在今重庆市奉节县，地势很高。

彩云：彩色云雾。

◎ 赏析

这首诗是李白参加当时的政治斗争失败，在被流放途中遇赦后写的。原诗意思是早上辞别长江上游高在彩云间的白帝城，一天工夫就回到了千里之外的江陵。两岸山峦层叠，猿猴不断尖厉鸣叫，船快如飞，转瞬间就过了重重关山。这是写山川的壮丽和诗人当时轻松愉快的心情。"两岸猿声啼不住，轻舟已过万重山"两句诗，可用来形容乘船或坐车去旅行的轻快感觉；也可用来形容某种时代潮流、思潮或力量的澎湃不可阻挡。原诗展露出一种愉快明朗的生命情调，意气飞扬奔放。

◎ 例句

①一道万里长江，古今诵咏者何止万千，"两岸猿声啼不住，轻舟已过万重山"是一种境界，"大江东去，浪淘尽，千古风流人物"又是一种境界。我写长江自不敢跟人比，但我写长江激流勇进之美，这是我所得之长江，我所爱的长江，我的长江之美。（摘自刘白羽《天涯何处无芳草——〈芳草集〉自序》）

②马勒根据原诗分为三段，每段都用"生是黑暗的，死也是黑暗的"作为结尾。这里的猿声，不再是"两岸猿声啼不住，轻舟已过万重山"，而是"孤猿坐啼坟上月"。音乐对此作出了极为伤感、凄凉的描绘，突出了永恒的大自然美景和短暂的人生之间的矛盾。（摘自茅于润《〈大地之歌〉歌大地》）

③嘉陵江水那么湍急，遍布暗礁浅滩，我暗自捏了一把汗。小郭却全然不惧，驾驶气垫船飞越险滩，飞越激流，天堑变通途。在我的脑海里忽然闪出这样的古诗："君看一叶舟，出没风波里"；"两岸猿声啼

不住，轻舟已过万重山"。我一边品味着诗意，一边在想，如果范仲淹和李白能看到今天的气垫船，一定又会挥笔写下新的诗篇。（摘自叶永烈《我爱气垫船》）

④小溪走筏，小河行船，大江飞舟，大洋巡舰。两岸猿声啼不住，轻舟已过万重山。你不应眷恋雪山的巍峨、森林的繁茂、高原的广袤……只有把目光放在前方，才能行得更远。（摘自康会欣《切莫刻舟求"宝"》）

⑤从"关关雎鸠，在河之洲"的水墨之美，到"晨兴理荒秽，带月荷锄归"的田园之美，到"两岸猿声啼不住，轻舟已过万重山"的旅途之美，再到"大漠孤烟直，长河落日圆"的边塞之美，美丽浸润着一代又一代中华儿女的心。（摘自余文霞《唱响美丽"甬"叹调》）

却看妻子愁何在，漫卷诗书喜欲狂。

◎ **出处**

唐·杜甫《闻官军收河南河北》

◎ **原诗**

剑外忽传收蓟北，初闻涕泪满衣裳。

却看妻子愁何在，漫卷诗书喜欲狂。

白日放歌须纵酒，青春作伴好还乡。

即从巴峡穿巫峡，便下襄阳向洛阳。

◎ **注释**

却看：还看。"却"与下句"漫"字相对。

漫卷：胡乱地卷起。

◎ 赏析

再看看妻儿，满面愁云已散。"我"胡乱地卷起书本，作归乡之计，欢喜得简直发了狂。本篇写诗人闻官军收复河南河北的消息之后，不禁欣喜欲狂的情态。清代诗论家浦起龙谓之老杜"生平第一快诗也"（《读杜心解》）。后人常引用"漫卷诗书喜欲狂"一句来形容欣喜之态。

◎ 例句

①因此，当我读到张一弓在他的《火神》中，那样忠实地描绘了农村经济生活蓬勃发展的新局面，那样热情地塑造了郭亮这个新生活开拓者的艺术典型，欢愉之情，不期而至。真有点像我们河南人的老乡杜甫当年那样"漫卷诗书喜欲狂""便下襄阳向洛阳"了。（摘自温超藩《文学的创作与开拓者的现代品格》）

②杜甫的"漫卷诗书喜欲狂"用在这里恰到好处，而李白的"朝辞白帝彩云间，千里江陵一日还"的凯旋却实属幻想，遥遥归途岂属易事。首先，须将全部箱子集中到重庆，还要再过大河，重下长江。（摘自刘勇《国宝沧桑》）

③字里行间，既有作者久经丧乱，一旦日寇投降，"漫卷诗书喜欲狂""青春作伴好还乡"的悲喜交集的感慨；也表达了他对现实的悲观和失望，欲遁隐桃源而不得的惆怅心情，这也是作者前半生的写照。（摘自邵燕祥《忽然想到"誓死"》）

④今年已经是抗战胜利65周年，我仍然难忘1945年8月15日山城狂欢之夜，数十万人涌上街头，那鞭炮焰火，那欢声笑语，还有许多人心头默诵的杜甫先生那首诗："剑外忽传收蓟北，初闻涕泪满衣裳。却看妻子愁何在，漫卷诗书喜欲狂。白日放歌须纵酒，青春作伴好还乡。即从巴峡穿巫峡，便下襄阳向洛阳。"（摘自章开沅《守望历史》）

⑤一日将归乡行期排上日程，那心情更是急切而狂喜："却看妻子愁何在，漫卷诗书喜欲狂。白日放歌须纵酒，青春作伴好还乡。"路上还是心中忐忑，遇见口音相似者，便不管不顾："君家居何处？妾住在横塘。停船暂借问，或恐是同乡。"（摘自钱国宏《乡土情结》）

春风得意马蹄疾，一日看尽长安花。

◎ **出处**

唐·孟郊《登科后》

◎ **原诗**

昔日龌龊不足夸，今朝放荡思无涯。

春风得意马蹄疾，一日看尽长安花。

◎ **注释**

疾：快。

◎ **赏析**

前两句直抒胸臆，说自己以往在生活上的困顿与思想上的局促不安再不值得一提了，今朝金榜题名，郁结的闷气已如风吹云散，心上有说不出的畅快。这两句诗的意思是春风中"我"得意洋洋，打马飞驰，四蹄生风，一日之内，看完了长安城内的繁华美景。诗人活灵活现地描绘出登科后神采飞扬的得意之志，酣畅淋漓地抒发了心花怒放、喜不自胜的得意之情，做到了情与景会，意随笔到。后人常引用这两句诗，更多的是引用第一句来形容一个人遇事顺畅，心情愉快。

◎ **例句**

①你"春风得意马蹄疾，一日看尽长安花"的轻狂，瞬间叶落枝残。（摘自巴尔遥《夜学晓不休苦吟鬼神愁——孟郊》）

②"好雨知时节……润物细无声"，"春风得意马蹄疾，一日看尽长安花。"为什么不使和畅的惠风、润物的好雨常驻人间呢？（摘自柳嘉《风雨吟》）

③试问，谁主浮沉：好个开拓新天、开展新地、开发新人啊！背负时代使命，经历几许坎坷，会比清水更纯净！今朝"春风得意马蹄疾"，为乘晨曦登程，扬帆出征……（摘自魏福茂《晨曦》）

④马年说马，便有了神笔马良的灵性，便有了伯乐相马的慧眼，便有了"春风得意马蹄疾，一日看尽长安花"的快感和意境。（摘自柯娇《马与中国文化》）

⑤马是人类挚友。它自远古走来，与人类休戚与共，早就成为心心相印的伙伴：欢喜时，"春风得意马蹄疾，一日看尽长安花"；失落时，"古道西风瘦马，断肠人在天涯"，诗人的描绘，道尽了人与马之间的亲密关系。（摘自陈燮君《说马》）

抽刀断水水更流，举杯销愁愁更愁。

◎ 出处

唐·李白《宣州谢朓楼饯别校书叔云》

◎ 原诗

……

蓬莱文章建安骨，中间小谢又清发。

俱怀逸兴壮思飞，欲上青天揽明月。

抽刀断水水更流，举杯销愁愁更愁。

人生在世不称意，明朝散发弄扁舟。

蓬莱文章：东汉时京城里校书处东观藏书极多，当时学者称东观为"老氏藏室，道家蓬莱"。诗中借蓬莱的比喻来称呼做校书郎的叔云。

建安骨：建安是东汉末年献帝的年号。当时曹操父子及建安七子的诗文刚健清新，后人称为"建安风骨"。

小谢：谢朓。谢朓出生在名诗人谢灵运之后，故称小谢。

◎ 赏析

诗人在这首诗里深刻地抒写了自己怀才不遇的苦闷。诗意豪迈，词语慷慨。"抽刀断水水更流，举杯销愁愁更愁"写尽了无限苦闷。当社会上还有与李白际遇相同的人时，这种共鸣就必然会出现。这两句诗形象生动，传唱千古。现今常用这两句诗表示满怀失意愁闷无从解脱。

◎ 例句

①有些青年每当遇到不顺心的事，总愿借酒消愁。可是"抽刀断水水更流，举杯销愁愁更愁"，在愁闷时喝酒，往往会导致没有节制，最易喝醉，这种饮酒也最伤身体，并非解愁的良策。（摘自顾青等《当你举杯祝酒的时候——写给好喝酒的青年朋友……》）

②生活是无始无终无休无止的长河，"抽刀断水水更流"。写小说却还要"断水""取一瓢饮"。生活又好比参天大树，写小说不过是断取一枝一节。（摘自林斤澜《枝节纵横》）

③祖国要统一，亲人要团聚，这不是任何力量可以抗拒的。"抽刀断水水更流"，中国人民永远要团结、前进。（摘自方任《迎亲人》）

④李白曾感慨"抽刀断水水更流，举杯销愁愁更愁"。我想，所谓"愁更愁"，或许是一种酒难销愁的真切体验吧。（摘自杨兴花《正视痛苦》）

相见时难别亦难，东风无力百花残。

◎ **出处**

唐·李商隐《无题》

◎ **原诗**

相见时难别亦难，东风无力百花残。

春蚕到死丝方尽，蜡炬成灰泪始干。

晓镜但愁云鬓改，夜吟应觉月光寒。

蓬山此去无多路，青鸟殷勤为探看。

◎ **注释**

前一个"难"字：指困难。

后一个"难"字：指难受、难忍。

残：凋谢、零落。

◎ **赏析**

相见的机会难得，因而离别时更觉难以忍受。在东风衰减、百花凋谢的暮春时节分手，更觉无限伤情啊。诗句写出了诗人与所爱女子别离时的感伤，情景交融，有很强的感染力。后人常引用"相见时难别亦难"一句来表述"别易会难"的感伤情绪。

◎ **例句**

①算了算，足足地在一起待了四天！真是"相见时难别亦难"啊，临分手，我们早已和好如初了，并又只恨隔期无日！（摘自吴若增《离异——一个当代中国男人的内心独白》）

②三天过去了，他们又默默地洒泪而别。真是"相见时难别亦难"，短暂的重逢后又将是长长的别离！（摘自傅德岷《"笋尖"与"菜心"——散文创作谈之七》）

③"相见时难别亦难"，人生最怕是离别。三毛匆匆而来、匆匆而

去，又要在潇潇春雨中离开故乡。（摘自华家杉《三毛回乡记》）

④简单的行李就在墙角的一隅，他又要归队了，我泪湿无语。又一次尝到离别的滋味，那种刻骨铭心的感觉，天天厮守在一起的恋人们是无法体会的，正所谓相见时难别亦难。（摘自侯梅《离别，也是一种美丽》）

⑤相见时难别亦难，毕业的时候总有些舍不得，可是天下没有不散的筵席，身边的朋友一个一个相继离开。除了将来陪伴一生的伴侣会永远追随，朋友都会不断地更替。（摘自以不《毕业花落知多少》）

云横秦岭家何在？雪拥蓝关马不前。

◎ **出处**

唐·韩愈《左迁至蓝关示侄孙湘》

◎ **原诗**

一封朝奏九重天，夕贬潮州路八千。

欲为圣明除弊事，肯将衰朽惜残年！

云横秦岭家何在？雪拥蓝关马不前。

知汝远来应有意，好收吾骨瘴江边。

◎ **注释**

左迁：贬官。韩愈触怒皇帝，被贬为潮州刺史。

秦岭：此处指终南山，主峰在长安县南，东西长八百里。韩愈被贬官潮州，出长安往南走，抬头望见高耸的秦岭，发此感慨。

蓝关：即蓝田关，在秦岭之北，长安的东南。韩愈出长安去潮州是初春时节，正逢下雪，故有雪拥蓝关之语。

汝：指韩愈侄孙韩湘。

瘴江边：指潮州，位于韩江边。古代南方沿海一带尚未充分开发，疾病流行，北方人视为瘴疠之地，贬谪到南方难望生还。

◎ 赏析

韩愈因谏迎佛骨几乎被处极刑，后减刑，被贬官到外地。此诗反映了他心境的苍凉，但他仍然坚持认为他是对的。后人曾评韩诗，说他"逞才使气"。韩愈此诗表明他心情懊丧，内心不平；但怨而不怒，情词感人，历来处于类似韩愈境地的人，读"云横秦岭家何在"一句，莫不为之洒一掬同情之泪。后人常引用这两句诗来抒发"英雄失路"之感，或用以形容道途的艰难。

◎ 例句

①山高坡陡，地湿路滑，卡车颠颠簸簸地艰难行进着，那一天黯然伤神的行程啊，真有点像当年韩愈被贬潮州行至秦岭山中遇雪的情景："云横秦岭家何在，雪拥蓝关马不前"，在我们只不过是"雪漫山原车不前"罢了。（摘自毛琦《街头雪花纷纷飞》）

②山阴处沉积着去冬的残雪，阳光留意不到的地方，仍旧覆压着小草的生命，虽然春天已到岭南，但岭北这个堡垒它是绝不轻易放过的，皑皑白雪硬似铁甲，做出一副沉睡千古的样子，诗云"云横秦岭家何在，雪拥蓝关马不前"，大概就是眼前这种情景吧。（摘自庐野《冷热两番秦岭风》）

③此时此刻，我那种无家可归的飘零感和失去了根系的植物似的蔫萎状，即应该用崔颢的"日暮乡关何处是"、韩愈的"云横秦岭家何在"来表达才合适。（摘自张贤亮《绿化树》）

古来圣贤皆寂寞，唯有饮者留其名。

◎ **出处**

唐·李白《将进酒》

◎ **原诗**

……

岑夫子，丹丘生，将进酒，杯莫停。

与君歌一曲，请君为我倾耳听。

钟鼓馔玉不足贵，但愿长醉不复醒。

古来圣贤皆寂寞，唯有饮者留其名。

……

◎ **注释**

寂寞：默默无闻。

◎ **赏析**

这两句诗的意思是自古以来，圣贤都是寂寞的，只有那些擅长饮酒的人才能够留名后世。此诗作者李白一生怀才不遇，只得借酒消愁。"古来圣贤皆寂寞"正是他自己最好的写照。"古来圣贤皆寂寞"，千古以来怀才不遇的英雄豪杰，莫不发出相同的感叹。这句诗通常用来形容有才能者在人生失意时的自我解嘲，也可看作是有才能者对现实人世的愤慨与呐喊。

◎ **例句**

①"古来圣贤皆寂寞，唯有饮者留其名"，这是李白借酒消愁时写下的诗句。其实，古往今来，饮者未必留名，而贤者俱名垂青史。历史上有作为的"贤者"，必为后人景仰，从不寂寞；但他们在建树业绩的过程中，必定耐得寂寞。在这个意义上，也可以说"古来圣贤皆寂寞"。（摘自狄国孚《要勇于"冒尖"，不要出风头》）

②"古来圣贤皆寂寞，唯有饮者留其名。"那么，不能留名，就是寂寞了。不过，诗人又说："千秋万岁名，寂寞身后事。"可见有了名还是不免寂寞。有名只是为人所知，但是知道并不等于理解；不被理解，才是圣贤的寂寞。（摘自邵燕祥《说"寂寞"》）

③"古来圣贤皆寂寞，唯有饮者留其名。"借问酒家何在，美酒何在？杏花村有，黄鹤楼、岳阳楼有，醉翁亭中、泛赤壁的小舟中也有。（摘自秦超《杯中文人》）

④大诗人李白云："古来圣贤皆寂寞，唯有饮者留其名。"诚哉斯言，泱泱中华，酒的历史源远流长，而喜饮善饮者不乏帝王将相、侠客义士、文人墨客，他们推杯换盏、开怀畅饮之际，却也从不同侧面反映出当时的时代气息、社会风尚和人物性格。（摘自崔鹤同《酒中窥人》）

欲渡黄河冰塞川，将登太行雪满山。

◎ **出处**

唐·李白《行路难》三首其一

◎ **原诗**

金樽清酒斗十千，玉盘珍馐直万钱。

停杯投箸不能食，拔剑四顾心茫然。

欲渡黄河冰塞川，将登太行雪满山。

闲来垂钓碧溪上，忽复乘舟梦日边。

行路难，行路难，多歧路，今安在？

长风破浪会有时，直挂云帆济沧海！

◎ **注释**

太行：山名，在今山西、河南、河北三省交界处。

雪满山，一作"雪暗天"。

◎ 赏析

这两句诗是对"拔剑四顾"所见的客观景色的具体描绘，意思是"我"要渡过黄河，有坚冰塞满河道；将要登上太行，有大雪积满山路。诗人以客观的具体景物比喻人生途中的事与愿违，语意双关，耐人寻味。李白具有远大的政治抱负，热心于建立功业，受诏入京后，却因小人谗阻而未能受到皇帝任用，反被"赐金还山"、变相赶出长安，故有此叹。后人常引用这两句诗来描述人生道途的艰难或抒发事与愿违的感慨。

◎ 例句

①我原来很想到全国各地走一走，了解一些实际情况。但当时出不去，在家待着，也没有什么可干的。当时真是有一点"欲渡黄河冰塞川，将登太行雪满山""拔剑四顾心茫然"啊。（摘自魏巍《我是怎样写〈东方〉的——在解放军文艺社军事题材短篇小说读书班的谈话》）

②自然环境的限制常常使个人的行动目的不能实现，正所谓"欲渡黄河冰塞川，将登太行雪满山"。因各种无法克服的自然灾害而使人们实现目的的行动受阻的情况，是经常发生的，如地震使人们生命受到威胁而又无法逃避，水灾淹没了农田使农民无法继续耕种而无收成等。（摘自马志国《走过挫折，就会收获你的人生》）

③希望楠楠的未来，多一些"春风得意马蹄疾""轻舟已过万重山"的顺畅，少一些"欲渡黄河冰塞川，将登太行雪满山"的艰难。（摘自郑迎春《瞬间十八年》）

蜀道之难，难于上青天！

◎ **出处**

唐·李白《蜀道难》

◎ **原诗**

噫吁嚱，危乎高哉！蜀道之难，难于上青天！

蚕丛及鱼凫，开国何茫然！

尔来四万八千岁，不与秦塞通人烟。

……

◎ **注释**

噫吁嚱：见物惊诧而发出的叹声，蜀地方言。

◎ **赏析**

唉呀呀！多么高大险峻啊！蜀道的艰难，比上青天还要难啊！诗人凭空起势，用惊讶的口吻唱出了对蜀道艰险的感叹。后人常引用这几句诗，主要是引用后两句诗来描绘蜀道的险峻艰难，或借以夸说某种事情之难。

◎ **例句**

①"噫吁嚱，危乎高哉！蜀道之难，难于上青天！"蜀道古栈，自古令人谈虎色变。（摘自宋晖《留在蜀道上的影迹——〈镖王〉摄制组拍摄追记》）

②可是，大约从去年开始，在我省某市某馆的一次演出中，突然卖到18元至20元一张；过了不久的另一次演出，又上升到25元，而在前些天的一次演出中，则卖到40元一张。"噫吁嚱，危乎高哉！"这么令人吃惊的大价码，真是不能不让人深思了！（摘自江东《飞涨的票价》）

③诗人李白曾经感叹"蜀道之难，难于上青天"。而今，成渝铁路穿越千山万水，而且还有空运、水运之便，真可谓"蜀道易，易于履平

地。"（摘自朱峻峰《时代的画卷国家的缩影》）

④谁说蜀道之难难于上青天？你不是从蜀道上走出来了吗？你不是已经走过来了吗？你还会走得很稳很稳，你还会攀得很高很高……我想，是这样。（摘自顾晓军《凝重的绿色》）

⑤会议结束后，我特意前往四川剑门古蜀道寻访李白的足迹，可如今交通之发达，昔日"蜀道之难，难于上青天"的景象已不复存在，但剑门古蜀道上万棵千年古柏，犹如一件件不朽的活化石档案，更似一条条莽莽苍龙，穿峡谷、越沟渠、翻高峰、破云雾，磅礴气势，令我惊叹不已！（摘自黄海《壮哉！蜀道古柏》）

四、怀古感悟

一去紫台连朔漠，独留青冢向黄昏。

◎ **出处**

唐·杜甫《咏怀古迹五首》之三

◎ **原诗**

群山万壑赴荆门，生长明妃尚有村。

一去紫台连朔漠，独留青冢向黄昏。

画图省识春风面，环珮空归月夜魂。

千载琵琶作胡语，分明怨恨曲中论。

◎ **注释**

去：离开。

紫台：即紫宫，皇帝的宫殿，这里指汉代后宫。

连：这里指联姻。

朔漠：北方沙漠，匈奴所居之地。王昭君（嫱）曾远嫁匈奴。《汉书·匈奴传》："竟宁元年，单于复入朝，……自言愿婿汉氏以自亲。元帝以后宫良家子王嫱字昭君赐单于。"

青冢：指王昭君的坟墓，在今内蒙古自治区呼和浩特市南二十里。《归州图经》："胡中多白草，王昭君冢独青，号青冢。"《太平寰宇记》：王嫱墓"其上草色常青，故曰青冢"。

向黄昏：指王昭君死后凄凉冷落。

◎ 赏析

这两句诗本于南朝·江淹《恨赋》："若夫明妃去时，仰天太息。紫台稍远，关山无极。"意思是王昭君独身一人离开汉宫，到北方大漠去嫁给匈主单于，如今只剩下孤零零的青冢，黄昏后更显得凄凉冷落。此诗借咏昭君之怨以寄托作者的身世家国之情。首联感叹昭君生前及死后的凄凉。清代朱瀚《杜诗解意》说："'连'字写出塞之景，'向'字写思汉之心，笔下有神。"两句极有概括力，雄浑苍凉，写尽昭君一生的悲剧。现在说到王嫱或昭君墓时，常常引用这两句诗。

◎ 例句

①一步步上行，视线越来越开阔了。我望着墙外坦荡的原野，听着墙内游人的笑语，心海里激荡着澎湃的心潮，"一去紫台连朔漠，独留青冢向黄昏"的诗句又回响在我的心头。（摘自张莉《此情绵绵无绝期——访昭君墓》）

②"一去紫台连朔漠，独留青冢向黄昏。"昭君来到匈奴之后，嫁给了匈奴的一个单于呼韩邪，生了两个儿子。（摘自雷鸣《民族友好的使者——王昭君》）

③"一去紫台连朔漠，独留青冢向黄昏。"名唤昭君的绝代女子，

放弃了绿柳夹河而列，长风携云朵蹁跹而来的长安，放弃了歌舞升平的华丽后宫，担负起维系和平安定的重任，用一生的流年换取大汉百姓的安定，撑起大汉王朝的半边天。（摘自李广宇《从历史长河看担当》）

④这种心态不足为怪，因为自古及今塞外边疆在诗人的吟咏中，早已凝成"瀚海阑干百丈冰，愁云惨淡万里凝"的景象，演出"一去紫台连朔漠，独留青冢向黄昏"的传说。（摘自李彬《边疆，边疆》）

江东子弟多才俊，卷土重来未可知。

◎ **出处**

唐·杜牧《题乌江亭》

◎ **原诗**

胜败兵家事不期，包羞忍耻是男儿。

江东子弟多才俊，卷土重来未可知。

◎ **注释**

江东：今芜湖、南京以下和长江南岸一带。

◎ **赏析**

楚汉之争，项羽垓下失利，败逃至乌江（今安徽和县境内），自愧无颜见江东父老，自刎而死。首句言胜败乃兵家常事。次句批评项羽胸襟不够宽广，缺乏大将气度。三四句设想项羽假如回江东重整旗鼓，说不定就可以卷土重来。这句有对项羽负气自刎的惋惜，但主要的意思却是批评他不善于把握机遇，不善于听取别人的建议，不善于得人、用人。司马迁曾以史家眼光批评项羽"天亡我，非战之罪"的执迷不悟。杜牧则以兵家的眼光论成败由人之理。二人都注重人事，但司马迁是总结已然之教训，强调其必败之原因；杜牧则是假想未然之机会，强调兵家须有远见卓识和不屈不挠的意志。"卷上重来未可知"常用来形容一个人或团体的一时失败，却仍然还有卷土再来的机会；也常用来勉励失意者，即使失败仍然要坚定意志，努力不懈。

◎ **例句**

①前不久，报刊上很热烈地议论过一阵"江东子弟"的问题。有人相信杜牧的诗："江东子弟多才俊，卷土重来未可知"；有人相信王安石的诗："江东子弟今虽在，肯为君王卷土来"？一个说来；一个说不来。我是不相信"江东子弟多才俊"的，跟着项羽的"江东子弟"，其实多数是社会上的游民，成事不足，败事有余，所以一入咸阳，纵火烧杀；偶闻楚歌，四散逃窜。（摘自冯英子《再谈"江东子弟"》）

②为政而"不堪政事"，在当今之世，就远远不是什么"此座可惜"的问题了。杜牧"江东子弟多才俊，卷土重来未可知"的诗句也就并非完全没有应验的可能。（摘自胡靖《"圣质如初"戒》）

③乌江亭长早已在渡口准备好船只，并劝项羽回江东重整旗鼓："江东子弟多才俊，卷土重来未可知。只要大王赶快过江，汉军即使赶到，也只能望江兴叹，无法飞渡。"（摘自毛元佑《悲剧英雄项羽：生当作人杰，死亦为鬼雄》）

杨家有女初长成，养在深闺人未识。

◎ **出处**

唐·白居易《长恨歌》

◎ **原诗**

汉皇重色思倾国，御宇多年求不得。

杨家有女初长成，养在深闺人未识。

天生丽质难自弃，一朝选在君王侧。

回眸一笑百媚生，六宫粉黛无颜色。

……

◎ 注释

杨家有女：杨贵妃是蜀州司户杨玄琰的女儿，幼时养在叔父杨玄珪家，小名玉环。开元二十三年（735年），册封为寿王（玄宗的儿子李瑁）妃。二十八年玄宗使她为道士，住在太真宫，又改名太真。天宝四年（745年）册封为贵妃。

◎ 赏析

杨家有位美女小名玉环，刚刚成人，养在深深的闺房之中从不外出，人们都不认识她。诗中这样写杨玉环的身世，不说她先为寿王妃，再为玄宗妃，是诗人"为君讳"的狡黠之笔。后人常借用"养在深闺人未识"一句来比喻某一事物未被发现、未被认识。

◎ 例句

①山水清奇，土石温润，小城便坐落在湘鄂川黔街邻的山谷里。静幽幽的，清秀秀的，养在深闺人未识。（摘自甘茂华《素描》）

②于是，虽闻其名而不屑登临，只落得这个大自然的佼佼者，千百年来如隔世外。"养在深闺人未识"！看来智者千虑，果有一失，竟也知其一不知其二地顾此失彼，给我们的石膏山造了一个难以平复的历史误会。（摘自温暖《石膏山小识》）

③这些美丽、奇绝的风景，不被人们发现，如同旧时代的那些美丽女性，"养在深闺人未识"，也就寂寥了数千年。（摘自光群《成昆南段之忆》）

④前后仅三四年，该镇已具花卉镇的雏形。"杨家有女初长成，养在深闺人未识"，让我们撷取一些片段，使人们认识一下这个新发展起

来的花卉镇。（摘自严大岳《杨梅镇成了花卉镇》）

⑤少儿图书馆不能有"杨家有女初长成，养在深闺人未识"的傲慢和矜持，要主动走出去接近小读者，不断深化服务意识，提升服务质量，把更多的未成年人聚到"家"里来。（摘自郑凌平《少儿图书馆为未成年人服务之探讨》）

昔人已乘黄鹤去，此地空余黄鹤楼。黄鹤一去不复返，白云千载空悠悠。

◎ 出处

唐·崔颢《黄鹤楼》

◎ 原诗

昔人已乘黄鹤去，此地空余黄鹤楼。

黄鹤一去不复返，白云千载空悠悠。

晴川历历汉阳树，芳草萋萋鹦鹉洲。

日暮乡关何处是？烟波江上使人愁。

◎ 注释

黄鹤楼：在湖北省武汉市。武昌西有黄鹤山，山西北有黄鹤矶，峭立江中，旧有黄鹤楼。《方舆志》："昔有仙人子安乘黄鹤过此，因得名。"故址在今武汉长江大桥武昌桥头，1985年重建于蛇山。俯瞰江汉，极目千里，是我国名胜之一。此诗格调优美，最为传诵。严羽《沧浪诗话》评曰："唐人七言律诗，当以崔颢《黄鹤楼》为第一。"据元人辛文房《唐才子传》载，李白登黄鹤楼本欲赋诗，因见崔颢此作，为之敛手，说："眼前有景道不得，崔颢题诗在上头。"

昔人：指骑鹤的仙人。

黄鹤，一作"白云"。

悠悠：长久。

◎ **赏析**

昔日的仙人已乘坐黄鹤飞去了，此地只剩下一座著名的黄鹤楼。黄鹤一经飞去，便再也不飞回来了，而黄鹤楼上空的白云，却千载不去，长久飘荡着。后人常引用这四句诗来抒写黄鹤楼思古之幽情，或只引前两句来表达人已离去，此地空留的感慨。

◎ **例句**

①"昔人已乘黄鹤去，此地空余黄鹤楼。黄鹤一去不复返，白云千载空悠悠。"我心中默默朗诵这两句诗，站在大厅外的跑马廊极目远望：雄伟的长江大桥、玉带般的长江、烟雾茫茫的城市……倚楼思绪万千！（摘自彭赞《九霄仙鹤又乘风》）

②"昔人已乘黄鹤去，此地空余黄鹤楼"，前年大难临头，北平的学者们所想援以掩护自己的是古文化，而惟一大事，则是古物的南迁，这不是自己彻底的说明了北平所有的是什么了吗？（摘自鲁迅《花边文学·"京派"与"海派"》）

③卫东临走前信誓旦旦，说一定要把我从这个大山沟里搭救出去。可一去五个年头，却音讯杳然。我给他寄了一首唐诗："昔人已乘黄鹤去，此地空余黄鹤楼……"也没有见他寄回片言只字。（摘自江渔《大山，绿色的大山》）

④不幸的是，当我出生在这片土地上时，这种景象已不复存在了。"昔人已乘黄鹤去，此地空余黄鹤楼。"古人说的这还是一种比较好的状况，更糟糕的是连黄鹤楼也不知所踪。（摘自古土《故乡沧桑》）

人生七十古来稀。

◎ **出处**

唐·杜甫《曲江》二首之二

◎ **原诗**

朝回日日典春衣，每日江头尽醉归。

酒债寻常行处有，人生七十古来稀。

穿花蛱蝶深深见，点水蜻蜓款款飞。

传语风光共流转，暂时相赏莫相违。

◎ **赏析**

"人生七十古来稀"一句，千百年来为人传咏，各有寄托。作者借此诗感叹生命的有限，能活到七十岁并不容易；既然来日无多，何不典衣醉归，及时行乐？后人将"人生七十古来稀"压缩为"古稀"，以代指七十岁，也常引用这一句来说明人生长寿不易。

◎ **例句**

①节奏之快，连我这年轻人都感到精疲力竭……第二天，徐老又出现在调研行列之中，充沛的精力依然如故。古人云：人生七十古来稀。我怀着某种兴趣开始正面采访……（摘自丁冬《养怡之福，可得永年——访原航天工业部副部长徐昌裕》）

②过去，人们常说："人生七十古来稀。"可是现在，在我们优越的社会制度下，百岁老人越来越多了。（摘自宋莱公《看似寻常事坚持奏奇功——访百岁老人高惠芬》）

③"人生七十古来稀"，而郑勋华这位即将步入古稀之年的老者，却依然奋斗在印刷一线，且"战功显赫"。（摘自林畅茂《这个老头不简单》）

④人生七十古来稀，望着父亲不再挺拔的高大身材，时间的车轮还必须往回骑行。（摘自王芸《父爱，是一份懂得》）

今人不见古时月，今月曾经照古人。

◎ **出处**

唐·李白《把酒问月》

◎ **原诗**

……

白兔捣药秋复春，嫦娥孤栖与谁邻？

今人不见古时月，今月曾经照古人。

古人今人若流水，共看明月皆如此。

唯愿当歌对酒时，月光长照金樽里。

◎ **赏析**

今人不可能看见过去的月亮，而现在的月亮，却是曾经照耀过古人的那一个。这两句诗，一方面是感叹生命有限而宇宙无穷；另一方面则以人月的对比，来感叹面对大自然时，人类的卑微，在无休止的时间洪流中，人类是多么的渺小呀！后人常引用这两句诗来描述月夜，或表现宇宙永恒、人生短促之意。

◎ **例句**

①今人不见古时月，今月曾经照古人，天地悠悠，万古茫茫中，神秘和幻想让位给求实精神，让位给精确的计算和科学的分析了。（摘自邵燕祥《神鬼之什·科学与人》）

②在月亮底下发一点感慨，是诗人们常有之事，李白的"今人不见古时月，今月曾经照古人"，苏轼的"此生此夜不长好，明月明年何处看"对古今变幻，世事无常，都是感慨系之。（摘自冯英子《今夜月明人尽望》）

③"今人不见古时月，今月曾经照古人。"诗仙李白所叹的时光流逝虽不能与这40年并语，可这40年的时光使多少白发人抚今追昔，感慨

万端。（摘自齐九鹏《伴着年轮的思考——市美术·书法·摄影展观后沉思录》）

④今人不见古时月，今月曾经照古人。望着这曾洗礼过地球上千万代人、见证过亿万人生离死别的千古明月，我忽然发现，好多年前，我们共赏的那轮明月还在，可曾经一起赏月的人呢？（摘自吕游《望月》）

⑤"今人不见古时月，今月曾经照古人。"今夜，我东施效颦，也学古人仰天问月：自古及今，与李白比肩者几人哉？（摘自魏新宇《掬一杯盛唐的酒韵诗香》）

朱雀桥边野草花，乌衣巷口夕阳斜。旧时王谢堂前燕，飞入寻常百姓家。

◎ **出处**

唐·刘禹锡《乌衣巷》

◎ **原诗**

如题

◎ **注释**

朱雀桥：在乌衣巷附近，是六朝时代都城正南门（名朱雀门）外秦淮河上的大桥（今南京聚宝门内）。

野草花：指野草丛中开花。花，动词。

乌衣巷：是金陵（今南京市）东南的一条街巷，在秦淮河畔。原是晋代大世族王导、谢安居住之地。三国吴曾在此设军营，军士穿黑衣，故名。

寻常：平常，普通。

◎ 赏析

在朱雀桥边，一片绿茸茸的野草丛中，有几朵小花开放。乌衣巷街头，夕阳正向西偏去，斜晖渐暗。王谢等贵族的宅第已成废墟，燕子照旧飞来，就到平民的房屋里做窝。这首诗写沧桑变化，寄托兴亡的感慨。燕子依然飞翔，而豪门却已衰落；荣华富贵有如过眼云烟，到头来全都是一场空。前两句是环境烘托、气氛渲染，按说，似乎该转入正面描写乌衣巷的变化，抒发作者的感慨了。但作者没有采用过于浅露的写法，诸如，"乌衣巷在何人住，回首令人忆谢家"之类，而是寓情于景，赋予燕子以历史见证人的身份。"寻常"两个字，又特别强调了今日的居民是多么不同于往昔。从中，我们可以清晰地听到作者对这一变化发出的沧海桑田的无限感慨。飞燕形象的设计，好像信手拈来，实际上凝聚着作者的艺术匠心和丰富的想象力，让人回味无穷。

◎ 例句

①李布道的家——"李氏诊所"，很好找。"朱雀桥边野草花，乌衣巷口夕阳斜。旧时王谢堂前燕，飞入寻常百姓家。"一座石拱桥旁，门上有骑楼，院里有两棵大垂柳。这时只听柳荫里啾啾鸟鸣，是不是王谢堂的归来燕？（摘自姜磊《谁是报幕的人》）

②浇花锄草的人愈多，园林也会愈茂密。连我这"朱雀桥边野草花"也分领了一些滋润与修剪之劳。（摘自傅庚生《文学赏鉴论丛·前言》）

③这等朱门，哪一家哪一户不期望子孙传承、流祚无疆呢？实际上大大不然，就像游戏中的"击鼓传花"一样，儿孙手里没传上几茬，就空际云烟似的，败亡散没了。路人再过"朱门"，唯见"旧时王谢堂前燕，飞入寻常百姓家"了。（摘自杨闻宇《说红》）

④君子兰就是一种出身高贵、带着帝王豪气的名花。如果花儿有

知，能够顾影自怜的话，定然会觉得自己是"龙种自与常人殊"了。后来，它竟"飞入寻常百姓家"，而且被打上了"和尚""染厂""吴大夫"等这样世俗平民的印记。（摘自邓加荣《君子兰之谜》）

⑤现在档案人最爱引用"旧时王谢堂前燕，飞入寻常百姓家"的诗句，说明随着社会的进步，档案已不再仅仅是政府的珍藏，在成就"历史"、资政育民的同时，正走出"深闺"，服务民生，由幕后走向台前，成为改变人们生活的一种新动力。（摘自刘克平《档案的活力来自于为民》）

江畔何人初见月？江月何年初照人？人生代代无穷已，江月年年只相似。

◎ 出处

唐·张若虚《春江花月夜》

◎ 原诗

春江潮水连海平，海上明月共潮生。

滟滟随波千万里，何处春江无月明。

江流宛转绕芳甸，月照花林皆似霰。

空里流霜不觉飞，汀上白沙看不见。

江天一色无纤尘，皎皎空中孤月轮。

江畔何人初见月？江月何年初照人？

人生代代无穷已，江月年年只相似。

不知江月待何人，但见长江送流水。

……

◎ **注释**

已：止。

◎ **赏析**

这几句诗写诗人以大自然与人生对照而产生的感慨，意思是在江畔上的人，谁最先看到了江上的月亮？江上的月亮，是哪一年最初照到江畔上的人呢？人生在世上，一代代延续着没个穷尽，而江上的月亮，却是年年一样啊。后人常引用这几句诗来表达人生的感慨。

◎ **例句**

①这先人世而生的自然物，不正是人世沧桑的见证者吗？它把我们引向幽远的沉思。"江畔何人初见月？江月何年初照人？人生代代无穷已，江月年年只相似。"是啊，人情虽异，月色依然。（摘自刘正成《夜过秦岭》）

②"也许你还能看到他们当副教授、教授，也许你已经命归九泉。就这样'人生代代无穷已，江月年年只相似'。"（摘自山木公《风与黄金分割律》）

③这心理是细的、柔的、感伤的、内敛的，中国人选择了这一天像蚕吐丝一样，把轻易不肯吐露的心思，拉得很长很长——"江畔何人初见月，江月何年初照人？"这轻轻一问，看似漫不经心，却一下子把思想的触角伸向了远古洪荒，追问到了人类的源头。（摘自周涛《明月文》）

④江畔何人初见月？江月何年初照人？人生代代无穷已，江月年年只相似。每当我站在浏阳河之滨，便不由自主地如此感慨。（摘自彭晓玲《青色浏阳河》）

⑤午夜的钟，敲完了一天里最后的一记声响便归于沉寂。今晚无月，我独影而行。"江畔何人初见月，江月何年初照人"这千古一问已成了人类永久的迷惑。（摘自文佳《心灵之箫》）

云想衣裳花想容，春风拂槛露华浓。

◎ 出处

唐·李白《清平调词》三首之一

◎ 原诗

云想衣裳花想容，春风拂槛露华浓。

若非群玉山头见，会向瑶台月下逢。

◎ 注释

槛：栏杆。

露华浓：牡丹花沾着晶莹的露珠更显得颜色美丽。

◎ 赏析

此诗是李白在长安供奉翰林时奉诏而作，咏写杨贵妃之美。这两句诗的意思是看见彩云，就想起贵妃的衣裳，看见牡丹花，就想起贵妃的容貌，尤其是春风滴露之时的牡丹花，更加鲜艳美丽。以云和花来比喻杨贵妃的衣裳容貌，再以牡丹的艳丽来衬托贵妃的美丽动人。后人常引用前一句诗来形容美丽的服饰和容颜，也比喻美好的景物。

◎ 例句

①羽装，已经从李白的"云想衣裳花想容"的神仙意境里幻化而出，走到人间来了，当北海公园一片白雪皑皑、琼枝玉树的时候，你会看到一群身着色彩艳丽的羽装的姑娘，踩着积雪嬉笑而逐。（摘自张健行《折射的信息》）

②"云想衣裳花想容"，多少少男少女像星星追逐阳光、蓓蕾憧憬怒发那样追求着美的仪表，美的形体，美的风度。（摘自龚春华《青春美断想》）

③但我仍信这一遭山上准有，我也打算拿这一种纯洁朴素的花品来做一篇小说。云想衣裳花想容，我想那情调一定会是有点儿唯美主义的

吧。（摘自张放《山寺絮语》）

④"云想衣裳花想容，春风拂槛露华浓。"随着古筝甜美而略带忧郁的旋律，唐朝美人杨玉环从万朵樱花中露出真容。（摘自许文舟《聆听樱花》）

诚知此恨人人有，贫贱夫妻百事哀。

◎ **出处**

唐·元稹《遣悲怀三首》之二

◎ **原诗**

昔日戏言身后意，今朝都到眼前来。

衣裳已施行看尽，针线犹存未忍开。

尚想旧情怜婢仆，也曾因梦送钱财。

诚知此恨人人有，贫贱夫妻百事哀。

◎ **赏析**

此诗是元稹为悼念亡妻韦氏（名丛，字蕙丛）而作。本篇紧承上一首悲凉凄哀的情调，主要写妻亡之后的哀情。这两句诗，从"诚知此恨人人有"的泛说，落到特指上，意思是确实知道，这种遗恨人人都会有的，对于生活贫困、地位低贱而患难与共的夫妻来说，妻亡之后，一切事情都会令人感到悲哀伤感，把亡妻之痛表达得更加深切感人。后人常引用这两句诗来说明贫贱夫妻生活的坎坷或多灾多难。

◎ **例句**

①"贫贱夫妻百事哀。"不好说这句话没有一点儿道理；但能不能反其意而断言："富贵夫妻百事乐"呢？（摘自商子雍《爱……——求是斋小札》）

②他没想到，妻子也替他想好了：要给他同样买件呢子大衣。他穿了一冬天的一身油的棉大衣也该换换了！什么叫心心相印？什么叫相濡以沫？什么叫贫贱夫妻百事哀？（摘自肖复兴《呵，老三届》）

前不见古人，后不见来者。念天地之悠悠，独怆然而涕下！

◎ **出处**

唐·陈子昂《登幽州台歌》

◎ **原诗**

如题

◎ **注释**

古人：指前贤。

来者：指后贤。

悠悠：长久。

怆然：凄恻感伤的样子。

◎ **赏析**

这首诗是诗人登幽州台（在今北京市大兴区，即蓟北楼）远眺，独立苍茫，有感而发。诗的意思是前不见古代的贤人，后不见来世的贤人。感念天长地久，无穷无尽，而人生短暂，个人渺小，不由得凄恻感伤，泪下沾襟。诗人抱负远大，却怀才不遇，又感到知音难逢，故孤独悲愤，慷慨悲歌。全诗不绘景物而直抒胸臆，写得感情强烈，动人心弦，遂成千古绝调。后人常引这首诗或部分诗句借以抒发人生感慨，或说明空前绝后。

◎ **例句**

①"诗缘情而绮靡。"绝不要离开了情去"绮靡"。根据题材内

容的需要，也可以不施任何色彩。"前不见古人，后不见来者。念天地之悠悠，独怆然而涕下"，如果非要加上红色或绿色，岂不画蛇添足？（摘自宋垒《色彩和美》）

②我在这个土坛上低徊慢步，想起了许许多多的事情。我们未必"前不见古人，后不见来者"，凭着思想和激情的羽翼，我们尽可去会一会古人，见一见来者。（秦牧《社稷坛抒情》）

十年一觉扬州梦，赢得青楼薄倖名。

◎ 出处

唐·杜牧《遣怀》

◎ 原诗

落魄江湖载酒行，楚腰纤细掌中轻。

十年一觉扬州梦，赢得青楼薄倖名。

◎ 注释

落魄：失意。

青楼：指妓院。

薄倖：指薄情。

◎ 赏析

这是杜牧追忆在扬州当幕僚时那段生活所写的抒情之作。《后汉书·马廖传》："楚王好细腰，宫中多饿死。"《赵飞燕外传》："飞燕体轻，能为掌上舞。"杜牧原是很有政治抱负的人，但生于政治腐败的唐朝晚年，长期受压制，前半生尝够了沉沦的下级小吏的滋味，因此生活上有放浪不羁、纵情酒色的一面，"十年一觉扬州梦，赢得青楼薄倖名"便是此时生活的写照。今人引用"十年一觉扬州梦"，多指大梦觉醒之意，用以表示对以往荒唐生活的悔恨与觉悟。

◎ **例句**

①由此看来，虽然他（杜牧）曾经轻狂放荡，"十年一觉扬州梦，赢得青楼薄倖名"，如果他当了皇帝，会不会破国亡身，就很难说。（摘自牧惠《骏马犁田与老牛历险》）

②十年一觉神州梦，恶梦醒来并不都是早晨，对他们来说已近黄昏。当然，夕阳毕竟也是美好的。（摘自王颖《还像他们年轻的时候——记李焕之、李群夫妇》）

③1977年写成了《红楼梦魇》，用十年时间，写了14万字。她自己说："十年一觉迷考据，赢得红楼梦魇名。"（摘自李伟《折翼的凤凰——文坛"怪才"张爱玲》）

门前冷落鞍马稀，老大嫁作商人妇。

◎ **出处**

唐·白居易《琵琶行》

◎ **原诗**

……

今年欢笑复明年，秋月春风等闲度。

弟走从军阿姨死，暮去朝来颜色故。

门前冷落鞍马稀，老大嫁作商人妇。

商人重利轻别离，前月浮梁买茶去。

……

◎ **注释**

鞍马：这里是借代，指人。

◎ 赏析

从此门前冷落，再没有从前那么多车马客人了，老大之后嫁与商人为妇。后人常引用这两句诗，或只引"门前冷落鞍马稀"一句来说明门庭冷落，无人光顾一类的意思。"鞍"有时误引作"车"。

◎ 例句

①大概，有人也隔窗窥测到了我住进来的影儿，因而来看他的客人日趋减少，甚至有点儿"门前冷落鞍马稀"哩。（摘自何清泉《人影儿》）

②过去，文物部门是"门前冷落鞍马稀"的地方，近几年多是"车如流水马如龙"，中外参观者每年都在大幅度增加。（摘自王兆麟《保护文物利用文物——访陕西省副省长孙达人》）

③她不是"老大嫁作商人妇"的风尘女子，也不是"悔教夫婿觅封侯"的深闺贵妇。她有她自己的奇特的想法。（摘自刘逸生《痴稚、热情的长干女——读李白〈长干行〉》）

人生得意须尽欢，莫使金樽空对月。

◎ 出处

唐·李白《将进酒》

◎ 原诗

君不见，黄河之水天上来，奔流到海不复回。

君不见，高堂明镜悲白发，朝如青丝暮成雪。

人生得意须尽欢，莫使金樽空对月。

天生我材必有用，千金散尽还复来。

……

◎ **注释**

樽：古代盛酒的器具。

◎ **赏析**

李白此诗大约作于出翰林"赐金放还"之后。诗人当时胸中积郁很深，借本篇抒发了感慨。得意当指挚友相聚，互诉心曲，心气相通，而并不是指"志得意满，官运亨通"。这两句诗的意思是人生在世上，当挚友相聚、心气相通的得意之时，便应当抓紧时间尽情地欢乐，不要举着金杯美酒空对着月光的流逝。看似宣扬及时行乐的思想，而实际上是诗人失意后发出的慨叹，流露出作者怀才不遇的愤懑心情。后人常引用这两句诗来表达及时行乐的思想，或有误与罗隐《自遣》中"今朝有酒今朝醉"之句套在一起使用者。

◎ **例句**

①爱情触发了他的灵感。他一篇篇的作品问世了。"人生得意须尽欢，莫使金樽空对月。"结婚前的一个夜晚，一个电影剧本已通过终审的朋友请客，他和她从"聚合楼"酒家出来，他感到脚步有些不稳。（摘自李海音《越过崇山》）

②分手的时候，露易丝伸出自己的小手让约翰·斯诺久久地握着，末了，还悄悄地加上一句，"中国有一句古诗，'今朝有酒今朝醉，莫使金樽空对月'。"（摘自庄维明《报价》）

③在我看来，人生贵在"得而不喜，失而不忧"，有时候比"人生得意须尽欢"更重要的是"人生失意莫惆怅"。（摘自陈金田《成长的脚印》）

④酒的确是个很奇妙的东西，高兴的时候要饮它，"人生得意须尽欢，莫使金樽空对月"；忧伤的时候也需要它，"何以解忧，唯有杜康"；聚会时要喝酒，"兄弟相逢一碗酒"；独处寂寞时也要饮酒，"举杯邀明月，对影成三人"。（摘自汪小兵《喜忧参半酒文化》）

从唐诗中汲取写作智慧

为他人作嫁衣裳！

◎ **出处**

唐·秦韬玉《贫女》

◎ **原诗**

蓬门未识绮罗香，拟托良媒益自伤。

谁爱风流高格调，共怜时世俭梳妆。

敢将十指夸针巧，不把双眉斗画长。

苦恨年年压金线，为他人作嫁衣裳！

◎ **注释**

压金线：指女孩子做的刺绣工作。

◎ **赏析**

这最后两句诗是描写贫穷女子的悲苦，痛恨每年都得做这刺绣衣服的工作，结果只是为他人制作出嫁的美丽衣裳。贫女总是为他人作嫁衣裳，而不是为自己。作者原诗以贫女自喻，表示自己怀才不遇，无人赏识。现今引用"为他人作嫁衣裳"多用来感叹自己"为谁辛苦为谁忙"，并借此抒发内心的不平。

◎ **例句**

①有"轻名"的，常见的是"为他人作嫁衣裳"的道德高尚的作家和编辑。他们扶掖后起，披阅增删，推敲改削，及至新秀声名鹊起，他却"在丛中笑"。（摘自郭启宏《闲掂笔名论重轻》）

②他想，只要取得杨行密的支持，他在系领导会上提出把俞晓易留下就不成问题了。朱元丰兢兢业业，专为他人作嫁衣裳。（摘自王小鹰《一路风尘》）

③也许，有人会讥讽李桂喜踏实工作是"平庸"，或嘲笑他"为他人作嫁衣裳"。但是，人各有志，李桂喜干工作，不是为个人捞取好

处，也不是为博得别人廉价的喝彩，他首先考虑到一个共产党干部的职责，这就是带领广大群众尽快走上富裕的道路。（摘自陈维伟《眼光与心胸》）

④中国制造长期以来为他人作嫁衣裳，向中国品牌的升级并非易事，转型的痛苦可能超乎想象。（摘自龚小英《中国制造蜕变成中国智造》）

⑤但编辑为他人作嫁衣裳的工作也不全然是被动的，编辑修改、加工、润色稿件的过程也是再创造的过程，因为这个过程，是把握观点的正确与否、书稿的真实性程度的一个再思考过程。（摘自史乃达《编辑五忌》）

一骑红尘妃子笑，无人知是荔枝来。

◎ 出处

唐·杜牧《过华清宫绝句》三首之一

◎ 原诗

长安回望绣成堆，山顶千门次第开。

一骑红尘妃子笑，无人知是荔枝来。

◎ 赏析

这两句诗是说传送荔枝的人快马加鞭地来了，他们的千辛万苦只换得杨贵妃嫣然一笑，而人们看见飞奔而来的驿马，还以为是传送紧急公文，无人知道是送荔枝的。杜牧游华清池，想到当年杨贵妃得宠时的情形，感慨万千，于是写下三首绝句，此诗是其中一首。杜牧借此诗讽刺唐玄宗为了博取贵妃的欢心，不惜派人专程到岭南一带，去采买贵妃爱吃的荔枝，玄宗命令传送公文的驿站给贵妃飞马转运，运送荔枝的差官常在半路累死。此诗通过送荔枝这一典型事件，鞭挞了唐玄宗与杨贵妃骄奢淫逸的生活，有见微知著的艺术效果。后人常引用这两句诗来指斥封建统治者的骄奢。

◎ 例句

①也许荔枝是岭南独有的特产，又具有如此众多的诱人特色，所以，历史上的各个朝代，几乎都把它列为贡品。于是乎，也就是唐玄宗曾因杨贵妃爱吃荔枝，而选快马、昼夜兼程地把荔枝从产区驰送到长安城去，致使诗人杜牧有"一骑红尘妃子笑，无人知是荔枝来"的名句；宋代大文豪苏东坡南谪广东时，甚至还有"日啖荔枝三百颗，不辞长作岭南人"之句吧！（摘自容彦《真有如生活在水果之乡》）

②可是，这绿树碧檐，朱门红墙之内，贵妃池里已不见凝脂，晾发台上早失红颜，荷花阁里已无处寻觅"一骑红尘妃子笑"的鲜荔，望湖楼上再也看不见"二月中旬已进瓜"的佳果。可见虽尊为帝王，如果不励精图治，不造福于民，也逃脱不了"荣枯咫尺异，惆怅再难述"的命运的。（摘自柳嘉《骊骏图——西北纪行》）

朱门酒肉臭，路有冻死骨。

◎ 出处

唐·杜甫《自京赴奉先县咏怀五百字》

◎ 原诗

······

煖客貂鼠裘，悲管逐清瑟。

劝客驼蹄羹，霜橙压香橘。

朱门酒肉臭，路有冻死骨。

荣枯咫尺异，惆怅难再述。

……

◎ **注释**

朱门：朱红大门，指地主豪门贵族之家。

荣枯：树木的繁荣和枯槁，比喻富贵与贫贱。

咫尺：比喻距离很近，咫，古周制八寸。

惆怅：失意，哀伤。

◎ **赏析**

豪门贵族家里酒肉多到吃不完，发臭了，而路上却暴露着冻饿致死的白骨。咫尺之间，荣华富贵和贫贱穷困的差别多么悬殊，使我痛苦得不忍心再说下去了。这首诗在客观地反映当时社会的情况。"朱门酒肉臭，路有冻死骨"这两句诗，后世用来形容社会的贫富悬殊，同时对此种现象加以讽刺。

◎ **例句**

①这些同时发生的偶然事件，似乎没有什么必然联系，而作者却正是通过这些"出乎意料之外，却在情理之中"的情节描写，真实地再现了封建社会的生活，深刻地揭露了那"朱门酒肉臭，路有冻死骨"的尖锐的社会矛盾，产生了感人至深的艺术效果。（摘自杨治经《艺术创作中的奇与巧》）

②为了苦苦追求自立，她奋斗、拼搏，拍过电影，唱过歌，跳过舞……"大鱼吃小鱼"的社会环境，粉碎了她天真的幻想；"朱门酒肉臭，路有冻死骨"的严酷现实，使她染上了铜臭气……（摘自齐世明《美丽而又丑陋　可爱而又可怜　一谈怎样认识陈白露这一人物》）

③试想，在"朱门酒肉臭，路有冻死骨"的时代，"古仁人"能"不以物喜，不以己悲"，"进亦忧，退亦忧"，矢志不渝地忧国忧

民，是何等不易啊！（摘自韦野《名楼赋》）

④这是一种改变了人类生活状态的食材，在古代，它是富人与穷人的区别，诗人杜甫曾言："朱门酒肉臭，路有冻死骨。"没错，这次要说的就是中药里面的肉类。（摘自半落青天《舌尖上的中药——肉类》）

⑤因为各种浪费是惊人的客观存在，结果所形成的尖锐对比便是"朱门酒肉臭，路有冻死骨"。（摘自夏书章《旧文杂记》）

城中桃李须臾尽，争似垂杨无限时。

◎ **出处**

唐·刘禹锡《杨柳枝词》九首之四

◎ **原诗**

金谷园中莺乱飞，铜驼陌上好风吹。

城中桃李须臾尽，争似垂杨无限时。

◎ **注释**

须臾：片刻。

争：同"怎"。

◎ **赏析**

城里的桃花与李花鲜艳一时，很快就零落成泥了，怎能像垂条杨柳，袅袅迎风，长久地葱郁茂盛呢！这是作者对势利小人的讽刺，说他们不过是过眼桃花，只能争艳一时而已，不会长久的。后人常引用这两句诗来说明桃李虽艳而不长久，从而对杨柳加以赞美。

◎ **例句**

①在一般人心目中，秾李夭桃自是佳丽无比的春色。可是，那位写过《陋室铭》的很有些辩证思想的刘禹锡，却说："城中桃李须臾尽，

争似垂杨无限时！"在诗人的笔下，柳色是十分秀美的。（摘自王充闾《柳荫絮语》）

②当它完成了自己的使命后，桃李、白杨、桦林，万千树木才效仿它披一身绿装，难怪古人云："城中桃李须臾尽，争似垂杨无限时。"先人慧眼识玉，给柳以公正的评说。（摘自赵丽君《柳》）

商女不知亡国恨，隔江犹唱后庭花。

◎ **出处**

唐·杜牧《泊秦淮》

◎ **原诗**

烟笼寒水月笼沙，夜泊秦淮近酒家。

商女不知亡国恨，隔江犹唱后庭花。

◎ **注释**

秦淮：即秦淮河，发源于江苏省溧水县东北，向西流经金陵（今南京市）入长江。河道相传为秦始皇南巡会稽时所凿以疏淮水，故名。

商女：指卖唱的歌妓。

江：这里指秦淮河。

后庭花：即乐曲《玉树后庭花》。相传为南朝陈后主所作。后主陈叔宝荒淫奢侈，耽于声色，终于亡国。他所娱乐的曲子《玉树后庭花》内容淫靡腐朽，哀伤凄婉，被看作亡国之音。如《旧唐书·音乐志》引杜淹对唐太宗语曰："前代兴亡，实由于乐。陈将亡也，为《玉树后庭花》；齐将亡也，而为《伴侣曲》，行路闻之，莫不悲泣，所谓亡国之音也。"

◎ **赏析**

秦淮河畔的歌女，只知道唱歌，不知道亡国之恨，还在那河对岸唱着《玉树后庭花》呢！诗人从夜泊秦淮所见所闻，联想到南朝君主的灭亡，从而想到当时最高统治集团的腐化堕落。叙事中有议论，寄寓着无限感慨，讽刺的矛头所向是不言而喻的。后人常引用这两句诗来抒写爱国情怀，为奢靡者敲警钟。

◎ **例句**

①所谓"商女不知亡国恨，隔江犹唱后庭花"，这所"隔"之"江"便是秦淮河。但即使是再正统的封建官吏和文人，有谁不想领略一下那热闹的市廛风光？又有谁不想细细品味那诗一般的情韵，画一般的意境？（摘自孙逊《静谧安详的秦淮河》）

②在那十里洋场，歌台舞榭，灯红酒绿，那靡靡之音，神女歌唱，更是不堪入耳，在外侮入侵、国家存亡之秋，听了真使人有"商女不知亡国恨，隔江犹唱后庭花"的感叹，产生悲愤之情。（摘自孙善康《曼妙清歌动心弦》）

③《夜》这一段景物描写，与黛玉之死的写景有异曲同工之妙。"商女不知亡国恨，隔江犹唱后庭花。"一边是庄严的工作，一边是荒淫的生活。（摘自丁祥根《缘情以布境写物以言情——〈夜〉写景艺术举隅》）

五、事理规律

历览前贤国与家，成由勤俭破由奢。

◎ **出处**

唐·李商隐《咏史》

◎ **原诗**

历览前贤国与家，成由勤俭破由奢。

何须琥珀方为枕，岂得真珠始是车。

远去不逢青海马，力穷难拔蜀山蛇。

几人曾预南薰曲，终古苍梧哭翠华。

◎ **注释**

历览：遍看，一个一个地看。

"成由"句：《韩非子·十过》："由余聘于秦，秦穆公问之曰：'……愿闻古之明主得国失国何常以？'"李句盖本此。

◎ **赏析**

遍看历史上的国家与家族，都是勤俭的兴盛，奢侈的破亡。此诗为哀悼唐文宗李昂而作。叶葱奇先生《李商隐诗集疏注》引朱鹤龄云："史称文宗恭俭性成，衣必三浣，可谓令（善）主矣，迨乎受制于家奴（指太监仇士良等），自比周赧（姬延）、汉献，故言俭成奢败，国家

110

常理，帝之俭德，岂有珀枕珠车之事，今乃兴亡国之耻，深可叹也。"
叶先生曰："按起二句言外有勤俭而遭到丧亡，向所未有之意。"后
人常引用这两句诗来说明应该勤俭持家建国，反对奢侈浪费之意。
"破"，往往被误引作"败"字。

◎ **例句**

①古人诗云："历览前贤国与家，成由勤俭破由奢。"勤俭朴素，
是我们中华民族的传统美德，也是今天社会主义新道德风尚的重要内
容。（摘自谢顾问《办理结婚登记手续后还必须举行婚礼吗？》）

②历览前贤国与家，成由勤俭败由奢。奢靡从来就与家国兴衰连在
一起。（摘自陈广照《奢靡之风亡党误国》）

③"历览前贤国与家，成由勤俭败由奢。"勤俭节约是一个永远都
不会过时的话题，因为具有永恒的价值而历久弥新。（摘自张玉斌《节
俭助力中国梦》）

④"历览前贤国与家，成由勤俭败由奢。"历史上民富国强的"文
景之治"时代，就是由汉文帝刘恒率先实施节俭爱民政策所开创出来
的。（摘自郑翼《暮鼓晨钟》）

天意怜幽草，人间重晚晴。

◎ **出处**

唐·李商隐《晚晴》

◎ **原诗**

深居俯夹城，春去夏犹清。

天意怜幽草，人间重晚晴。

并添高阁迥，微注小窗明。

越鸟巢干后，归飞体更轻。

◎ 赏析

诗人的独特处，在于既不泛泛写晚晴景象，也不做琐细刻画，而是独取生长在幽暗处不被人注意的小草，虚处用笔，暗寓晚晴，并进而写出他对晚晴别有会心的感受。久遭雨潦之苦的幽草，忽遇晚晴，得以沾沐余晖而平添生意，诗人触景兴感，忽生"天意怜幽草"的奇想。这就使作为自然物的"幽草"无形中人格化了，给人以丰富的联想。诗人自己就有着类似的命运，故而很自然地从幽草身上发现自己。这里托寓着诗人的身世之感。他在为目前的幸遇欣慰的同时不期然地流露出对往昔厄运的伤感，或者说正由于有已往的厄运而倍感目前幸遇的可慰。这就自然引出"人间重晚晴"，而且赋予"晚晴"以特殊的人生含义。晚晴美丽，然而短暂，人们常在赞赏流连的同时对它的匆匆即逝感到惋惜与怅惘。然而诗人并不顾它的短暂，而只强调"重晚晴"。从这里，可以体味到一种分外珍重美好而短暂的事物的感情，一种积极、乐观的人生态度。

◎ 例句

①玉溪生诗云："天意怜幽草，人间重晚晴。"凡此种种，莫非是人们对日落屡见屡新，把奇绝天下的泰山日落誉为一大奇观的理由吗？（摘自南乐人《泰山二题》）

②新的生活带来新的力量、新的使命，它心神大振，以深沉的激情昭示我，"天意怜幽草，人间重晚晴"；督促我争分夺秒，抓紧大好时日，努力写作，把失去的二十余年韶华赢回来。（摘自彭拜《荫我毋忘一叶情》）

③但是，也有的青年人不以为然，说是"好雨知时节，当春乃发生"，天意若真怜幽草，这雨就不该如此姗姗迟来。（摘自方激《塞上的雨》）

④"天意怜幽草，人间重晚晴"，随着社会的和谐发展，老年人的生活愈加增福添彩。（摘自晨曦《夕阳无限好黄昏亦妖娆》）

⑤在我看来，这一张张窄窄的便条虽说有些"落伍"，但却像一缕缕阳光，照亮了我的晚年，让我在"天意怜幽草，人间重晚晴"的诗意人生中，享受着一个向"晚"的日子。（摘自一凡《温暖一生的便条》）

尔曹身与名俱灭，不废江河万古流。

◎ **出处**

唐·杜甫《戏为六绝句》之二

◎ **原诗**

王杨卢骆当时体，轻薄为文哂未休。

尔曹身与名俱灭，不废江河万古流。

◎ **注释**

王杨卢骆：指初唐的四位诗人王勃、杨炯、卢照邻、骆宾王，旧说称"初唐四杰"。

当时体：指初唐时的文体。

轻薄：肤浅的人。

哂：讥笑。

尔曹：你们这一伙，指讥笑四位诗人的人们。

◎ **赏析**

王、杨、卢、骆四位诗人的文体是当时的风尚，某些轻薄的人写文章讥笑他们，喋喋不休。你们这些讥笑别人的人早已销声匿迹、湮没无闻了；而四位诗人的诗，却像长江大河万古长流，流传久远，绝不因为你们的诽谤而受到什么影响。"尔曹身与名俱灭，不废江河万古流"这两句诗，今天用来比喻那些反对真理、破坏伦理，企图毁谤历史文化的人，到头来必定彻底失败，身败名裂；而正义事业，必将如长江大河，以排山倒海之势，涤荡一切污泥浊水，奔流不息，滚滚向前。后人常引用这两句诗或其中部分语句来赞美某人的作品成就非凡，将如江河一样万古长流等。

◎ **例句**

①近年来，国外某些角落，有人妄图掀起贬低鲁迅的浪潮，国内也有人起而喊喊喳喳，国外有人患感冒，国内也就有人跟着打喷嚏，真个是"铜钟西崩，洛钟东应"，灵验得很。面对这种情形，我首先想到的就是"李杜文章在，光焰万丈长"，"尔曹身与名俱灭，不废江河万古流"那样的诗句。（摘自秦牧《举起学习鲁迅的火炬》）

②"尔曹身与名俱灭，不废江河万古流。"重名者们的悲哀正是在此。（摘自孙以荪《"名"的杂话》）

③"不废江河万古流"，大运河，除了供海内外游客观光游览外，还在发挥大动脉的功能。（摘自薛家柱《大运河通向钱塘江》）

周公恐惧流言日，王莽谦恭未篡时。向使当初身便死，一生真伪复谁知？

◎ **出处**

唐·白居易《放言》五首之三

◎ **原诗**

赠君一法决狐疑，不用钻龟与祝蓍。

试玉要烧三日满，辨材须待七年期。

周公恐惧流言日，王莽谦恭未篡时。

向使当初身便死，一生真伪复谁知？

◎ 赏析

周公在辅佐成王的时期，某些人曾经怀疑他有篡权的野心，但历史证明他对成王一片赤诚，他忠心耿耿是真，说他篡权则是假。王莽在未取代汉朝政权时，假装谦恭，曾经迷惑了一些人；《汉书》说他"爵位愈尊，节操愈谦"。但历史证明他的"谦恭"是伪，代汉自立才是他的真面目。"向使当初身便死，一生真伪复谁知？"这是全篇的关键句。"决狐疑"的目的是分辨真伪。真伪分清了，狐疑自然就没有了。如果过早地下结论，不用时间来考验，就容易为一时表面现象所蒙蔽，不辨真伪，冤屈好人。诗是白居易被贬时所作，表示像自己以及友人元稹这样受权贵诬陷的人，是经得起时间考验的，历史将辨明真伪。后人常引用这几句诗来说明时间是正邪真伪的最公正的检验者等。

◎ 例句

① "周公恐惧流言日，王莽谦恭未篡时。向使当初身便死，一生真伪复谁知？"不经过必要的时间，大大的忠臣和大大的奸佞，怕要真的被颠倒了。（摘自刘革文《请时间作答》）

②其实，这正是十足的书生气，因为"造一点舆论"，不仅现在如此，历来也是如此。"周公恐惧流言日"，那"流言"，也许就是当时造出来的"舆论"。（摘自冯英子《论"造一点舆论"》）

③古诗云："周公恐惧流言日，王莽谦恭未篡时。向使当初身便死，一生真伪复谁知？"中国历史上类似周公这样大忠若奸，王莽那样大奸若忠的人物不可胜数，要想弄清楚他们真实的另一面太难了。（摘自屠雨迅《两面人》）

④公元9年，王莽改国号"新"。后人作诗云："周公恐惧流言日，王莽谦恭未篡时。向使当初身便死，一生真伪复谁知？"历史事实

告诉我们，小人最善于伪装，他们能够在自己最痛恨的人面前露出最甜蜜的笑脸，当他的异己还看不清他所包藏的祸心时，他就毫不留情地狠下毒手。（摘自刘傅海《小人古今说》）

⑤一直以来，口是心非、言行不一、不以真实面目示人的"伪君子"并不少见，甚至还会迷惑一时。为此，白居易赋诗叹曰："周公恐惧流言日，王莽谦恭未篡时。向使当初身便死，一生真伪复谁知？"（摘自许海《"伪君子"与"真小人"》）

野火烧不尽，春风吹又生。

◎ **出处**

唐·白居易《赋得古原草送别》

◎ **原诗**

离离原上草，一岁一枯荣。

野火烧不尽，春风吹又生。

远芳侵古道，晴翠接荒城。

又送王孙去，萋萋满别情。

◎ **赏析**

蓬勃茂盛的古原上的野草，每年都要有一次枯萎，有一次繁荣。草枯了，野火烧掉了败叶，但烧不掉深深扎在沃土里的根，春风一吹，它又苗壮地发芽、生长起来。写野草顽强，火烧不尽，形象地写出了作者送别时的离情是斩不断烧不绝的。此诗为白居易十五六岁时所作。据宋·尤袤《全唐诗话》卷二："乐天未冠，以文谒顾况，况睹姓名，熟视曰：'长安米贵，居大不易。'及披卷读其《芳草诗》，至'野火烧不尽，春风吹又生'，叹曰：'我谓斯文遂绝，今复得子矣，前言戏之耳。'"这颔联两句诗极为出名。后人常引来，或用其本意，或比喻新生事物是扼杀不了的，暂时受压，终必兴旺，暂时失败，终必胜利。

◎ 例句

①我们的小草，在那纤细的弱小的身躯里，竟然蕴藏着这么强大的生命力，难怪古代诗人写下的咏草诗句"野火烧不尽，春风吹又生"，千载之后，读来仍然使人激动不已！（摘自黑瑛《青青草》）

②"野火烧不尽，春风吹又生。"枯干的蒿草被春风吹动，化成绿茵茵的茵陈，多么鲜嫩，多么水灵，像那边框左上角的小花，欣欣向荣。（摘自张旺模《三月的茵陈》）

③"野火烧不尽，春风吹又生。"一到春天，漫山遍野，向大地显露着无限生机的，依然是那一望无际的青青翠竹！（摘自袁鹰《井岗翠竹》）

④如果你是一颗草，那就不要像树一样伟岸，你应该演绎出"野火烧不尽，春风吹又生"的柔韧与顽强。（摘自丁松英《树与草的哲思》）

⑤每年杂草疯长的夏天，姑姑会将草割去喂牲口，而冬天杂草干枯的时候就以火烧的方式将其清除，以显得土地光滑平整。而野火烧不尽，春风吹又生，这种刀割火烧的办法只能维持短暂的时日，斜坡上依然杂草横生，出门看见总觉得不规整。（摘自冯娜《给灵魂的旷野种上庄稼》）

千淘万漉虽辛苦，吹尽狂沙始到金。

◎ **出处**

唐·刘禹锡《浪淘沙》九首之八

◎ **原诗**

莫道谗言如浪深，莫言迁客似沙沉。

千淘万漉虽辛苦，吹尽狂沙始到金。

◎ **注释**

漉：滤。

狂沙，一作"寒沙"。

到：一作"得"。

◎ **赏析**

经过千淘万滤，虽然受尽辛苦磨难，但是，吹尽了泥沙才能见到真金的光辉。诗以淘沙见金比喻被谗言所害遭到放逐的人终于洗清罪名，得到赦免，表现出诗人被贬后坚贞不改其节的决心。后人常引用这两句诗，或比喻真正的学问，经过一番辛苦的探求才能得到；或比喻科学实验，经过多次失败才能成功；或比喻文艺作品，经过多次修改方成佳作；或比喻文艺创作对生活中的素材必须反复提炼方得精华；或比喻干大事业，必须经过痛苦磨炼才能有所建树等。

◎ **例句**

①巴尔扎克在"笔锋竞业"的过程中，有过一次次的退稿，一次次的失败，有过忧伤，有过苦恼。但是，"千淘万漉虽辛苦，吹尽狂沙始到金"，他耗费了"百分之九十九的血汗"，才成了19世纪最著名的文学家之一。（摘自黎振盛《说勤》）

②"千淘万漉虽辛苦，吹尽狂沙始到金。"朱鹤亭风风雨雨数十年，经过刻苦的磨砺，越过清贫的苦寒，终于在地平线的尽头展现了一

条新路。（摘自胡思升《待开掘的宝库》）

③《四世同堂》的出现，一扫往日的寂寞，给了人们崇高，给了人们美感，给了人们深沉的思索，真是"吹尽狂沙始到金"，令人耳目一新。（摘自李辉《吹尽狂沙始到金——电视剧〈四世同堂〉趣谈》）

④在高考状元们看似偶然的成功背后，其实是脚踏实地的付出与力争上游的求索。"千淘万漉虽辛苦，吹尽狂沙始到金"，他们的成功并非偶然。（摘自李伙昌《他们的成功并非偶然》）

⑤相信，只要放低身段，潜心做事，坚持不懈，始终如一，是大鹏，终有腾飞时。这就叫："千淘万漉虽辛苦，吹尽狂沙始到金。"（摘自张保振《不遭人忌是庸才》）

无边落木萧萧下，不尽长江滚滚来。

◎ **出处**

唐·杜甫《登高》

◎ **原诗**

风急天高猿啸哀，渚清沙白鸟飞回。

无边落木萧萧下，不尽长江滚滚来。

万里悲秋常作客，百年多病独登台。

艰难苦恨繁霜鬓，潦倒新停浊酒杯。

◎ **注释**

渚：水中的小块陆地。

萧萧：表示草木摇落的声音。

百年：犹言一生。

苦恨：甚恨。

新停浊酒杯：重阳节登高，例应饮酒，当时杜甫因肺病戒酒。

◎ 赏析

此诗是杜甫逝世前三年的秋天在夔州（今重庆奉节）写的一首著名的七律。前四句描绘出秋天的一片凄凉景色，衬托出诗人对唐朝当时的动乱衰败和他自己的穷途潦倒，感到无可奈何的情绪。"无边落木萧萧下，不尽长江滚滚来"这两句诗，现今用来比喻自然和社会发展不以人的意志为转移；旧事物、恶势力必然衰败、没落和死亡，新生事物、新生力量一定会成长、壮大和胜利。

◎ 例句

①伴着秋虫的鸣声，老槐树上一些枯黄的叶子飘落下来，铺满了山路，有的还掉在湖面上，随着徐徐流动的湖水浮游开去。这时我脑子里忽然想起古代诗人唱的"无边落木萧萧下"的句子，多少传出了一种悲凉的心境。（摘自贺青《绿叶赋》）

②再打个比方你听，你的身体也许已是——无边落木萧萧下，但是你的意志却是——不尽长江滚滚来啊。（摘自三毛《稻草人手记·亲爱的婆婆大人》）

③天有几分凉意，却还未感到冷；一叶知秋，却未到"无边落木萧萧下"的萧条之时；瓜果遍地，却未见丝毫颓败的迹象……秋籁无声，季节巧妙过渡，让人不觉突兀，难以察觉，却又渐生欢喜。（摘自马亚伟《秋来无声》）

④无边落木萧萧下，不尽长江滚滚来。在历史的长河中，无论是拍岸的惊涛，抑或裹挟而下的沙石，都受到历史惯性的支配与驱动，滔滔滚滚而来。（摘自姚玲《青春感悟》）

人事有代谢，往来成古今。

◎ 出处

唐·孟浩然《与诸子登岘山》，这是一首凭吊西晋著名政治家羊祜的诗。

◎ 原诗

人事有代谢，往来成古今。

江山留胜迹，我辈复登临。

水落鱼梁浅，天寒梦泽深。

羊公碑尚在，读罢泪沾襟。

◎ 注释

岘山：又名岘首山，在今湖北省襄阳县城南，西晋名将羊祜的墓就在这里。

代谢：更替变化。

◎ 赏析

社会人事不断地更替变化，时间流逝，古往今来就构成了历史。后人常引用这两句诗来说明人类的历史就是在新旧不断更替的过程中发展前进的。

◎ 例句

① "人事有代谢，往来成古今。"作为后来者，我辈生逢其时，得天独厚，应该如何争取比往昔的先民更多地为历史留下一些可资忆念的东西呢？（摘自王充闾《古山幽情》）

② "人事有代谢，往来成古今。"人世间的事情都是发展变化着的，风俗习惯也不例外。（摘自陶乐《新春话风俗》）

③ "人事有代谢，往来成古今。"时间过得真快，转眼就是辛亥百年。（摘自章开沅《辛亥百年反思：百年锐于千载》）

④ "人事有代谢，往来成古今。"做官一阵子，做人一辈子。（摘自褚清黎《村支部书记五问》）

山雨欲来风满楼。

◎ **出处**

唐·许浑《咸阳城西楼晚眺》

◎ **原诗**

一上高城万里愁，蒹葭杨柳似汀州。

溪云初起日沉阁，山雨欲来风满楼。

鸟下绿芜秦苑夕，蝉鸣黄叶汉宫秋。

行人莫问当年事，故国东来渭水流。

◎ **赏析**

山雨就要来了，整栋楼中盈满了山风。这句诗是描写山雨来临以前，总会先有"风满楼"的情景。现今通常用"山雨欲来风满楼"来形容一件大事即将发生前所显示的预兆与前奏。后人常用来比喻重大事件即将发生的气氛和迹象。

◎ **例句**

① "山雨欲来风满楼"，半夜，果然起风了，刮得闷热漆黑的世界战战兢兢。一种不可知力，将我从床上拉起来，逐出屋外。（摘自游慈琛《七月流火》）

② 当神州风雨飘摇，中华民族危急存亡之秋，在举世震惊的"双十二"西安事变中，灞桥又载入史册，揭开了一幕"山雨欲来风满楼"的雄浑序曲，发生了动人的悲壮场面。（摘自罗丹《魂桥》）

③ 最近，他常在晚上抽空到小楼，和何兰亭、贺帼英谈论什么。

今天谈起律师事务所的形形色色来访者，何老先生长叹一声："里湖小楼，真是山雨欲来风满楼了！"（摘自潮清《里湖小楼》）

④狮吼般的雷声伴着利剑般的闪电在海淀汇成"山雨欲来风满楼"的序曲，秋雨已经下了一下午，杏坛大学跑道上依然湿漉漉的，每一棵树，每一根电线杆，包括牟迪自己都可以拧出水来。（摘自魏礼庆《难忘秋雨》）

此时无声胜有声。

◎ 出处

唐·白居易《琵琶行》

◎ 原诗

……

轻拢慢捻抹复挑，初为霓裳后六幺。

大弦嘈嘈如急雨，小弦切切如私语。

嘈嘈切切错杂弹，大珠小珠落玉盘。

间关莺语花底滑，幽咽泉流冰下难。

冰泉冷涩弦凝绝，凝绝不通声渐歇。

别有幽愁暗恨生，此时无声胜有声。

银瓶乍破水浆迸，铁骑突出刀枪鸣。

……

◎ 赏析

这一段是说琵琶女弹奏琵琶，技巧娴熟，指法高超，正弹到妙处，忽然"凝绝不通声渐歇"，一下停住了。接下来这句诗的意思是好像另有幽怨的愁情，暗自从心中产生，此时此刻，虽然没有弦声，却比有弦声更妙。因为表达这种欲吐难吐的怨情，"无声"比"有声"更能引起听者的共鸣。诗句表意深沉，写法高妙。后人常引用这句诗来说明某种类似的情境。

◎ 例句

①一定是热赫曼打发去的。他的脑瓜真够用！亚森也不由看了他一眼，送去一道褒奖的目光。热赫曼挺起腰板跪坐在毛毡子上，一副随时听候差遣的憨态。他知道"此时无声胜有声"！（摘自肖陈《果园》）

②不过与其这样写冲淡大笑的气氛，还不如隐去的好，因为作者不交代，读者通过前后的情节，也完全可以想象得出来，而且意境更深，形象更丰满，正是"此时无声胜有声"，不写实在有不写的妙处。（摘自倪兴民《留一些，让读者去想》）

③这两只翻飞旋转，令人目不暇接的水袖，似乎在倾诉人物的一腔悲愤，又像是在渲泄人物的无限愁苦，虽然无言，却收到"此时无声胜有声"的效果。（摘自赵晓东《"疯"的美感——看李莉演〈福寿镜〉》）

④产品的情感刻印，往往能达到"此时无声胜有声"的效果。（摘自孙惟徽《卖的就是情绪》）

沉舟侧畔千帆过，病树前头万木春。

◎ 出处

唐·刘禹锡《酬乐天扬州初逢席上见赠》

◎ 原诗

巴山楚水凄凉地，二十三年弃置身。

怀旧空吟闻笛赋，到乡翻似烂柯人。

沉舟侧畔千帆过，病树前头万木春。

今日听君歌一曲，暂凭杯酒长精神。

◎ 赏析

刘禹锡与王叔文、柳宗元同为政治革新集团的成员，当时参与了削夺宦官兵权、裁抑藩镇势力的政治革新运动。运动失败后，他被贬为朗州（今湖南省常德市）司马，长期过着凄凉生活，但他丝毫没有屈服。有一次在扬州同诗人白居易相遇，两人一起饮酒，白居易写了一首诗赠他，诗中流露出对刘禹锡的命运感到悲观的情绪。为此，刘禹锡写下这首律诗答复他，表达自己的乐观精神。原诗意思是沉船旁边成千上万的船只扬帆驶过，枯树前头一望无际的树木枝青叶绿，欣欣向荣。今天很兴奋地听君歌吟一曲，让我们共饮这杯酒来振奋精神。现今常用"沉舟侧畔千帆过，病树前头万木春"这两句诗，来比喻在自然和社会发展中，没落、腐朽事物的存在不足为奇，丝毫不能阻挡历史车轮的前进；进步的、新生的事物是在没落腐朽的废墟旁蓬勃发展起来的。

◎ 例句

① "回望"，用好听点的说法，叫历史回眸。而"回望"所寄，其实意蕴各异：有"无可奈何花落去，似曾相识燕归来"的书生式感怀；有"大江东去，浪淘尽，千古风流人物"的英雄式惆怅；有"折戟沉沙铁未销，自将磨洗认前朝"的失意者之慨叹；有"沉舟侧畔千帆过，病树前头万木春"的改革者之激荡……笔端千种，意象万般，不一而足。

（摘自庆年《回望洪堡》）

沧海月明珠有泪，蓝田日暖玉生烟。

◎ **出处**

唐·李商隐《锦瑟》

◎ **原诗**

锦瑟无端五十弦，一弦一柱思华年。

庄生晓梦迷蝴蝶，望帝春心托杜鹃。

沧海月明珠有泪，蓝田日暖玉生烟。

此情可待成追忆，只是当时已惘然。

◎ **注释**

沧海：大海。

月明珠有泪：《博物志·异人》载："南海外有鲛人，水居如鱼，不废织绩，其眼能泣珠。"左思《吴都赋》载："泉室潜织而卷绡，渊客慷慨而泣珠。"《文选》注曰："俗传鲛人从水中出，曾寄寓人家，积日卖绡……鲛人临去，从主人索器，泣而出珠满盘，以与主人。"

蓝田：《长安志》载："蓝田山在长安县（今陕西省西安市，蓝田山在今陕西省蓝田县南30里），其山产玉，亦名玉山。"《困学纪闻·评诗》载："司空表圣（图）云：'戴容州叔伦谓诗家之景，如蓝田日暖，良玉生烟。'"李商隐这两句诗当本此。

◎ **赏析**

此诗意思最为晦涩难解。或以为这两句是烘托欢乐的气氛，意思是想着昔日的悲痛，内心酸楚，仿佛那沧海的鲛人在月下流泣着珍珠般的眼泪；追忆已过去的欢乐，心情愉快，有如煦暖的蓝田山，美玉生出了缕缕轻烟。后人常引用这两句诗借以抒发悠远的情思。

◎ **例句**

①晶莹如玉的"夜光白"使人想起静夜里皎皎的月光；轻盈淡雅的

"蓝田玉"引人生发李商隐诗中的悠远情思："沧海月明珠有泪，蓝田日暖玉生烟。"（摘自杨鸥《洛阳花》）

②在杏色的光环下，流泻着莫扎特小夜曲的温馨，音符从远方踏浪而来，把美感倾注下来。李商隐带了成灰的蜡炬来到灯下，我问他是否满意人们解释"沧海月明珠有泪"，问他为什么"碧海青天夜夜心"都是名词，可怜他被偷灵药的嫦娥害得苦，什么都不可解！（摘自陶里《小品五题·春夜灯语》）

③沧海月明珠有泪，蓝田日暖玉生烟。我们如果忘记这个民族的不屈和付出，那就是对自己未来的背叛和自弃。（摘自佚名《你真的了解这个国家吗》）

④诗人普希金说：那逝去的一切，都将会变成美好的记忆；诗人华兹华斯说：诗是在沉静中回忆过来的情绪；诗人李商隐说：沧海月明珠有泪，蓝田日暖玉生烟，这是在回忆；诗人白居易说：天长地久有时尽，此恨绵绵无绝期，这依然是在回忆。（摘自李汉荣《记忆光线》）

⑤写玉的诗，我最喜欢的一句是李商隐的"蓝田日暖玉生烟"。这句诗，把玉的绝望、伤感、轻烟似雾，以及那种不食人间烟火的隔绝与薄凉写出来了。（摘自雪小禅《玉》）

桃花流水窅然去，别有天地非人间。

◎ **出处**

唐·李白《山中问答》

◎ **原诗**

问余何意栖碧山，笑而不答心自闲。

桃花流水窅然去，别有天地非人间。

◎ 注释

窅然：深远的样子。

去：离开。

别：另外。

◎ 赏析

飘落下来的艳丽桃花，随着清幽幽的河水向远方流去，这里另有一番境地，优美的景致非比尘世，宛如天上仙境。此诗以问答方式抒写出诗人超尘拔俗的闲适心情。后两句有虚有实，意境幽雅，富于感染力。后人常引用"桃花流水窅然去"一句来比喻美好事物的离去，或引用"别有天地非人间"一句来描绘某种不同寻常的境地。

◎ 例句

①据说解放前夕张家人给了她一笔养老费，她定居南京，嫁人生子，可谓"桃花流水窅然去"。如今不知所终。（摘自刘心武《名门之后》）

②清风徐来，万虑俱消，令人顿感"别有天地非人间"而飘飘欲仙。（摘自魏奕雄《载酒时作凌云游——漫话乐山凌云寺》）

③在湘西沅水之畔的凤凰山上囚禁时，张学良为感激于凤至对他的患难挚情，曾为于凤至题诗一首，以为纪念："卿名凤至不一般，凤至落到凤凰山。深山古刹多梵语，别有天地非人间。"（摘自窦应泰《愿将悲欢写新诗——于凤至和张学良的结合与离异》）

④桃花在人们心中多为娇艳、妩媚之意，事实上在唐诗中，桃花被赋予了多姿多彩的感情内涵。她是自由隐逸之花，如李白的"问余何意栖碧山，笑而不答心自闲。桃花流水窅然去，别有天地非人间。"抒发了诗人高蹈尘外、醉心山林的隐逸情怀。（摘自一森《三月桃花红》）

⑤问余何意栖碧山，笑而不答心自闲。桃花流水窅然去，别有天地

非人间。白兆山，又名碧山。山下有桃花岩，李白读书处。想李白果然性情中人，读书的地方颇有讲究。身畔桃花流水，山间自在无人。可想而知，于一个爱读书的人而言，挑个好地方从容读书，那也相当重要。繁华都市，如此诗意的所在着实难寻，我们也可灯下夜读，心静便好。

（摘自夏爱华《书香盈梦诗为伴》）

莫道桑榆晚，微霞尚满天。

◎ **出处**

唐·刘禹锡《酬乐天咏老见示》

◎ **原诗**

人谁不顾老，老去有谁怜？

身瘦带频减，发稀冠自偏。

废书缘惜眼，多灸为随年。

经事还谙事，阅人如阅川。

细思皆幸矣，下此便翛然。

莫道桑榆晚，微霞尚满天。

◎ **注释**

桑榆：指日落处。《名义考》卷二："……《淮南子》：'西日垂景在树端，谓之桑榆，谓晚也。'"

桑榆晚：即日落晚景，这里比喻人的垂老之年。王勃《滕王阁序》有"东隅已逝，桑榆非晚"之句。

微霞：指晚霞。微，一作"为"。

◎ **赏析**

不要说夕阳西下，天色已晚，看晚霞四射，还能映红整个天空。

诗人以形象的比喻，表达出老而不衰，仍想干一番事情的乐观进取的精神。后人常引用这两句诗来比喻年纪虽老但仍能干一番事情。

◎ 例句

①一个多小时在交谈中逝去。从先生家出来，已是傍晚时分，夕阳的余晖尚未消尽，披着淡淡霞光的松柏林在微风的吹拂下，发出沙沙的响声。忽然间记起古人的诗句"莫道桑榆晚，微霞尚满天"。（摘自迟美桦等《访黄药眠先生》）

②"莫道桑榆晚，微霞尚满天。"年过花甲的高级工程师宋忠恭继续在知识的海洋中遨游，在科技大道上跋涉、拼搏、登攀，真是个霜染鬓发情更浓。（摘自谭绵国《莫道桑榆晚微霞尚满天——记高级工程师宋忠恭》）

③我曾谈过退休、离休的感想，认为如老有所用，则"莫道桑榆晚，为霞尚满天"，未尝不可做出对国家、社会有益的贡献。（摘自曾敏之《望云楼随笔·刀下留情的呼声》）

一寸光阴一寸金。

◎ 出处

唐·王贞白《白鹿洞》二首之一

◎ 原诗

读书不觉已春深，一寸光阴一寸金。

不是道人来引笑，周情孔思正追寻。

◎ 赏析

首句叙事。"读书不觉已春深"，言自己专心读书，不知不觉中春天又快过完了。"春深"犹言春末、晚春。从这句诗中可以看出，诗人读书入神，每天都过得紧张而充实，全然忘记了时间。春天快过完了，是诗人不经意中猛然发现的。这一发现令诗人甚感意外，颇多感慨。他觉得光阴过得太快了，许多知识要学，时间总不够用似的。次句写诗人的感悟。"一寸光阴一寸金"，寸阴，指极短的时间，这里以金子喻光阴，谓时间宝贵，应该珍惜。这是诗人由第一句叙事自然引发出来的感悟，也是诗人给后人留下的不朽格言，千百年来一直勉励人们，特别是读书人，珍惜时间、注重知识积累、不断充实和丰富自己。后人常引用这句诗来说明时光的宝贵，要特别珍惜。

◎ 例句

①走出很远了，老人的余音仍在耳边飘荡，我忽然感到，世间最宝贵的金色，不是金子，不是稻谷，不是钢花，而是阳光和时间，"一寸光阴一寸金，寸金难买寸光阴"。（摘自马继红等《在海的怀抱》）

②教育家说时间就是知识，医学家说时间就是生命，军事家说时间就是胜利，经济学家说时间就是财富。"一寸光阴一寸金，寸金难买寸光阴。"（摘自孟平《莫等闲，白了少年头》）

③"一寸光阴一寸金，寸金难买寸光阴"，时间管理是高效率人士的成功利器。（摘自白文军等《油菜花开遍京城》）

劝君莫惜金缕衣，劝君须惜少年时。有花堪折直须折，莫待无花空折枝。

◎ 出处

无名氏《金缕衣》

◎ 原诗

如题

◎ 注释

金缕衣：用金线刺绣的华美昂贵的衣服。

须惜：一作"惜取"。

少年时：少年的宝贵时光。

堪：能。

直：就。

◎ 赏析

劝你不要爱惜华贵的金缕衣，劝你更要珍惜少年的宝贵时光。花开的时候，要趁早去折取；不要等到花儿凋落后，才去折取无花的空枝。金缕衣，即金线织成的衣服，比喻华丽贵重的衣服。此诗作者一般认为是杜秋娘，不过依据近人的考证，作者其实另有其人，但姓名不详。"有花堪折直须折，莫待无花空折枝"这两句诗是劝人要好好把握少年时光，否则等到青春消逝，任何追悔都无济于事了。

◎ 例句

①花有重开日，人无再少年。可见，少女时期多么可贵。唐朝诗人杜秋娘在她的《金缕衣》一诗中写道："劝君莫惜金缕衣。劝君须惜少年时。有花堪折直须折，莫待无花空折枝。"只有在春天快快播种，才有秋天果实累累。（摘自述华《黄金时期须珍惜》）

②诗的节奏和韵律又缫丝一样抽着我的思绪，牵引到遥远的少年时代。少年时！劝君惜取少年时……（摘自刘林《少年时》）

③我反复吟诵着："有花堪折直须折，莫待无花空折枝。"是劝诚？是谴责？我心灵上感到了从未有过的震颤！当我从迷茫中醒过来时，我和他的爱情已无法挽回了。（摘自艺春《莫待无花空折枝——一位大龄女青年的日记》）

④"劝君莫惜金缕衣，劝君惜取少年时。有花堪折直须折，莫待无

花空折枝。"曾经的逃避让一段纯真的友谊从指缝间流走，此刻的心情是不言而喻的。（摘自柳彬《迷路的烟》）

年年岁岁花相似，岁岁年年人不同。

◎ **出处**

唐·刘希夷《代悲白头翁》，题一作《代白头翁吟》。

◎ **原诗**

今年落花颜色改，明年花开复谁在？

已见松柏摧为薪，更闻桑田变沧海。

古人无复洛阳东，今人还对落花风。

年年岁岁花相似，岁岁年年人不同。

寄言全盛红颜子，应怜半死白头翁。

◎ **赏析**

一年年地过去了，年年百花开放，并没有什么两样，可是随着岁月的更换，人却发生了由年轻到年老的重大变化。此诗前半部分化用东汉宋子侯的乐府歌辞《董娇娆》，而概括得更加典型。这两句是前半部分的总结，以"花相似"反衬"人不同"，比喻形象，深深地表达出人世沧桑，年华易逝之慨。据传，刘希夷的舅舅御用文人宋之问欲把这两句诗据为己有，希夷不允，宋之问派人用土囊将他压死。后人常引用这两句诗来表达人世沧桑、年华易逝。

◎ **例句**

①在当今美女如云争奇斗艳的影视界，她甚至难执牛尾，更何况年年岁岁花相似，岁岁年年人不同？可她愣是立住了脚，而且倍儿稳。（摘自方进《〈渴望〉之后话月娟》）

②"花儿明年会开，岂不闻'年年岁岁花相似，岁岁年年人不同'？人，有时竟还比不上小花呢。像娘，前年此时不还好好儿的？"（摘自朴月《西风独自凉》）

③"年年岁岁花相似，岁岁年年人不同。"一年一年，岁月镌刻着我们的行迹，沧桑了我们的脸庞，改变了我们的模样。（摘自孙启懋《惜年有金》）

④年年岁岁花相似，为了再次收获丰硕的秋天，扮靓绚烂的春天，可人的年宵花儿如天使般再度降临人间，是她让我们看到了缤纷的世界，绿色的未来。（摘自李琴《陌上花开，可缓缓归矣》）

志士幽人莫怨嗟，古来材大难为用！

◎ 出处

唐·杜甫《古柏行》

◎ 原诗

……

大厦如倾要梁栋，万牛回首丘山重。

不露文章世已惊，未辞剪伐谁能送？

苦心岂免容蝼蚁，香叶终经宿鸾凤。

志士幽人莫怨嗟，古来材大难为用！

◎ 注释

幽人：指不得其志的才人。

嗟：感叹。

材大：指柏树，也指自己。

◎ 赏析

诗写诸葛亮庙中古柏，以抒发诗人怀才不遇之慨。全诗以"志士幽人莫怨嗟，古来材大难为用"作结，便是作者有感于自己一生落魄失意，而发出的深长叹息。这两句诗意思是心怀大志与隐居山林的才子高人，不必再怨恨嗟叹了，自古以来有大才能的人，总是很难受到重用的。后人常引用这两句诗来表达大材不受重用的感慨。

◎ 例句

① "志士幽人莫怨嗟，古来材大难为用！这是杜甫《古柏行》中的两句名言，多么精辟！"阿国摇头晃脑，像作大报告，"晓易吃亏就在于他太有才干了……"（摘自王小鹰《一路风尘》）

②在封建社会，李白的"天生我材必有用"只不过是一种空想，杜甫的"古来材大难为用"倒是实话。那时，多少仁人志士，报国无门，或怒发冲冠，或归隐山林。（摘自《光明日报》评论员《从军医大学员参战三谈人生价值》）

③就字面而言，也属于传统歌诗意象表达路数，杜甫有名的《古柏行》，就是借描述深山古柏，因山路险阻，不能被采伐去做大厦栋梁，而抒发"古来材大难为用"的慨叹。（摘自刘隆有《白居易放生》）

试玉要烧三日满，辨材须待七年期。

◎ 出处

唐·白居易《放言》五首之三

◎ 原诗

赠君一法决狐疑，不用钻龟与祝蓍。

试玉要烧三日满，辨材须待七年期。

周公恐惧流言日，王莽谦恭未篡时。

向使当初身便死，一生真伪复谁知？

◎ 赏析

此为诗人于元和十年（815年）贬赴江州途中，奉和友人元稹《闻乐天授江州司马》所作。"试玉"句：《淮南子·俶真》："钟山之玉，炊以炉炭，三日三夜而色泽不变。"作者自注云："真玉烧三日不热。""辨材"句：《史记·司马相如列传》正义："豫，今之枕木也；章，今之樟木也；二木生至七年枕樟乃可分别。"作者自注云："豫章木生七年而后知。"这两句诗的意思是试验是不是真玉，要用烈火焚烧三日才可认出；辨别是豫木还是樟木，须等待七年之后方见分明。诗人表示像自己及友人元稹这样受诬陷的人，是经得起时间考验的，历史自会澄清事实，辨明真伪。后人常引用这两句诗来比喻只有经过长期的严峻考验，才能真正识别人的真伪善恶。

◎ 例句

①只要坚持不懈地努力，孜孜不倦地探求，你就会有被人承认的一天。"试玉要烧三日满，辨材须待七年期。"时间最能考验一个人。愿天下所有叹息不得志的朋友，都能经得起时间的考验。（摘自昕晔《莫叹您总不得志》）

②不能幻想一两天就识别一个人的真假，要留出一个时间来。唐代大诗人白居易说：试玉要烧三日满，辨材须待七年期。他在诗中讲的"材"是说一种豫木和一种樟木，幼时长得一样，长到七年后才能辨别；真玉烧三天色泽不变。有些人一时看不清，不要忙着下结论，可以让时间考验一下。（摘自文勇《怎样结交真朋友》）

③有道是"试玉要烧三日满，辨材须待七年期"，讲的就是在纷繁复杂的客观世界里，要想真正了解一件事物的本质，需要一个相对长期

从唐诗中汲取写作智慧

的过程。（摘自宋好雨《实话说"实"》）

④巴菲特有句名言："只有当潮水退去时，你才能知道谁在裸泳。"一般我们将这句话理解为股神以此警示世人——在投资中不要过于贪婪。不过由此及彼，或许可以引起我们另一方面的思考：大浪淘沙，不能因一时的成败论英雄；千帆过尽，笑到最后的才是真正的成功者。古诗云："试玉要烧三日满，辨材须待七年期。"说的也是同样的道理。（摘自康会欣《稳定回报才是王道》）

六、情感操守

天长地久有时尽，此恨绵绵无绝期。

◎ 出处

唐·白居易·《长恨歌》

◎ 原诗

……

临别殷勤重寄词，词中有誓两心知。

七月七日长生殿，夜半无人私语时。

在天愿作比翼鸟，在地愿为连理枝。

天长地久有时尽，此恨绵绵无绝期。

◎ 赏析

天地虽然长久，但总有到尽头的时候；唯有这种永别的哀愁，却是绵延不断，永远没有断绝的一天。这里所说的"恨"，是情人爱恨交集的恨，是生离死别的恨，是杨贵妃已死，唐明皇此后不得再见的恨。

后人引用时，并不仅限于感情之事，人间有太多的痛苦，都可用"天长地久有时尽，此恨绵绵无绝期"两句诗来表示那份永无休止的悲恨。

◎ **例句**

①从此，在这乱坟稠垒的陶然亭湖畔，无论春夏秋冬，风雷雨雪，经常有人看到评梅的身影，或见她嚎啕大哭，或见她埋头啜泣，或见她仰天长啸，或见她狂舞悲歌。那滴滴泪水，浇绿了丛丛墓草；那声声悲歌，引得游人辛酸。这样，评梅度过了三年，终于把泪水哭干了，急急追踪君宇而逝。呜呼！天长地久有时尽，此恨绵绵无绝期。（摘自肖波《新文坛外传》）

②可怕的是，将男人们（尤其是帝王们）的腐败昏庸引罪于女人，于是，"女人祸水"说便充塞在中国的历史中。商有妲己，周有褒姒，汉有吕雉，唐有武则天、杨玉环，一路排下来，真是"此恨绵绵无绝期"了。（摘自夏侯甲《勾栏院与教坊碑》）

③选谁来做爱的彼岸花，如何祖示人类情感当中最深刻、最沉重的冲动？如何规避"天长地久有时尽，此恨绵绵无绝期"？（摘自何桂英《谁是谁的水月镜花》）

④那矫健的夫君在长生殿里，夜半无人私语；在另一个世界里，那年轻的母亲，谁知怜惜谁知意，形单影只成孤魂。天长地久有时尽，此恨绵绵无绝期。（摘自刘丽君《苦夏》）

东边日出西边雨，道是无晴却有晴。

◎ **出处**

唐·刘禹锡《竹枝词》二首之一

◎ **原诗**

杨柳青青江水平，闻郎岸上唱歌声。

东边日出西边雨，道是无晴却有晴。

◎ **注释**

唱：一作"踏"。

晴：天晴，谐"情"音，指恋情。

◎ **赏析**

东边出了太阳，西边却还在下雨，此时此刻，说是没有晴（情），其实还是有晴（情）啊！诗人用双关法，针对眼前的景物，巧妙地传出了姑娘心中的恋情，语言含蓄，景中见情，形象生动。这两句诗广为传诵，后人常引来用以表达恋情或某种感情。"晴"有时也会直接引作"情"。

◎ **例句**

①此时太阳刚刚出山，范汉儒冒着料峭的春寒，已经光着脊梁挥锹大干了；阳光照在他结实的胸脯上，晶莹的汗珠像断了线的珍珠，从他赤裸的身体上滑落下来。当我们的队伍经过铁丝网时，我禁不住欢欣之情，含蓄地向他打着招呼："喂！东边日出西边雨！"他回过头，立刻回答："道是无情却有情。"（摘自从维熙《雪落黄河静无声》）

②明朗的春光展开它那绚丽多彩的翅膀，在郭明的心中翩翩飞翔，但，另一片乌云却浓重地罩在春妮家的上空。世界上的事情就是这般复杂，不能统一。东边日出西边雨，有情（晴）呢？还是无情（晴）？（摘自张义堂《村后，有一泓清泉》）

③孩子们自然无法将老师留住，就在与老师分别的时刻，孩子们并没有对老师直抒胸臆，道出依依惜别的话语来。"此时无声胜有声"，"道是无情却有情"。孩子们的心中实实在在地不愿意与老师离别。（摘自谭立忠《人称变换情愈切——浅谈〈我的老师〉中的人称变化》）

④在日趋激烈、残酷的书业竞争中，可谓东边日出西边雨，几家欢乐几家愁。（摘自范军《出版品牌与品牌延伸》）

在天愿作比翼鸟，在地愿为连理枝。

◎ 出处

唐·白居易《长恨歌》

◎ 原诗

……

临别殷勤重寄词，词中有誓两心知。

七月七日长生殿，夜半无人私语时。

在天愿作比翼鸟，在地愿为连理枝。

天长地久有时尽，此恨绵绵无绝期。

◎ 注释

比翼鸟：雌雄比翼而飞的鸟。

连理枝：两棵树木同根而枝干却合生在一起。

◎ 赏析

这两句诗是唐玄宗与杨贵妃真情相爱时，二人所立下的誓语，也是后世情侣最喜爱的两句诗。意思是我们两人如在天上，愿意化作那比翼双飞的小鸟；若在地下，愿意变为枝干相连的树枝。比翼双飞是形容男女的恩爱相依；树枝连理是比喻夫妻的同心相连。后世情侣常用"在天愿作比翼鸟，在地愿为连理枝"两句诗当作誓词，情愿相爱永不变心。

◎ 例句

①何必老是"在天愿作比翼鸟，在地愿为连理枝"呢？一荣俱荣，一损俱损，又有什么好处？他应该有自己的名字，不能总是满足于"布天隽的丈夫"这个称号！（摘自蒋子龙《阴错阳差》）

②人们在公共车辆上，在公园里，甚至在剧场里、大街上，常见到钩脖子交谈、走路的，那卿卿我我的情景，无不都是"在天愿作比翼鸟，在地愿为连理枝"，发誓"海枯石烂不变心"的。（摘自端文《钩脖子与揪头发》）

③"在天愿作比翼鸟，在地愿为连理枝。"她是他的妻子！他想起那年17岁……那一天，他表白衷素，她芳心暗许……（摘自朴月《西风独自凉》）

④二树齐生，枝条你中有我，我中有你，最终合为一个整体，蓬蓬然支撑起一个壮美而奇丽的家。真是"在天愿作比翼鸟，在地愿为连理枝"。（摘自郑智敏《远看是一近看是二》）

此情可待成追忆，只是当时已惘然。

◎ 出处

唐·李商隐《锦瑟》

◎ 原诗

锦瑟无端五十弦，一弦一柱思华年。

庄生晓梦迷蝴蝶，望帝春心托杜鹃。

沧海月明珠有泪，蓝田日暖玉生烟。

此情可待成追忆，只是当时已惘然。

◎ 赏析

历来各家对这首诗解说不一，通常的解释如下。那一份逝去的恋情，只能留待日后永远的追忆；明知往日的欢乐时光不会再来，但每当想起过去的情景时，内心却总有着诉说不尽的惆怅与迷惘。"此情可待成追忆，只是当时已惘然"这两句诗，可当作是对失去的恋情或情人的刻骨铭心的思念。后人常引用这两句诗来说明追忆往事时的心情。

◎ 例句

①"此情可待成追忆，只是当时已惘然。"我记不得第一次演小猴时，我头上的乌发有多长。我也不记得，再次演小猴时，我两鬓的白发有多少。我只记得23年前的鲜花，23年后的"枇杷"，只记得法国画家柯乐的话，"我每天祈求上帝的，就是要他永远留着我做一个小孩，使我能够用一个小孩的眼睛来看来画这个世界。"（摘自连德枝《我爱这条小溪》）

②幼时读冰心的《寂寞》，那名叫小小的男孩，回思起暑假当中跟姑姑家的小妹妹无猜的嬉游，遂有寂寞之感；这种寂寞，对失落的情谊的惋惜怀恋，成人也许更多，"此情可待成追忆，只是当时已惘然"呀！（摘自邵燕祥《说"寂寞"》）

③散文者，淡文也。必须淡而不俗，淡而不浅。正如陶渊明所说："此中有深意，欲辨已忘言。"又如李义山所说："此情可待成追忆，只是当时已惘然。"其实并非真的"忘言"，也不是真的"惘然"，而是有些"深意"，有些真情，远远不是言语所能表达，于是用淡淡一笔带过，反而使人感觉弦外之音，回味无穷。（摘自罗大冈《我与百花》）

④那些过往的岁月里，一个经典的画面让多少人在孤寂时、在落

魄时、在迷惘时，反复地回味不已——一个女人、一树槐花、一家人一桌飘香的饭菜……此情可待成追忆，只是当时已惘然。女人何时在岁月的磨蚀中变得不漂亮了，男人何时在生活的打拼中变得麻木了，接下来是无休止的怨恨、无道理的争吵、一地的鸡毛，哭了、累了、散了……

（摘自阮小籍《春山多胜事》）

身无彩凤双飞翼，心有灵犀一点通。

◎ **出处**

唐·李商隐《无题》

◎ **原诗**

昨夜星辰昨夜风，画楼西畔桂堂东。

身无彩凤双飞翼，心有灵犀一点通。

隔座送钩春酒暖，分曹射覆蜡灯红。

嗟余听鼓应官去，走马兰台类转蓬。

◎ **注释**

灵犀：犀牛角在古代被视为灵异之物，角的中央有一道白线贯通上下，生这种角的犀牛，古人称为"通犀"。

◎ **赏析**

这两句意思是"我"虽然没有像彩凤般的一双翅膀，能飞到你的身边；但我们的内心却像灵犀的双角一样，可以互通感应。"身无彩凤双飞翼"描写无法相聚的思念与无奈；"心有灵犀一点通"描写两情相悦，默契互通，充分表现出心灵感应的那份欣喜和欢愉之情。现今常用这两句诗来形容人与人之间的默契良好，思想相通，感情共鸣。

◎ 例句

①我就是凭借最初的印象，一下子爱上了你，看中了你。"身无彩凤双飞翼，心有灵犀一点通。"我真佩服李商隐，寥寥两句诗，就描绘出男女恋情上的一个神秘而优美的境界。（摘自鲍昌《祝福你，费尔马！》）

②原来这时年轻人在淡淡的月光下，对着故宫这面历史的镜子，也在审视我们生活的历程。"身无彩凤双飞翼，心有灵犀一点通。"他们是这样地相知相亲，这是新的一代啊！（摘自郭建英《故宫神思》）

③我们明白，这个家伙又"鬼"又沉得住气，"冰冻三尺，非一日之寒"，他准是早就看上蔡七雄，两人心有灵犀一点通！不过，他也有些顾虑跟老师的关系。（摘自罗达成《一个成功者和他的影子》）

④数据新闻曾是报道的"配角"，今天要让其唱主角，还须依托信息图形中的关键词和主要数据的"链接"，不断地给予读者直接的暗示及刺激，使之发挥"心有灵犀一点通"的作用。（摘自胡悕仁《话说数据新闻》）

⑤男人们总是抱怨，女人心，海底针，她们的大脑究竟在想些什么？但现在，这个问题马上就要解决了——一个可以读懂大脑的工具Insight能从人类脑部提取信息，让人们"心有灵犀一点通"。（摘自傅依冬《脑波"紧箍咒"》）

曾经沧海难为水，除却巫山不是云。

◎ **出处**

唐·元稹《离思五首》之四

◎ **原诗**

曾经沧海难为水，除却巫山不是云。

取次花丛懒回顾，半缘修道半缘君。

◎ **赏析**

此诗为悼念亡妻韦丛之作。诗人运用"索物以托情"的比兴手法，以精警的词句，赞美了夫妻之间的恩爱，表达了对韦丛的忠贞与怀念之情。这两句"曾经沧海难为水，除却巫山不是云"是最为哀婉动人的，使人如见诗人心如篆灰、哀毁骨立。这两句诗是从《孟子》"观于海者难为水，游于圣人之门者难为言"变化而来的，但情感更加强烈。"沧海"之水一望无际，呈青苍色；"巫山"之云如梦如幻，使人迷醉，相比之下，别处的山、别处的云都相形见绌，不值得一顾。"沧海""巫山"在这里都是指世间至美之景，作者引以为喻，表达了他们夫妻二人之间的感情如沧海之水、巫山之云般幽深美好，即遇到妻子后，天下所有的女子都黯然失色。

◎ **例句**

①"曾经沧海难为水，除却巫山不是云"，除了玛丽亚，世界上已不再有别的姑娘值得他爱。（摘自梅禾译《狄更斯初恋失败之后》）

②对于农村之富貌我已经失去了好奇心和审美欲，因为我看过深圳特区、珠海特区的农民、渔民之富。"曾经沧海难为水，除却巫山不是云。"（摘自祖慰《映日荷花别样红——洪湖模型的文学表述》）

③"曾经沧海难为水，除却巫山不是云"，正门高志就会无形中形成一个欣赏的高标准，再去阅读和鉴赏别的作品就容易居高临下地把握

了。（摘自江溶等《创作例话》）

④初次知道巫山，是在元稹《离思五首》第四首中的"曾经沧海难为水，除却巫山不是云"。索物以托情，感情有如沧海之水和巫山之云，其深广和美好世间无与伦比，这是何等的感情、何等的地方啊！（摘自贺存定《巫山情结》）

⑤当偏激的诗人从心灵深处发出"曾经沧海难为水，除却巫山不是云"的感叹时，旷达的禅者却在悠然地吟咏着"千江水映千江月，千江水月共圆缺"的诗句。（摘自王飙《成熟的心灵》）

同是天涯沦落人，相逢何必曾相识！

◎ 出处

唐·白居易《琵琶行》

◎ 原诗

……

我闻琵琶已叹息，又闻此语重唧唧。

同是天涯沦落人，相逢何必曾相识！

……

◎ 注释

天涯：天边，指离都市极远的地方。实际用法，着重"他乡异域"一层意思。

沦落：沉沦流落、遭逢不偶、失意无欢等意思。

◎ 赏析

诗人闻琵琶女弹奏琵琶，又自述身世遭际，知两人同是来自京都，都有繁华得意生活而转入凄凉境况的经历，然后发此感慨。同样是漂泊异乡，沦落天涯的失意人，流浪的生涯与感受也大致相同，既然有缘相逢，又何必要求曾经相识呢？"同是天涯沦落人"常用来表示彼此的遭遇相同，也都同样对现实感到失望；"相逢何必曾相识"多用来表示萍水相逢也是缘分，何不抛开拘束，做一对惺惺相惜的朋友呢？这一句诗若是独立来看，就是另一种热情洒脱的意境了。

◎ **例句**

①读了您的"征婚启事"，我仿佛看到一颗苦苦寻觅爱情的心。"同是天涯沦落人，相逢何必曾相识"，我跟您有相似的婚史，在婚姻上也同样追求真正的爱情……（摘自何天谷《爱之谜》）

②两个人就这样相熟了。之后，每天到厂里听完信儿，他俩便同行，到松花江畔遛遛，坐坐。反正现在是无业游民，白天没事干，回家又憋屈。同是天涯沦落人，相逢何必曾相识！（摘自蒋巍《人生环行道》）

③"其实也没啥，俺俩四年没说话，那次一接触就有'同是天涯沦落人，相逢何必曾相识'之感……"（摘自鲍光满《冲出你的误区》）

④他们此次合作像是同是天涯沦落人的同病相依，这时只有完全摒弃各怀鬼胎的私念，进行矢志不渝地合作，才能令他们在移动互联江湖开疆拓土。（摘自吕文龙《微软依偎诺基亚：同是天涯沦落人》）

⑤二人在国破之时同处于殖民者的艺妓馆里，都在扮演着寄人篱下的角色，同是天涯沦落人，患难见真情的意味油然而生。（摘自邹文荟《论电影〈色·戒〉对原小说的改编》）

洛阳亲友如相问，一片冰心在玉壶。

◎ **出处**

唐·王昌龄《芙蓉楼送辛渐》

◎ **原诗**

寒雨连江夜入吴，平明送客楚山孤。

洛阳亲友如相问，一片冰心在玉壶。

◎ **注释**

冰心：像冰一样明洁的心。陆机《汉高祖功德颂》载："心若怀冰。"

玉壶：玉制的酒壶。

◎ **赏析**

鲍照《代白头吟》中有"直如朱丝绳，清如玉壶冰"之句。王诗从中化出，比喻自己心地明净纯洁，不受功名富贵的牵扰。这两句诗的意思是你回到洛阳，如果亲友们问起我的近况，你就告诉他们，说我对仕宦生涯早已厌倦，心地如玉壶之冰一般明净纯洁，绝不会受到功名富贵的干扰。这首诗是作者贬为江宁丞后写的送别诗。它含蓄地反映了诗人遭受打击的愤懑和孤寂心情。"一片冰心在玉壶"是表示心地明净纯洁的名句。后人常引用这两句诗来表示心地明洁之意，也有套用全诗的。

◎ **例句**

① "洛阳亲友如相问，一片冰心在玉壶。"这是唐人王昌龄的一句诗。帅大姐的一生行事，也可以说是冰心一片，纯净无瑕。（摘自李锐《回首一生雄》）

② "洛阳亲友如相问，一片冰心在玉壶。"诗句越千年，玉洁复冰清。纵使世风日下，人心不古，我宁愿于凡尘中，呵护这片玉壶中的冰心，独守一份澄明的心境，坚守一朵如花的心灵。在爱的阳光下，让心

灵美丽如花！（2008年高考满分作文《让心灵美丽如花》）

③"莫愁前路无知己，天下谁人不识君？"怎样的美好祝愿。"洛阳亲友如相问，一片冰心在玉壶。"怎样的真情告白。"劝君更进一杯酒，西出阳关无故人。"又是怎样的离情别意？（2005年高考满分作文《安于心》）

④正如原著作者王跃文所说，"陈廷敬被康熙皇帝赞为完人，但我并不相信世上真有这样的人。与其说是写了历史上真实的陈廷敬，不如说我希望历史上真有这样的人物。""不论哪个民族，它在往前走的时候，脚下必然都会响起历史的回音。鉴古方可知今，继往才能开来"。生活，是一座熔炉，有人百炼成钢，有人灰飞烟灭，如何自处，既是智慧，更需要坚守。一片冰心在玉壶，"尽夫天理之极，而无一毫人欲之私"。（摘自刘同华《观话剧〈大清相国〉》）

莫愁前路无知己，天下谁人不识君？

◎ **出处**

唐·高适《别董大》二首之一

◎ **原诗**

千里黄云白日曛，北风吹雁雪纷纷。

莫愁前路无知己，天下谁人不识君？

◎ **注释**

知己：知心的人。王勃《送杜少府之任蜀州》："海内存知己，天涯若比邻。"

◎ **赏析**

不要担心在你前去的路上遇不到知心朋友，天下的人谁不知道你的大名呢？诗题名曰"别董大"，实际上是抒写个人的不凡抱负和落拓不得其志的处境。语言洗练，形象苍劲，警策动人。后人常引用这两句诗来赞誉别人才能出众，为天下人所赏知，以表示慰勉。

◎ **例句**

①唐朝诗人高适有诗云："莫愁前路无知己，天下谁人不识君？"人生遇到挫折，才华得不到施展与重视，这只是暂时的现象，有道是玫瑰，总会开花的。（摘自昕晔《莫叹你总不得志》）

②……你一句话值千金，顶一张公文，顶一枚政府印章，你说你不认识这些部门，可你说出你的名来，天下谁人不识君呢？（摘自贾平凹《名人》）

③青山行不尽，绿水何处长。玩具行业仍是大有发展前景的产业，经营者只要善于和巧于经营，莫愁前路无知己。（摘自徐德志《永不玩腻的玩具》）

④品牌评价标准还是一个新生的事物，2013年参评的各个企业只是我国众多企业的缩影，我们希望有更多的企业参与进来，在此，我借用一句唐诗与大家共勉，莫愁前路无知己，天下谁人不识君。（摘自刘平均《国际标准助推品牌强国》）

劝君更尽一杯酒，西出阳关无故人。

◎ **出处**

唐·王维《送元二使安西》，一题《渭城曲》。

◎ **原诗**

渭城朝雨浥轻尘，客舍青青柳色新。

劝君更尽一杯酒，西出阳关无故人。

◎ **注释**

阳关：在今甘肃省敦煌西南，玉门关南，为当时出塞入塞的交通要道。唐代，出了阳关就是西域。

故人：老朋友，老乡亲。

◎ **赏析**

请你再喝完这一杯酒，再往西去，出了阳关就没有熟识的老朋友、老乡亲了。本篇是极负盛名的送别诗。此二句由描写环境转写送别友人，由绘画景物折入抒发离情，将朋友间的惜别之情披露无遗，含蕴极其丰富。一句"西出阳关无故人"，既深情又婉转，直胜却千言万语，几令人涕下沾巾。后人常引用这两句诗来表达依依惜别之情或孤寂之感。

◎ **例句**

①如果有机会到甘肃敦煌，我一定要去看看阳关故道。王维那传唱千古的名句"劝君更尽一杯酒，西出阳关无故人"，总让人感到种种神秘和新奇。（摘自王昂《都出阳关，都是故人》）

②王维的"劝君更尽一杯酒，西出阳关无故人"，固然把一对朋友间深沉真挚的别情表达得感人肺腑，但未免带几分伤感。与此相比，少年时代周恩来写给同学的赠言"愿相会于中华腾飞世界时"，就更能发挥"赠言"的作用了。（摘自王克勤《怎样搞好毕业留念？》）

③唐代人士远行往往颠沛浮沉，西去"西出阳关无故人"，东去则"春明门外即天涯"。于是从"烟柳满皇都"的长安，送亲友一直送到二十多里地远的灞桥上，一别两茫茫，在此折柳依依惜别。（摘自罗丹《断魂桥》）

④劝君更尽一杯酒，西出阳关无故人。列车在河西走廊蠕动着，7月，炙热的空气一阵阵袭入车厢，打断了她在甘肃农大读书时的一幕幕回忆和对未来无边无际的憧憬。（摘自秦克蓉等《岁月如歌如梦》）

⑤无论是"风萧萧兮易水寒，壮士一去兮不复还"，还是"劝君更尽一杯酒，西出阳关无故人"，都令有泪不轻弹的男儿，难掩几分哽咽。（摘自包光潜《苍凉与悲壮》）

海内存知己，天涯若比邻。

◎ **出处**

唐·王勃《送杜少府之任蜀川》。蜀川，一作"蜀州"。一题无"送"字。

◎ **原诗**

城阙辅三秦，风烟望五津。

与君离别意，同是宦游人。

海内存知己，天涯若比邻。

无为在歧路，儿女共沾巾。

◎ **注释**

海内：四海之内，即指全中国。曹植《赠白马王彪》："丈夫志四海，万里犹比邻。恩爱苟不亏，在远分日亲。"似为王句所本。

◎ **赏析**

在四海之内，到处都可以有知心朋友，你我只要心心相连，即使一在天涯、一在海角，也会像在比邻一样，不必为离别而发愁。这是千古传唱的名句。后人常引来表述友情深厚，不必愁相隔遥远，以示宽慰；或形容革命者在普天之下都有同志，以互相勉励。

◎ **例句**

①看到了他的这些纪念品，我又不禁想起了唐代诗人王勃的两句诗："海内存知己，天涯若比邻。"内山嘉吉先生在过去对待鲁迅先生

的友谊亲密无间。（摘自黄渭渔《老树绽新蕾——介绍老画家陈卓坤及其作品》）

②王勃说得好："海内存知己，天涯若比邻。"有了李纲这样的知己，不是已经够幸福了么！是否再次会晤，那是无足轻重的。（摘自蒋星煜《湛江和她的湖光岩》）

③世上真有知心朋友吗？有。你大概会记得唐代诗人王勃的友谊箴句"海内存知己，天涯若比邻"吧，王勃同杜少府之间的友谊就堪称为"知心之谊"。（摘自康秋《世上真有知心朋友吗？》）

④比如，现代院前院长陆忠伟先生就曾撰文提出大周边概念，他甚至用"邻距离"这个概念把大周边分为"近邻"和"远亲"。其立论基础充满哲学意味和豪放诗情：海内存知己，天涯若比邻。（摘自翟凫《最是大周边》）

谁言寸草心，报得三春晖。

◎ **出处**

唐·孟郊《游子吟》

◎ **原诗**

慈母手中线，游子身上衣。

临行密密缝，意恐迟迟归。

谁言寸草心，报得三春晖。

◎ **注释**

寸草：小草。比喻子女。

心：草木初发的茎干也叫作心。这里是双关语。

三春晖：春天里的阳光。比喻贫寒人家的母亲对子女的关心。

谁说柔弱的小草能报答春天里阳光的照育之恩。比喻儿女对母亲的心意不能报答母亲的恩泽于万一。后人常引用这两句诗来表达儿女不能报答母爱，或赤子不能报答祖国的养育之恩，或学生不能报答老师的培养之情。

◎ 例句

①我想，世间本来就没有过统一的思想，人们尽可以随意地说，但是草们却绝不会如此地没有心肝。孟郊的《游子吟》中"谁言寸草心，报得三春晖"已成流传千古的名句。足见寸草也是有心的。（摘自方激《塞上的雨》）

②"谁言寸草心，报得三春晖。"陈尝经觉得自己就是这片国土上的一棵草。他愿意燃烧自己有限的生命，换取母亲的安宁，祖国的昌盛。（摘自林祁等《中国心——记从台湾归来的企业家陈尝经》）

③"谁言寸草心，报得三春晖。"海外同胞这种爱国爱乡，为中华之崛起而贡献自己的力量的热忱和行动，子孙后代是不会忘记的。（摘自陈敏《捐资办学爱国爱乡》）

④现在由于工作关系，我很少回家。常常在午夜梦回之时，对家的依恋就会化为深夜枕边的一缕清泪，我会不由自主地吟诵唐代孟郊的《游子吟》："慈母手中线，游子身上衣。临行密密缝，意恐迟迟归。谁言寸草心，报得三春晖。"我终于明白了在这世事变迁如浮云的世上，真正变不了、迁不动的，还是自己心上的家。（摘自王晓敏《心灵的驿站》）

⑤五月，因为母亲而庄严神圣。"慈母手中线，游子身上衣。临行密密缝，意恐迟迟归。谁言寸草心，报得三春晖。"母爱。是人类亘古不变的主题。（摘自张永生《五月在节日里飞扬》）

露从今夜白，月是故乡明。

◎ 出处

唐·杜甫《月夜忆舍弟》

◎ 原诗

戍鼓断人行，边秋一雁声。

露从今夜白，月是故乡明。

有弟皆分散，无家问死生。

寄书长不达，况乃未休兵。

◎ 赏析

公元759年秋夜，杜甫在秦州，怀念他分散在河南、山东的几位弟弟而作此诗。这两句诗，出句写自然时序，诗或作于白露节气的夜晚，对句写心理幻觉，意思是秋露从今天开始变白，天气渐冷，月亮无处不明，可是因为怀念亲人，便觉得故乡的月更明。这样写，突出了对"故乡"的感怀。后人常引用这两句诗或只引后一句来表达远离家乡亲友，涌起乡思，故觉得故乡风物更加美好之意。

◎ 例句

①"露从今夜白，月是故乡明"；乔木展旧国之思，行云有故山之恋。（摘自周佩红《乡思种种》）

②话虽如此，杜工部句所咏"露从今夜白，月是故乡明"这种什么都觉得故乡最好的心情，在大多数人的胸臆里，还是深深地潜在着的。（摘自秦瘦鸥《阳光下的故乡》）

③女儿陈玉虽然出生在香港，但从小受到曾祖父思乡情怀的熏陶，在她幼小的心灵里，早就播下了"月是故乡明"的种子。（摘自陈国松《沙头角风情》）

④从古至今，人们的心灵深处都潜伏着深厚的恋土和思乡情结。"戍鼓断人行，边秋一雁声。露从今夜白，月是故乡明"，唐代杜甫这千古流传的诗句正是这一故乡情结的写照。（摘自韩玉洁《军工乡恋》）

⑤以前读杜甫《月夜忆舍弟》诗"露从今夜白，月是故乡明"，杜牧《宣城赠萧兵曹》诗"花时去国远，月西上楼频"，总觉言过其实，然而当远离故乡独处异地后，才真正理解了其中的苍凉。（摘自张世普《月满中秋》）

天生我材必有用，千金散尽还复来。

◎ 出处

唐·李白《将进酒》

◎ 原诗

君不见，黄河之水天上来，奔流到海不复回。

君不见，高堂明镜悲白发，朝如青丝暮成雪。

人生得意须尽欢，莫使金樽空对月。

天生我材必有用，千金散尽还复来。

……

◎ 注释

"天生"句，一作"天生吾徒有俊才"。千，一作"黄"。

◎ 赏析

老天生下我这块材料，一定有可用之处。千金之财算得了什么，散尽用光，还可以再得到。诗句表达了诗人对于人生的乐观信念和不重金钱的豪放情怀。后人常引用"天生"一句来表达旷达豪放的用世之情。

"材"或引作"才"。

◎ 例句

①"天生我材必有用",当聆听到油锯发出热切的呼唤,我便带着绿色家族里,每一束枝的嘱托,带着那每一片叶的叮咛,还带着沐浴着我的阳光雨露的希冀,从森林,从峡谷,从深山风尘仆仆地急速赶来。(摘自刘增山《枕木的自述》)

②那时姐姐常对他说,别看现在把知识看成万恶之源,将来总有一天会认识到,知识就是力量!不要灰心,不要丧气,"天生我材必有用",自己首先要坚定这个信念。(摘自张健行《折射的信息》)

③"天生我材必有用"。当中国的历史在坎坷中走进了20世纪80年代,梁山的价值在开放搞活的时代潮流中又被重新认识。(摘自安福海《幸哉,梁山》)

④这不单纯是属于个人的离愁别恨,而且是内涵更为深刻的不为流俗、不为阶级社会所容的精神苦闷,是一种"天生我材必有用"却又不得其用的痛苦体验,或者说,这就是集体无意识所说的人类精神上的"无家可归"之感。(摘自陈敬容《古典诗歌中"望夫石"文化心理原型初探》)

长风破浪会有时,直挂云帆济沧海!

◎ 出处

唐·李白《行路难》三首之一

◎ 原诗

金樽清酒斗十千,玉盘珍羞直万钱。

停杯投箸不能食,拔剑四顾心茫然。

欲渡黄河冰塞川，将登太行雪满山。

闲来垂钓碧溪上，忽复乘舟梦日边。

行路难，行路难，多歧路，今安在？

长风破浪会有时，直挂云帆济沧海！

◎ 注释

长风破浪：比喻宏大的抱负得以舒展。《宋书·宗悫传》："叔父炳高尚不仕，悫年少时炳问其志，悫曰：'愿乘长风，破万里浪。'"

会：当，一定要。

云帆：高挂入云的帆，这里是形容夸张的说法。

济：渡。

◎ 赏析

乘风破浪，施展远大的抱负，一定会有机会，到那时高挂云帆，驾着大船直渡苍茫的大海。《行路难》意在表达诗人人生道路的艰难和坎坷。全诗充分显示了黑暗污浊的政治现实对诗人宏大理想抱负的阻遏，反映了由此而引起的诗人内心的强烈苦闷和不平。也反映了诗人的倔强、自信和对理想的执着追求，展示了诗人力图从苦痛中挣脱出来的坚强意志。

◎ 例句

①我也有这样的恋情！我的祖国也是一艘航船，有过风暴鞭笞的血迹，也有暗礁撞击的伤痕。但是，"长风破浪会有时，直挂云帆济沧海"。（摘自吕纯晖《搭渡》）

②大亚湾的潮水冲击了SEPC人旧的观念和意识，同时也把他们锻炼成了风口浪尖上的弄潮者。……他们已经启航了。

长风破浪会有时，直挂云帆济沧海！

我们期待着……（摘自王树民等《大亚湾之潮》）

③长风破浪会有时，直挂云帆济沧海。追梦的路上，有政府的护航，有社会的照扶，有同伴的牵手，与祖国发展合拍的脚步会越来越踏实。（摘自邓卉《齐步才好向前》）

④"长风破浪会有时，直挂云帆济沧海"，我们相信，长江航运一定能实现乘长风，挂云帆，跨长江，济沧海，成为名副其实的"黄金水道"。（摘自其东《长风破浪会有时直挂云帆济沧海》）

会当凌绝顶，一览众山小。

◎ 出处

唐·杜甫《望岳》

◎ 原诗

岱宗夫如何？齐鲁青未了。

造化钟神秀，阴阳割昏晓。

荡胸生层云，决眦入归鸟。

会当凌绝顶，一览众山小。

◎ 注释

岱宗：泰山的尊称。

齐鲁青未了：形容泰山高大，从齐到鲁都可以望见它的青色。

造化钟神秀：造化，指天地。钟，聚集。此句意为大自然把神奇和秀美都集中给了泰山。

阴阳割昏晓：阴，指山北；阳，指山南。此句意为在同一时间山南山北判若晨昏，极言泰山的高大。

荡胸生层云：山中云气叠起，涤荡胸襟。

决眦：极力张大眼睛。

入归鸟：将飞鸟收入眼帘。

会当凌绝顶：定要登上最高峰。

◎ 赏析

诗中前六句都是咏泰山之高、泰山之大。后两句进一步指出，只有登上泰山顶峰，你才看得见群山在它脚下显得多么矮小！"会当凌绝顶，一览众山小"也可用来形容一个人具有不凡的抱负，立志要超越众人。

◎ 例句

①我们终于登上了天都！爬上绝顶石崮，正逢万里无云，举目四望，卅六峰尽收眼底，正是"会当凌绝顶，一览众山小"诗意的写照！（摘自陈昌本《海马的后代》）

②登高远望，极目苍天舒，"会当凌绝顶，一览众山小"，而回首历史长河，更是别有一番风趣。（摘自王凤麟《特大暴雨前云系模型》）

③诗云："会当凌绝顶，一览众山小。"只有站到高处，胸怀全局，才能将山与山、河与河的界限打破，才能获得内在的整体性，题材的超越性。（摘自雷达《关于短篇创作的活力的思考》）

④"会当凌绝顶"，无疑是敲响在泰山绝顶上的洪钟大吕，是蔑视一切困难之抱负、雄心的豪情礼赞。（摘自付秀宏《诗圣的泰山》）

⑤"会当凌绝顶，一览众山小。"办公室工作既要站得高、看得远、想得深，又要尊重客观规律，从实际出发，寻求政务工作的新突破。（摘自唐明生《办公室工作面面"观"》）

欲穷千里目，更上一层楼。

◎ **出处**

唐·王之涣《登鹳雀楼》

◎ **原诗**

白日依山尽，黄河入海流。

欲穷千里目，更上一层楼。

◎ **注释**

穷：尽。

千里：这里夸说远。

更：再。

◎ **赏析**

此诗气象雄浑，思想积极。"鹳雀楼三层，前瞻中条，下瞰大河。"（沈括《梦溪笔谈》）诗人登高远眺，赋诗抒怀。这两句诗的意思是要使眼界开阔，看得更远、更清楚，还须更上一层楼观看。写得诗外有诗，景中含景，曲折含蓄之至。常用来说明人生道路永无尽头，应当继续不断地努力上进。

◎ **例句**

①春天正在发出微笑，八闽胜景分外妖娆，若欲饱览、酣歌，化出绕梁余音，仍须不懈攀登。"欲穷千里目，更上一层楼。"（摘自王耀华《春满武夷》）

②"欲穷千里目，更上一层楼。"在炮台大树底下稍事休息，我们便登上金鸡山的最高处——来到了边防部队某部观察所。（摘自吴世斌《雄英风貌》）

③一位事前不肯透露采访内容的外国导演问我："为什么拍上海？"我回答说："因为我是上海人。""为什么选择登高拍摄？"面

对接踵而来的第二个问题我回答说："中国古人说，'欲穷千里目，更上一层楼'。"我想他一定不知道王之涣是何许人也，也不知道翻译是如何翻译的。但老外听完后点了点头说道："高度很重要！"（摘自郑宪章《鸟瞰上海》）

④"欲穷千里目，更上一层楼"；"会当凌绝顶，一览众山小"；"不畏浮云遮望眼，只缘身在最高层"，这些传诵千古的名句充分表明，一个人若想看得远，走得远，就必须提升思想和信念的高度。（摘自姜炳炎《心的高远》）

大鹏一日同风起，扶摇直上九万里。

◎ 出处

唐·李白《上李邕》

◎ 原诗

大鹏一日同风起，扶摇直上九万里。

假令风歇时下来，犹能簸却沧溟水。

时人见我恒殊调，见余大言皆冷笑。

宣父犹能畏后生，丈夫未可轻年少。

◎ 注释

大鹏：传说中的大鸟。《庄子·逍遥游》："北冥有鱼，其名为鲲，鲲之大，不知其几千里也。化而为鸟，其名为鹏，鹏之背不知其几千里也。怒而飞，其翼若垂天之云。"

扶摇：一作"传摇"，由下而上的旋风。亦作"搏摇"，用翅膀拍打着旋风。《逍遥游》："鹏之徙于南冥也，水击三千里，抟扶摇而上者九万里。"

◎ 赏析

大鹏鸟一朝乘风起飞，搏击着由下而上的旋风，直上九万里云天。此为作者自比，表现了诗人狂傲自负的性格，很有气势。后人常引用这两句诗来比喻气魄之大，前途之远。

◎ 例句

①回首顾，千秋青史；抬头望，无限关山。让我们吟哦唐代伟大诗人李白的名句"大鹏一日同风起，扶摇直上九万里"，让我们举起垂天之翼，作一番长空的逍遥游！（摘自范曾《扬起生命的风帆》）

②"大鹏一日同风起，扶摇直上九万里"，祖国将在新的起跑线上起飞，向更高的目标冲刺！（摘自徐光荣《擎起来，祖国的翅膀》）

③李白青年时代就有"安社稷，济苍生"的抱负，相信"天生我材必有用"，幻想终有一天能够"大鹏一日同风起，扶摇直上九万里"。很想在政治上施展才能，实现抱负，有所作为。（摘自朱广院《上天与落地》）

④李白一生以大鹏自比。少年时，李白在《大鹏赋》中抒发他要"斗转而天动，山摇而海倾"的远大抱负；青年时期，李白在《上李邕》诗中说"大鹏一日同风起，扶摇直上九万里"；晚年《临终歌》，大鹏再也飞不动了，则是李白的长歌当哭。（摘自魏新宇《掬一杯盛唐的酒韵诗香》）

出师未捷身先死，长使英雄泪满襟。

◎ **出处**

唐·杜甫《蜀相》

◎ **原诗**

丞相祠堂何处寻，锦官城外柏森森。

映阶碧草自春色，隔叶黄鹂空好音。

三顾频烦天下计，两朝开济老臣心。

出师未捷身先死，长使英雄泪满襟。

◎ **注释**

丞相：指诸葛亮。

锦官城：成都城的别称。

柏森森：诸葛亮祠堂前繁茂的大柏树，相传为诸葛亮手植。

三顾：诸葛亮隐居隆中（今湖北襄阳县西），刘备曾三次访问他，商量天下大事，人称"三顾茅庐"。

"出师未捷身先死"：公元234年，诸葛亮出师伐魏，病死在五丈原（今陕西岐山境内）军中。

◎ **赏析**

杜甫咏史诗有许多传诵千古的佳句。"出师未捷身先死，长使英雄泪满襟"读来令人无限哀痛。据说宋朝大将宗泽痛心半壁河山为金人占据，抗金救国事业未竟而病逝，死前曾吟杜甫此两句诗。可见千载英雄有同样的伤心泪，杜甫这两句诗可谓写尽了此种壮志未酬的悲愤心情。后人常引用这两句诗来悼念为人民事业战斗、功业未遂而不幸早逝的英雄人物，或表示英雄壮志未酬而身死的遗恨等。

◎ **例句**

① "出师未捷身先死，长使英雄泪满襟。"光绪变法，有雄心而无

从唐诗中汲取写作智慧

善策，很多事情操之过急。（摘自张家康《壮志未酬的变法皇帝》）

②事实上，在创业过程中，经常会出现各种疑难杂症，如果不正确"诊治"，就可能"出师未捷身先死"。（摘自吴德俊《初次创业的禁忌》）

安得广厦千万间，大庇天下寒士俱欢颜，风雨不动安如山！

◎ 出处

唐·杜甫《茅屋为秋风所破歌》

◎ 原诗

……

床头屋漏无干处，雨脚如麻未断绝。

自经丧乱少睡眠，长夜沾湿何由彻！

安得广厦千万间，大庇天下寒士俱欢颜，风雨不动安如山！

呜呼！何时眼前突兀见此屋，吾庐独破受冻死亦足！

◎ 注释

安得：哪得，哪有。

◎ 赏析

要怎样才能得到千万间宽广的楼房，好用来庇佑天下无处容身的穷人；不但要使他们欢欣喜悦，而且即使遭受风雨的侵袭，这些房屋也能安稳不动屹立如山。杜甫因茅屋被风吹垮而作此诗，感叹自己生活的困窘，不禁联想到天下穷人是否与自己一样落魄。于是杜甫盼望能有千万间房舍，以保障天下穷人在风雨中的平安。杜甫这种推己及人的仁者胸怀，实在令人无限景仰。

◎ **例句**

①所以每提到关于房子的事，李阿姨总是叹气说："现在什么都不错，就是这房子……唉，看来这辈子我们得住芦席棚啰！"每听到这样的话，我就会想起杜甫的诗句来："安得广厦千万间，大庇天下寒士俱欢颜，风雨不动安如山！"是啊，"何时眼前突兀见此屋"呢？（摘自谢凌岚《搬家》）

②好了！为了千千万万个像晓东那样的家庭能住上舒心的好房子，为了中华大地能矗起一片片大厦的群落，咱就终生为完成杜老夫子倚杖而歌的夙愿——"安得广厦千万间，大庇天下寒士俱欢颜"而奋斗，干建筑！（摘自蒋巍《银河，有一颗星》）

③湖北罗昌智说："古代诗人杜甫尚有'安得广厦千万间，大庇天下寒士俱欢颜'的愿望，难道我们这些生活在社会主义时代的青年人，只能求'安得小楼一单元，举家几人尽欢颜'么？置人民利益于不顾，成天为一己的利益去忙碌，是没有出息的。"（摘自《中国青年·青年们的回答》）

④"安得广厦千万间，大庇天下寒士俱欢颜"，早在一千多年前，中国人就对圆一个住房梦发出了这样的感慨。（摘自郭隆《安得广厦千万间——保障房的分配与管理》）

⑤"安得广厦千万间，大庇天下寒士俱欢颜？"千百年来，房子是百姓生活中的大事，正所谓"安居乐业"，安居才能乐业。（摘自温迪《2007，你想住哪儿？》）

疾风知劲草，板荡识诚臣。

◎ **出处**

唐·李世民《赐萧瑀》

◎ **原诗**

疾风知劲草，板荡识诚臣。

勇夫安知义？智者必怀仁。

◎ **注释**

疾风：大风。

劲草：强劲的草。《后汉书·王霸传》载："光武谓霸曰：'颍川从我者皆逝，而子独留，努力！疾风知劲草。'"《宋书·顾恺之传》载："疾风知劲草，严霜识贞木。"比喻经历艰难困苦，经得起考验，才显示出坚强的意志和坚贞的节操。

板荡：《板》《荡》都是《诗经·大雅》的篇名。《诗序》说："《板》，凡伯刺厉王也。""《荡》，召穆公伤周室大坏也。厉王无道，天下荡荡，无纲纪文章，故作是诗也。"因这两篇诗都反映乱世，所以作为"乱世"的借代。

诚臣：即忠臣。

◎ **赏析**

贞观九年（635年），唐太宗"以光禄大夫萧瑀为特进，复令参预政事。"赠他这两句诗，表彰他"不可以利诱，不可以死胁，真社稷臣也！"这两句诗的意思是只有经过猛烈大风的考验，才能知道什么样的草是强劲坚韧不可摧折的；政局混乱不安，社会动荡不定，才可以识别出谁是忠诚的臣子。后人常引用这两句诗来比喻只有经过严峻的考验，才知道谁真正坚强。

◎ 例句

①唐太宗李世民曾写过两句诗叫作"疾风知劲草，板荡识诚臣。"（《赠萧瑀》）如果我们扬弃它所带有的一点封建色彩，那么在今天看来，也是正确的。在国家和人民危难之秋，在严峻的考验中，梅林与欧阳平这两代革命者，把个人的生死置之度外，坚强不屈、无私无畏地为真理而斗争，表现出共产党员和革命者的高贵品质和浩然正气。（摘自潘旭澜《艺术断想·相反相成》）

②行走在乡村田间小道，你会发现成熟了的水稻、小麦、高粱，无不低下深思熟虑的头，这是诚实守信、感恩回报的低调；大雪压顶，寒风凛冽，秀木易折，而小草却依旧岿然不动，路遥知马力，疾风知劲草，这是坚韧顽强、不屈不挠的低调；野生河蚌生活在江河底层，沉浸在汹涌波涛下，默默无闻地孕育着珍珠，这是无私无畏、敬业奉献的低调……（摘自胡春麟《万物皆道理》）

③有道是：疾风知劲草，国难见忠臣。身为御史言官的钱峰，屡向乾隆帝冒死进谏，一本参劾十个督抚滥权贪渎、欺君虐民之罪。（摘自楚汉《官到能贫乃是清》）

新松恨不高千尺，恶竹应须斩万竿！

◎ 出处

唐·杜甫《将赴成都草堂途中有作先寄严郑公》五首之四

◎ 原诗

常苦沙崩损药栏，也从江槛落风湍。

新松恨不高千尺，恶竹应须斩万竿！

生理只凭黄阁老，衰颜欲付紫金丹。

三年奔走空皮骨，信有人间行路难。

◎ **注释**

新松：指前时栽下的小松树。

恶竹：贾思勰《齐民要术》："竹之丑者有四：曰清苦、白苦、紫苦、黄苦。"恶竹当指此类。

◎ **赏析**

杜甫准备回来后将重新整理草堂周围的花木，这里是预想之辞，意思是：新栽的小松树，恨不得它马上长高长大达到千尺；那些苦恶之竹，应该砍掉它千竿万竿啊！表达了作者爱憎分明的人格，很显然富有寓意，当是以松竹暗喻美好和丑恶的事物。后人常引用这两句诗来表达好恶之情。

◎ **例句**

①在成都的杜甫草堂，我看到一副笔力雄劲的对联："新松恨不高千尺，恶竹应须斩万竿。"杜甫发自肺腑的诗句，借助陈毅元帅那麾动千军的腕力，像惊雷一样，轰鸣着古代老诗人和当代革命者一脉相继的共同理想。（摘自杨闻宇《走南闯北话对联》）

②这种材料本身还可以回收利用，是一种全新的绿色环保产品。由于它迎合了世界发展潮流，坊间时发"新松恨不高千尺"的喟叹，寄之厚望。（摘自李汉鹏《新材恨不高千尺》）

③老师、家长总是怕孩子不学习，总嫌孩子不努力，"新松恨不高千尺"。其实，你不要急，也不必"恨"，更不要那么"狠"，搞得孩子们眉头长皱，心存压力。（摘自梁衡《说兴趣》）

七、军事战争

车辚辚，马萧萧，行人弓箭各在腰。

◎ **出处**

唐·杜甫《兵车行》

◎ **原诗**

车辚辚，马萧萧，行人弓箭各在腰。

耶娘妻子走相送，尘埃不见咸阳桥。

牵衣顿足拦道哭，哭声直上干云霄。

……

◎ **注释**

兵车行：就是兵车歌。兵车行的体裁是由杜甫首创的。行，在诗歌里就是代表"歌"。

◎ **赏析**

兵车行走的时候，发出辚辚的声音；拉车的战马，不停地萧萧嘶鸣；随车出征的士兵们，都把弓箭佩挂在自己的腰上。这几句诗是描写兵车队伍即将出发的情形。后人常引用这两句诗来描述战士出征时的悲壮情景。

◎ **例句**

①凯旋门、伪装网、作战服、烈士陵园……汇成了一种特有的"车辚辚，马萧萧，行人弓箭各在腰"的战区气氛。（摘自张明非《老山最初印象——南疆纪行之一》）

②譬如说"灞桥折柳"依依惜别的盛唐诗人，或是"车辚辚，马萧萧"的出征军士们，在灞桥买点什么急用的东西，慌猝之间失落了钱币而顾不得收拾。（摘自石英《西安归来忆长安》）

③站在东端的参观台上，纵览兵马俑坑的全貌，只见数以千计的武士或结队马前，或编伍车后，他们身穿战袍或者铠甲，有的挽弓挟箭，有的执矛持戈，似乎只要一声令下，整个队伍便会立即出现一幅车辚辚、马萧萧的征战场面，秦始皇横扫六合、北却匈奴、南平百越、海内为一的气概重现眼前。（摘自周文斌《临潼访古》）

④车辚辚，马萧萧。雪国耻，剑在腰！时间定格在公元1141年，朱仙镇。（摘自李光宇《千年之念》）

⑤文学里的悲哀与悲惨因为有艺术节奏伴随着，那悲哀、悲惨里就是带着美的歌唱，变成了一种悲哀、悲惨与美的歌唱的混合体："车辚辚，马萧萧，行人弓箭各在腰。耶娘妻子走相送，尘埃不见咸阳桥。牵衣顿足拦道哭，哭声直上干云霄……"（摘自童庆炳《节奏的力量》）

可怜无定河边骨，犹是春闺梦里人。

◎ **出处**

唐·陈陶《陇西行》

◎ **原诗**

誓扫匈奴不顾身，五千貂锦丧胡尘。

可怜无定河边骨，犹是春闺梦里人。

无定河：这里指现今在陕北米脂、绥德境内的无定河。

◎ 赏析

最令人感到伤心可怜的，便是那无定河边，散落一地的枯骨，那枯骨的主人正是他家春闺中的妻子夜夜思念的梦中人啊！军人远征塞外，许多战死的人早已化为枯骨，但家里的妻子却无从知晓，仍旧日夜梦想着丈夫能够早日归来。"可怜无定河边骨，犹是春闺梦里人"两句诗，虽未明白描写战争的残酷悲惨，但白骨化入春梦的凄凉情景，却更能使人联想到战争的残酷无情！后人常引用这两句诗来描述战争给人间带来的凄惨画面。

◎ 例句

①夜声里，似有扶苏的呜咽，似有唐代诗人陈陶的千古绝句在长吟："可怜无定河边骨，犹是春闺梦里人。"那是凄迷悲壮的前天，已随河水流逝了。（摘自和谷《绥德漫步》）

②无定河像一条金线串连着一片片新拓的绿洲。唐代诗人描绘的"可怜无定河边骨"的悲惨历史画面，如今在这里已经了无痕迹，替代它的是一派"可爱无定河边绿"的动人景象。（摘自李耐因等《沙漠的希望》）

③国人至今看历史，还喜欢歌颂频于征伐、开疆拓土的君主，今日之青年还为古代专制帝王的虚荣而欢呼。而我却经常想起"一将功成万骨枯""可怜无定河边骨，犹是春闺梦里人"，以及《吊古战场文》《兵车行》等。（摘自资中筠《常怀千岁忧》）

④小说更根本的缺陷在于，作家描写了一系列惊心动魄的政治、军事斗争，却绝不触及人的灵魂，甚至连"可怜无定河边骨，犹是春闺梦里人"的人道主义也十分罕见。小说成了勾心斗角、尔虞我诈、血腥屠杀的大展览。（摘自翟业军《灵魂的废墟——长篇小说批判》）

君不见青海头，古来白骨无人收。新鬼烦冤旧鬼哭，天阴雨湿声啾啾。

◎ **出处**

唐·杜甫《兵车行》

◎ **原诗**

……

长者虽有问，役夫敢申恨？

且如今年冬，未休关西卒。

县官急索租，租税从何出？

信知生男恶，反是生女好。

生女犹得嫁比邻，生男埋没随百草。

君不见青海头，古来白骨无人收。

新鬼烦冤旧鬼哭，天阴雨湿声啾啾。

◎ **注释**

君不见：即君不闻。见即闻。唐诗中多用"君不见"发端，引出下边的感叹。

青海：即今青海省西宁以西一带，因有大湖名青海，故称。原为吐谷浑之地，唐高宗时为吐蕃所占，以后数十年间唐与吐蕃多次发生战争。"凤仪中，李敬玄与吐蕃战败于青海。开元中，……皇甫惟明、王忠嗣先后破吐蕃，皆在青海。"（钱谦益引《旧唐书·西戎传》）白骨无人收：梁·鼓角横吹曲《企喻歌》："尸丧狭谷中，白骨无人收。"

烦冤：烦躁愤懑。

天阴：李华《吊古战场文》："往往鬼哭，天阴则闻。"

啾啾：古人想象中鬼的呜咽声。

◎ **赏析**

你没听见吗？那青海西边的古战场上，多年来白骨无人收拾，新鬼烦躁愤懑，旧鬼还在哭泣，天阴雨湿之时，那呜咽声凄凄惨惨，令人感到恐怖。诗人描写出"武皇（实指唐皇）开边犹未已"所造成的恶果，那唐王朝穷兵黩武、用兵西域的罪恶，被深刻地揭露出来。后人常引用这几句诗来描述战争给人们带来的灾难。

◎ **例句**

①唐诗云："君不见青海头，古来白骨无人收。新鬼烦冤旧鬼哭，天阴雨湿声啾啾。"这也许是古时青海的景象吧！现在的青海并不那么荒凉。（摘自朱振声《新长征中筑路忙——柴达木散记》）

②但是，当人们试图用战争解决争端的时候，牺牲的总是人民，战争从来就是"一将功成万骨枯"。这等的残酷，如果用数字、用理念的方式来谈论，不足以动人的话，我们还可以经常读读杜甫的诗歌《兵车行》："君不见青海头，古来白骨无人收。""信知生男恶，反是生女好。生女犹得嫁比邻，生男埋没随百草。"路过诺曼底阵亡将士墓群，中国古人炼就的绝妙诗句是很管用的。（摘自李天纲《诺曼底的云》）

秦时明月汉时关，万里长征人未还。但使龙城飞将在，不教胡马度阴山。

◎ **出处**

唐·王昌龄《出塞》。题一作《从军行》。

◎ **原诗**

如题

◎ **注释**

"秦时"句：秦月、汉关是互文手法。

龙城飞将：指汉朝右北平太守李广，力大善射，被匈奴呼为飞将军。

龙城：一作"卢城"，即今河北省卢龙城。

◎ **赏析**

《出塞》是乐府《横吹曲辞·汉横吹曲》旧题，内容多写边塞军旅生活。这是一首慨叹边战不断，国无良将的边塞诗。诗的首句最耐人寻味，说的是此地汉关，明月秦时，大有历史变换，征战未断的感叹。二句写征人未还，多少男儿战死沙场，留下多少悲剧。三、四句写出千百年来人民的共同意愿，冀望有"龙城飞将"出现，平息胡乱，安定边防。全诗以平凡的语言，唱出雄浑豁达的主旨，气势流畅，一气呵成，吟之莫不叫绝。明人李攀龙曾推奖它是唐代七绝压卷之作，实不过分。后人常引用这首诗或只引前两句来表达思古之幽情。

◎ **例句**

①倘若你登上了赵长城的废墟，那不断的雨丝，许又会扯起你思古之幽情呢。"秦时明月汉时关，万里长征人未还。"（摘自方激《塞上的雨》）

②一国设门，也是为了开和关。这国门就是人们常说的"关"，"秦时明月汉时关，万里长征人未还。"古代的"关"，主要是从军事上说的。（摘自舒平《关于开和关的知识》）

③想到此雄心益壮，诗兴涌起，不禁要勒名题诗，抒发壮志豪情，标榜自己效法的楷模，这就是：戚继光一定要做一个像西汉"不教胡马度阴山"的"飞将军"李广那样的边将。（摘自王向峰《古典抒情诗鉴赏·戚继光的〈盘山绝顶〉》）

④追寻先贤的足迹，我们远离了都市的喧嚣，逐渐深入了寂寥、

苍茫的戈壁滩，偶尔传来的马蹄碎步，独显弱水两岸的空旷和广延。夕阳下，破败的墙垣、坍塌的烽燧，早已不复有"秦时明月汉时关"的雄浑。（摘自罗桂环《弱水感怀》）

烽火连三月，家书抵万金。

◎ **出处**

唐·杜甫《春望》

◎ **原诗**

国破山河在，城春草木深。

感时花溅泪，恨别鸟惊心。

烽火连三月，家书抵万金。

白头搔更短，浑欲不胜簪。

◎ **注释**

烽火：战火。

三月：指春季三个月。

抵：抵当，顶得上。"烽火"句上承"感时"句，"家书"句上承"恨别"句。

◎ **赏析**

本篇作于安史之乱中，当时战事紧张，杜甫将家小安置在鄜州，只身一人投奔肃宗朝廷，结果不幸在途中被叛军俘获，解送至长安，后因官职卑微才未被囚禁。至德二年（757年）身处沦陷区的杜甫目睹了长安城一片萧条零落的景象，百感交集，便写下了这首传诵千古的名作。这两句诗的意思是接连遭受三个月的战火，多么盼望家中亲人的消息，这时的一封家书真是胜过"万金"啊！后人常引用这两句诗来形容战乱年代家书的宝贵。

◎ **例句**

①说起家书，自然会让人想起唐代大诗人杜甫的名句："烽火连三月，家书抵万金。"但在信息化时代的今天，已很少有"请明月代传情，寄我片纸儿慰离情"的情况了。（摘自钟美芬《女儿的家书》）

②在电信业务没有出现之前，人们远距离的沟通交流只能用信件往来，既不方便又耗时间。因此诗人杜甫说："烽火连三月，家书抵万金。"（摘自王煜全《电信创世纪》）

渔阳鼙鼓动地来，惊破霓裳羽衣曲。

◎ **出处**

唐·白居易《长恨歌》

◎ **原诗**

……

骊宫高处入青云，仙乐风飘处处闻。

缓歌慢舞凝丝竹，尽日君王看不足。

渔阳鼙鼓动地来，惊破霓裳羽衣曲。

九重城阙烟尘生，千乘万骑西南行。

翠华摇摇行复止，西出都门百余里。

六军不发无奈何，宛转蛾眉马前死。

……

◎ **注释**

渔阳：天宝元年河北道的蓟州改称渔阳郡，辖区约在今北京市东面的地区，包括今蓟县、平谷区等境在内，原属平卢、范阳、河东三镇节度使安禄山管辖。

鼙（pí）：古代军中用的小鼓，骑鼓。

霓裳羽衣曲：著名舞曲名。

◎ 赏析

诗人《霓裳羽衣舞歌》自注："开元中，西凉府节度杨敬述造。"一说本名《婆罗门》，开元时从印度传入中国。这两句诗写安禄山反叛，兵进长安城。意思是驻守在渔阳的安禄山反叛唐廷，敲响战鼓，挥军杀入长安，声势浩大，惊天动地，惊破了唐明皇正在欣赏的《霓裳羽衣曲》。后人常引用这两句诗来描述安史之乱，战争破坏了统治者灯红酒绿的奢侈生活；或只引前一句来形容某一事物的声势浩大。

◎ 例句

①凭吊这骊山周围的古建筑群和古墓群，不禁使人又想起了另一幅令人哀怨凄楚的骊骏图："渔阳鼙鼓动地来，惊破霓裳羽衣曲。九重城阙烟尘生，千乘万骑西南行。"那时的骊骏已不是骁勇的战马，而是逃亡的坐骑；不是征战沙场的骏骥，而是落荒而走的病驹。（摘自柳嘉《骊骏图——西北纪行》）

②起句呼天抢地，犹如渔阳鼙鼓，动地而来，似石破天惊，狂涛裂岸，显得突兀劲峭，问得深沉，问得悲痛。（摘自谢国平等《如泣似诉千古哀音——读李煜《虞美人》》）

③周幽王为博褒姒一笑，不惜"烽火戏诸侯"，以致身死国灭；唐明皇宠爱杨贵妃，荒怠朝政、宠信奸臣，以致"渔阳鼙鼓动地来"；明朝万历皇帝干脆数十年不上朝，纵情于声色犬马，积弊日深、国事日坏，以致史家感慨"明之亡，不亡于崇祯，而亡于万历"。（摘自詹勇《闲话"任性"》）

落日照大旗，马鸣风萧萧。

◎ **出处**

唐·杜甫《后出塞》五首之二

◎ **原诗**

朝进东门营，暮上河阳桥。

落日照大旗，马鸣风萧萧。

平沙列万幕，部伍各见招。

中天悬明月，令严夜寂寥。

悲笳数声动，壮士惨不骄。

借问大将谁，恐是霍嫖姚。

◎ **注释**

大旗：大将所用红旗。

"马鸣"句：化用古语。《诗经·小雅·车攻》："萧萧马鸣，悠悠旆旌。"

萧萧：风声。《楚辞·九怀·蓄英》："秋风兮萧萧。"

◎ **赏析**

本诗以一个刚入伍的新兵的口吻，叙述了出征关塞的部队生活情景。这两句诗的意思是军旗在落日的余晖照耀下，猎猎飘扬，战马感奋而嘶鸣，北风在不停地呼啸。写出了边地傍晚行军时凛然庄严的场面。着一"风"字，"觉全局都动，飒然有关塞之气"。后人常引用这两句诗来描绘边关军旅生活。

◎ **例句**

①春、江、花、月、夜五景同在，妙意共陈，烘托着草长莺飞的特定情境及超脱之美；而读过杜甫《后出塞五首》的人，又会无不为"落日照大旗，马鸣风萧萧"的关塞之气倍感飒然、凄惨。（摘自金马《青

春的风采》）

②现在我明白了，不正是由于我曾经乘马在战场上飞奔，我才最理解"落日照大旗，马鸣风萧萧"那诗的意境，那是多么豪爽、多么旷达的美的意境。（摘自刘白羽《马鸣风萧萧》）

③剑光曳电，盔缨涂地，将军的首级如落日。呵呀呀马鸣风萧萧，一滴残阳爬在剑刃上。（摘自何立伟《古意图》）

④塞外的落日，映照着无际的黄沙，让人为之动魄。可只要十余分钟，这壮阔的景象即消散，换来一片冰冷的夜。而在书中，一句"落日照大旗，马鸣风萧萧"既出，眼前立刻就能浮现出这幅奇绝壮观的画面。（摘自李元骏《书中的风景》）

醉卧沙场君莫笑，古来征战几人回。

◎ 出处

唐·王翰《凉州词》

◎ 原诗

葡萄美酒夜光杯，欲饮琵琶马上催。

醉卧沙场君莫笑，古来征战几人回。

◎ 注释

沙场：平沙旷野，多指野外战场。

◎ 赏析

这两句诗写边疆战士在盛大的筵席上畅饮的情况，意思是请你不要笑我多喝了几杯，醉倒在沙场上，要知道，古来出征的将士有几人能够活着回去呢？语气看似悲凉，其实是悲中有壮。戴叔伦《塞上曲》之二有句云："愿得此身长报国，何须生入玉门关！"意同而写法不同。戴句直言，王用曲笔。语似写战士们借酒消愁，悲伤哀叹，而实是醉后豪言，表达出战士们忠勇报国、视死如归的大无畏气概。当然，"古来"句语涉夸张，从中也暗露出战士们的复杂心情。后人常引用这两句诗来表达悲壮的情怀。

◎ 例句

①给我讲这些故事的是一位助理研究员，50年代的大学生。他抚着斑斑白发说："到沙坡头后我方懂得，为什么古人要称战场为沙场了！唐代诗人王翰不有这样的诗句么，'醉卧沙场君莫笑，古来征战几人回'？"（摘自陆拂为《对弈——"沙都"纪事》）

②眼下丰收，家乡的醪糟更香了，更甜了，更多了。何日凯旋，再来一次"醉卧沙场君莫笑"呢？（摘自赵敏《乡情，飘荡在金风中》）

③"醉卧沙场君莫笑，古来征战几人回。""黄沙百战穿金甲，不破楼兰终不还。"唐诗的豪情，入宋便阑珊，徒增了些悠闲苍老。宋人偏好幽暗里的静谧，连阳光都害怕，更何谈塞外？（摘自韩立平《"死"在句下》）

④中国人对悲情概括得精妙，以三句诗为最："问君何故陷囹圄，怜君何事向天涯"；"昔时人已没，今日水犹寒"；"醉卧沙场君莫笑，古来征战几人回"。其一为牢狱之灾、终生负痛的悲哀；其二是大业未成、撒手尘寰的悲痛；其三乃黑白难辨、功败垂成的悲壮。（摘自伍一《王的悲情男人》）

白日不照吾精诚，杞国无事忧天倾。

◎ **出处**

唐·李白《梁甫吟》

◎ **原诗**

……

白日不照吾精诚，杞国无事忧天倾。

猰貐磨牙竞人肉，驺虞不折生草茎。

……

◎ **注释**

白日：比喻皇帝。

杞国：古国名，在今河南省杞县。

◎ **赏析**

《列子·天瑞篇》："杞国有人，忧天地崩坠，身无所寄，废寝食者。"这两句诗的意思是太阳也照不见我的一片赤诚之心，我并非像杞国人那样无缘无故地担忧天会塌下来。抒发了作者怀才不遇的忧国忧民之情。后人常引用这两句诗来说明忧国忧民，或引用"杞国无事忧天倾"一句来比喻无根据和没有必要的忧虑与担心。"杞国"或误引作"杞人"。

◎ **例句**

①"忧虑"作为一种意识活动，虽人人皆可产生，但其层次上却有区别，分量上也不是一样的。"安得广厦千万间，大庇天下寒士俱欢颜"，是诗圣对人民疾苦的呼告；"问君能有几多愁，恰似一江春水向东流"，则是落魄君王对自身命运的哀婉吟哦；陆游"位卑未敢忘忧国"，范仲淹"先天下之忧而忧"，剖白了真正文人的侠肝义胆；而"杞国无事忧天倾"，却流露出神经过敏者多余的愁烦。（摘自郑卫

《"忧虑"杂说》）

②岳飞故事、杨家将故事都是这样的叙事模式。连李白的《登金陵凤凰台》诗中也以"总为浮云能蔽日，长安不见使人愁"来感慨"白日不照吾精诚"，在"我"和"日"之间有"浮云"作乱。（摘自张立环《传统戏曲经典的当代阐释——以电影〈赵氏孤儿〉为例》）

国破山河在，城春草木深。

◎ 出处

唐·杜甫《春望》

◎ 原诗

国破山河在，城春草木深。

感时花溅泪，恨别鸟惊心。

烽火连三月，家书抵万金。

白头搔更短，浑欲不胜簪。

◎ 赏析

国家残破，山河虽依然如故，而江山已经易主，长安城春天来临，只有草木丛生，而人烟稀少了。此诗是至德二年（757年）三月杜甫身陷贼中时所作，写的是忧国伤春，国破家亡后的内心痛苦。司马光说："古人为诗，贵于意在言外，使人思而得之。……近世诗人，唯子美最得诗人之体，如'国破山河在，城春草木深。感时花溅泪，恨别鸟惊心'。山河在，明无余物矣；草木深，明无人矣；花鸟，平时可娱之物，见之而泣，闻之而悲，则时可知矣。"（《温公续诗话》）"在"字则兴废可悲；"深"字则荟蔚满目，点一字而神理俱出。（见吴见思《杜诗论文》）后人常引用这两句诗来表达国破家亡的痛苦。

◎ 例句

①那时候，我在这小楼上，常常看到大海怒涛滚滚，浊浪排空，在北风呼啸的天气里，衣服褴褛的穷人流浪在街头，侵略军的水兵酗酒行凶，国民党的警车横冲直撞……就在这"国破山河在，城春草木深"时刻，我动手创作了《山雨》……（摘自郭同文《像观海山一样苍翠——忆老作家王统照先生》）

②回来后便匆匆赶到他小时候经常流连的城头，他曾几个小时地在这里读杜工部的诗，如今变得满目凄凉，不忍卒读，真是"国破山河在，城春草木深"，他很呆了一阵才离开，只觉得如果再回头看一眼他就要哭了。（摘自罗灏白《诗人与少年——京口旧闻》）

③我在思索，什么是寂寞？"国破山河在，城春草木深"，这里有寂寞。"床前明月光，疑是地上霜"，这里也有寂寞。"独钓寒江雪"，是寂寞，"野渡无人舟自横"更是寂寞。"劝君更尽一杯酒，西出阳关无故人"，够寂寞的吧，"君不见青海头，古来白骨无人收。新鬼烦冤旧鬼哭，天阴雨湿声啾啾"，这寂寞又如何？（摘自韩蔼丽《寂寞》）

④纵观近代史，鲜血淋漓的历史事实告诉中国人，几次"国破山河在"的致命军事侵略都来自海上。（摘自汪枙脯《向海而兴背海而衰》）

⑤身处日渐衰败的王朝，国破山河在，时代和命运又要求他们必须有所担当，他们不甘于醉生梦死。（摘自杜璞君《扛起历史的魂灵》）

八、读书创作

两句三年得，一吟双泪流。

◎ **出处**

唐·贾岛《题诗后》

◎ **原诗**

两句三年得，一吟双泪流。

知音如不赏，归卧故山秋。

◎ **赏析**

历经三年的呕心苦思，才做成这两句诗；每当吟诵它的时候，总忍不住热泪盈眶。这两句是描写诗人作诗的辛苦。大凡佳句好诗总是得来不易，诗人把全部生命都投注于诗的世界中。后人常引用这两句诗来说明写作的艰辛，或表示宁肯慢也绝不粗制滥造的严肃的创作态度。

◎ **例句**

①贾岛说："两句三年得，一吟双泪流。"我们不必三年只得两句，那样的速度未免太慢了，但像贾岛这样提炼诗句的精神还是要提倡的。（摘自曹世钦《诗，不可没有佳句》）

②杜甫写诗："语不惊人死不休。"贾岛写诗："两句三年得，一

吟双泪流。"都是提倡在语言上下功夫。（摘自曹世钦《诗画与抒情散文》）

③……而其他非名人者，纵"两句三年得"，付出不少艰辛，编辑们不屑一顾的情况也比比皆是。（摘自郭向《给〈文朋诗友〉编辑部的信》）

④有的作家"为求一字稳，耐得半宵寒"，有的"两句三年得，一吟双泪流"，还有的是"语不惊人死不休"，直到把诗文改得"丰而不余一字，约而不失一词"才肯住笔。（摘自韩慧《考场作文修改的技巧》）

⑤就拿我说吧！临高中毕业，还幻想着大学毕业后，搞文学创作，享受"用晨露烧茶，将夕阳下酒"的浪漫，感受"两句三年得，一吟双泪流"的苦涩与豪迈。（摘自王鹏《春草梦》）

文章千古事，得失寸心知。

◎ 出处

唐·杜甫《偶题》

◎ 原诗

文章千古事，得失寸心知。

作者皆殊列，名声岂浪垂。

骚人嗟不见，汉道盛于斯。

前辈飞腾入，余波绮丽为。

后贤兼旧例，历代各清规。

……

◎ 赏析

　　此诗表达杜甫晚年对诗歌创作的见解，带有总结性质。所以王嗣奭《杜臆》说："此公一生精力用之文章，始成一部《杜诗》，而此篇乃其自序也。"上句"千古事"是指流传久远，关系重大，如同曹丕说的"文章经国之大业，不朽之盛事"。下句"寸心知"是说对于文章，作者本人的理解感知最为明白。这两句诗虽是以议论入诗，但对仗工整，语言高度概括，而且切中肯綮，含蕴丰富，很有哲理性。后人常引用这两句诗来说明对于著书立说的认识和态度。

◎ 例句

　　①文章千古事，得失寸心知。李（白）与白（居易）当然都是高手，名气和成就都比崔颢和沈佺期大得多，但在黄鹤楼上和三峡舟中却有自知之明。（摘自谢逸《和而不随》）

　　②"文章千古事，得失寸心知。"姑勿论读者或听众的反响如何，对这部小说的得失，我终究是心中有数的。（摘自里汗《新绿林传》的《写作及其他——致沈仁康》）

　　③"文章千古事，得失寸心知。"自己最知道自己的短处，请别人指正是必要的，但还是要下决心自己改。（摘自徐立等《古人谈文章写作》）

　　④发表文章、出版著作，本应归于"三立"。历来人们视此为斯文盛事，非呕心沥血，不敢立说。所谓"文章千古事"，不是随随便便就可以率尔操觚的。（摘自刘莉萍《文化垃圾是怎样"炼成"的？》）

文章憎命达，魑魅喜人过。

◎ **出处**

唐·杜甫《天末怀李白》

◎ **原诗**

凉风起天末，君子意如何？

鸿雁几时到，江湖秋水多。

文章憎命达，魑魅喜人过。

应共冤魂语，投诗赠汨罗。

◎ **注释**

文章：泛指文学作品。

◎ **赏析**

杜甫怀念流放中的李白，想到他的绝代文章与盖世才华，可惜命运不济，不禁感叹说：一般以文章成名的人，命运都很坏，难道是文章本身憎恶命运的通达？杜甫借着此诗为李白叹息，也为自己困顿的命运而悲痛。古往今来，有太多怀才不遇的文人，又岂止李、杜二人呢？有才华却又不遇于时的文人，便只好把满腔的不平与苦痛，化为笔下深长的叹息了。在不合理的社会中，"文章憎命达"便成为失意文人的口头牢骚语了。

◎ **例句**

①"才如江海命如丝"，"文章憎命达，魑魅喜人过"，前人之述备矣。昏君当道，奸佞弄权，狼虎肆虐，使一代高才（王昌龄）屡遭贬谪，"名著一时，栖息一尉"，而且落得那样的悲剧结局，古今同慨，千载之后的我和维梁，都不禁低回在院门前，扼腕而长叹息。（摘自李元洛《诗神的洗礼》）

②顺境可以出强人，但逆境却能出巨人。杜甫在想念李白时说：

"文章憎命达，魑魅喜人过。"命运太顺利，文思就不来敲门。（摘自公今度《摇篮曲》）

③其实，古来"文章憎命达"，杜甫，诗圣也，却混得"朝扣富儿门，暮随肥马尘"，有什么好官当？（摘自李庚辰《"论人"何曾只"以书"？》）

④杜甫有两句名诗："文章憎命达，魑魅喜人过。"千古宏文伟著，很多是作者在困窘失意中完成的，似乎文章的成就，与命运的显达恰好成反比，故曰"憎"；魑魅这种山鬼，好在别人失误时，伺机食人，故曰"喜"。（摘自易孟醇《厄运、史笔及其他》）

为人性僻耽佳句，语不惊人死不休。

◎ 出处

唐·杜甫《江上值水如海势聊短述》

◎ 原诗

为人性僻耽佳句，语不惊人死不休。

老去诗篇浑漫兴，春来花鸟莫深愁。

新添水槛供垂钓，故着浮槎替入舟。

焉得思如陶谢手，令渠述作与同游。

◎ 注释

漫兴：相当于"随便对付"的意思，自谦之词。

浮槎：木筏。

陶谢：陶渊明、谢灵运。

令渠：叫他们。

◎ 赏析

诗中的"为人性僻"意思是性情怪僻偏颇，是自我解剖之词。此诗意思是"我"为人性情孤僻，醉心于作诗，写出来的诗句一定要惊人，否则不肯罢休。到老来作诗还是很平庸，就不用再为春花秋鸟增添愁怀了。前不久门前修了个水槛，供凭栏垂钓之用，有时乘上木筏子也可以当作小船用。真希望能找到像陶渊明和谢灵运这一类人做朋友，跟他们一起吟诗，同游山水才好呢！"语不惊人死不休"一句，后人引用为对自己写作的严格要求。

◎ 例句

①"为人性僻耽佳句，语不惊人死不休"，这是唐代大诗人杜甫进行诗歌创作的原则，也是后世文人进行文学创作的座右铭。（摘自刘金树《语不惊人死不休》）

②杜甫一生严谨创作，在熔字炼句上下过苦功夫。晚年他在草堂曾作诗一首记述自己的创作心得，其中最著名的警句即为"语不惊人死不休"。离开了这种矢志追求的强烈愿望和进取精神，任何灵感都会在松懈之中瓦解，任何天才也要在懒散之中泯灭。（摘自李嘉曾《"语不惊人死不休"——谈开展创造性思维的进攻原理》）

③在这组七言律诗中，诗人不但寄寓了深广的忧思和复杂的情感，而且就结构的严谨、对仗的工整、语调的妥帖、音律的和谐诸方面，颇下了一番推敲提炼、精益求精的功夫。这种"语不惊人死不休"的态度，无疑是写诗所必需的。（摘自田耒《浓妆淡抹贵相宜》）

④"为人性僻耽佳句，语不惊人死不休。"这篇文章在当年，无疑似一石激起千层浪，掀起轩然大波。（摘自张家康《陈独秀与章士钊》）

⑤杜甫诗云："为人性僻耽佳句，语不惊人死不休。"写诗自应追求新奇，奇到绝处，就有"惊人"的效果。（摘自党治国《语不惊人近正声》）

读书破万卷，下笔如有神。

◎ **出处**

唐·杜甫《奉赠韦左丞丈二十二韵》

◎ **原诗**

......

甫昔少年日，早充观国宾。

读书破万卷，下笔如有神。

赋料扬雄敌，诗看子建亲。

李邕求识面，王翰愿卜邻。

自谓颇挺出，立登要路津。

致君尧舜上，再使风俗淳。

......

◎ **注释**

破：尽，遍，透。

◎ **赏析**

"我"读书极多，不下万卷，因而下笔写作，才思风发，如有神助。诗人这里是向前辈自述才学，大有踌躇满志之慨，但绝非狂妄之语。它道出了读书与创作的关系，读书如采花，创作如酿蜜，确是经验之谈。后人常引用这两句诗来说明读与写的关系，或只引后一句来说明才思敏捷，写作神速。

◎ **例句**

①至于有人说，初学写作的青年不应该读那么多的书，那是不对的。唐代大诗人杜甫有句名言，叫作"读书破万卷，下笔如有神"，是一句真理。不读书的人是属于不学无术，而不学无术的人能写作，世界上恐怕还没有。（摘自李惠文《写作主要靠生活》）

②语文学习与写作实践的关系如何？怎样提高写作的能力？有人说，杜甫的"读书破万卷，下笔如有神"，是不是说书读得多了，自然能写出好文章来？怎么有的大学生也写不好一篇短文？（摘自刘叶秋《漫谈读和写》）

③杜甫有诗道："读书破万卷，下笔如有神。"在文字资料极度贫瘠的家具研究领域，一件明代家具便是一篇绝妙文章。（摘自陈四益《王世襄素描》）

④"知识就是力量"，"书籍是人类进步的阶梯"，"读书破万卷，下笔如有神"，古今贤哲对读书的重要性都有精辟的论述。"知识改变命运"也让许多成功人士有切身的体会。（摘自陆正之《祈愿书香飘万家》）

⑤杜甫说得好："读书破万卷，下笔如有神。"读书和练笔两者有机统一，才能达到"神"的境界。只读书不练笔，是囫囵吞枣，泛泛而读，结果只能是收效甚微；只练笔不读书，是无水之源，最终只能落个山穷水尽的地步。（摘自王蕴芬《小小练笔，大有作为》）

清水出芙蓉，天然去雕饰。

◎ 出处

唐·李白《经乱离后天恩流夜郎忆旧游书怀赠江夏韦太守良宰》

◎ 原诗

……

览君荆山作，江鲍堪动色。

清水出芙蓉，天然去雕饰。

……

芙蓉：荷花。

雕饰：指文章雕琢。

◎ 赏析

这两句诗是李白称赞韦太守文章写得清新、自然，不事雕琢而明媚成趣。意思是太守的文章如同清净的池水中亭亭玉立的荷花，天然美丽，不用人工雕琢。用之于韦太守，实属奉承之词，而李白自己的作品却正是如此。他极力推崇追求这种文章风格。后人常引用这两句诗来评价李白的作品或其他不事雕琢、真率自然的诗文。

◎ 例句

①诗人（李白）快速捕捉这一刹那间的映象，遂成此诗，真可谓"清水出芙蓉，天然去雕饰"的绝妙之作。（摘自康怀远《"明镜"别解》）

②他最欣赏美国作家海明威的作品，称道其文字洗练、准确、有力。古龙语言风格明显受其影响，但更具有中国古典通俗小说特色：清水出芙蓉，天然去雕饰。（摘自蓬生《台湾武侠小说家古龙之死》）

③这是一幅乡间暮雨图，画面选取的是夏天骤雨初歇云开日露的一刹那。笔调是平和徐缓的，用词极朴素，可以说是"清水出芙蓉，天然去雕饰"，传达出一种喜悦中透着闲适的情绪，也许还有一点淡淡的哀愁。（摘自郭宏安《译诗评点》）

④许是厌倦了浓妆艳抹的掩饰，人们渴慕的"神仙姐姐"，往往也是淡妆雅服，浑身洋溢着"清水出芙蓉，天然去雕饰"的淡雅气质，淡远出尘、一袭素纱、明眸浅笑，美丽至极。（摘自张金刚《淡》）

⑤我喜爱荷花，曾到许多地方看过荷塘。古人云："清水出芙蓉，天然去雕饰。"窃以为，荷花之美在乎天然，赏荷的境界也在天然。（摘自谢胜江《雅儒荷塘》）

意匠惨淡经营中。

◎ 出处

唐·杜甫《丹青引赠曹将军霸》

◎ 原诗

……

先帝御马玉花骢，画工如山貌不同。

是日牵来赤墀下，迥立阊阖生长风。

诏谓将军拂绢素，意匠惨淡经营中。

斯须九重真龙出，一洗万古凡马空。

……

◎ 注释

惨淡经营：聚精会神，苦心构思。

◎ 赏析

这八句主叙将军曹霸奉诏绘画"玉花骢"图。浦起龙谓："二衬笔，二生马，二画态，二画妙也。"（《读杜心解》）陆机《文赋》载："辞程才以效伎，意司契而为匠。"意思是说使意境能巧妙地表现出来。这句诗的意思是曹将军奉诏画马，在聚精会神、苦心构思之中，把意境巧妙地表现出来。后人常引用这句诗来说明艺术创作的苦心经营，巧妙构思。

◎ 例句

①总之，一切景物的宾主虚实、浓淡深浅交相倚伏，所产生的韵律和节奏也是意境的组成部分，甚至一个镜头画面的远近、仰俯、正光、逆光，也都会产生不同的意念，杜甫有一句"意匠惨淡经营中"，作画如此，搞电影美工设计也一样。（摘自韩尚义《环境·情景·意境》）

②杜甫就曾用"意匠惨淡经营中""咫尺应须论万里"等诗句，来

表达他对绘画构图艺术的认识。（摘自叶水涛《说"诗情画意"》）

③有比较才有鉴别。古典诗词由于作者写作时一直处于"意匠惨淡经营中"（杜甫《丹青引赠曹将军霸》），往往写时斟酌，写后推敲，出现一些同篇异词的情况。（摘自徐应佩等《比堪异词权衡优劣——古典诗词鉴赏经验之一》）

请君莫奏前朝曲，听唱新翻杨柳枝。

◎ 出处

唐·刘禹锡《杨柳枝词》九首之一

◎ 原诗

塞北梅花羌笛吹，淮南桂树小山词。

请君莫奏前朝曲，听唱新翻杨柳枝。

◎ 注释

翻：创作，创新。

杨柳枝：即《杨柳枝》，源于乐府旧曲。

◎ 赏析

乐府横吹曲中有《折杨柳》曲，鼓角横吹曲中有《折杨柳歌辞》《折杨柳词》，相和歌辞中有《折杨柳行》，清商曲辞中有《月节折杨柳歌》，多为汉魏六朝时的作品，五言古体。唐代诗人白居易、刘禹锡、李商隐、温庭筠、薛能等多用其旧题而制新词，改七绝体。这两句诗的意思是请你不要再演奏前朝的旧曲了，听听"我"新制作的《杨柳枝》词吧。诗人借劝演新制之曲，表现出他反对因循守旧，主张不断革新的进取精神。这后两句诗含蕴丰富，饶有启发意义。后人常引用来说明弃旧图新之意。

◎ **例句**

①老调子过了时，总不讨人喜欢，所以，成语"老调重弹"带有明显的贬义色彩。唐代诗人刘禹锡有两句诗"请君莫奏前朝曲，听唱新翻杨柳枝"，"前朝曲"想来也就是老调子。（摘自苗恩生《老调重"谈"》）

②我是主张"请君莫奏前朝曲，听唱新翻杨柳枝"的。需要说明的是，我在这里所说的"前朝曲"绝不是指我们民族的优秀的音乐文化传统，对于我们民族的优秀的文化传统，我们是要继承与发扬的。（摘自晓星《贯彻中央指示精神，努力提高歌词质量——在歌词创作座谈会上的发言》）

③整台演出无论从作品质量、演奏水平还是服装设计、安排次序上都相当新颖、合度、有魅力，颇具大家风度。用一句话来概括观众的感受，那便是"听唱新翻杨柳枝"。（摘自曾毅《听唱新翻杨柳枝——中国艺术音乐、舞蹈节目巡礼》）

④"请君莫奏前朝曲，听唱新翻杨柳枝。"隆隆的发动机声代替了川江号子声。尽管如此，我们也有必要把川江号子记录下来，因为这是我们川人的历史文化遗产。（摘自许增泽《川江号子》）

⑤"请君莫奏前朝曲，听唱新翻杨柳枝"。贾传华在舞蹈编排上不落窠臼，敢于创新，30多年电力工作生活的积累，是她灵感、想象及创作的不竭源泉和动力。（摘自冯勇《梦追霓裳》）

从唐诗中汲取写作智慧

千呼万唤始出来，犹抱琵琶半遮面。

◎ **出处**

唐·白居易《琵琶行》

◎ **原诗**

……

忽闻水上琵琶声，主人忘归客不发。

寻声暗问弹者谁，琵琶声停欲语迟。

移船相近邀相见，添酒回灯重开宴。

千呼万唤始出来，犹抱琵琶半遮面。

……

◎ **赏析**

本段写琵琶女的出场。经过一再的呼唤与催促之后，她才慢慢地走了出来，并且还羞怯地抱着琵琶掩住了半边脸庞，描写歌女的含羞带怯。"千呼万唤始出来"现今常用来形容等待良久，迟迟才见伊人的真面目；也用来比喻一件众人所关心的事，许久才得以实现。"犹抱琵琶半遮面"除用来形容女子娇羞的神态，也用来比喻公开不久的事物，尚未被大众所接受。

◎ **例句**

①白妞终于真的出场了。且慢，作者还不让你一下饱赏这美人的全貌，又用尽态极妍之妙笔逐层剥脱，让她"半低着头出来"，正是"千呼万唤始出来，犹抱琵琶半遮面"。（摘自张选一《"门帘一挑"——〈明湖居听书〉人物虚出的生花妙笔》）

②作者先泼写黄土高原山顶的绮丽风光，实则是为"荷犁晚归"的出现布置背景，渲染气氛，做好铺垫，创造一个"千呼万唤始出来"的艺术境界。（摘自廖安厚《严谨精美摇曳多姿——〈风景谈〉结构艺术

③船上亮着灯，有人在弹三弦。我弯腰一瞥，弹者并非"犹抱琵琶半遮面"，而是一个大大方方的姑娘。（摘自吴丽嫦《今古三江口》）

④"不多，不，"达夫说道，"喝了酒说的话会更明白透彻些，省得做那'犹抱琵琶半遮面'的虚伪举动。"（摘自肖波《新文坛外传》）

此曲只应天上有，人间能得几回闻。

◎ **出处**

唐·杜甫《赠花卿》

◎ **原诗**

锦城丝管日纷纷，半入江风半入云。

此曲只应天上有，人间能得几回闻。

◎ **注释**

花卿：即成都府尹崔光远的部将花惊定。

天上有：极言音乐歌曲的高妙，如天上仙乐一般。一说"天上"指皇帝禁宫。

◎ **赏析**

像这样美妙动听的曲子，应该只有天上才有，人间哪里能够听到几回呢？作者以这两句诗赞美她歌声的美妙悦耳。"此曲只应天上有，人间能得几回闻"两句诗时常用来赞美他人歌声的悦耳动听，或是演奏的神妙动人。

桐花万里丹山路，雏凤清于老凤声。

◎ **出处**

唐·李商隐《韩冬郎》二首之一

◎ **原诗**

十岁裁诗走马成，冷灰残烛动离情。

桐花万里丹山路，雏凤清于老凤声。

◎ **注释**

丹山：唐时有丹山县，在今四川省资阳市。这里指产凤之地。《山海经·南山经》载："丹穴之山……有鸟焉，其状如鸡，五彩而文，名曰凤凰。"

雏凤：幼凤。

◎ **赏析**

在开满桐花的万里丹山路上，幼凤的鸣声比老凤的鸣声还要清脆动听。诗人用比兴法，说韩冬郎（偓）的才华胜过他的老父。"万里丹山"暗说他是"远到之器"。后人常引用这两句诗或只引后一句来比喻后来者居上，晚辈超过老辈，青年胜过老年，学生超过老师。

◎ **例句**

① "桐花万里丹山路，雏凤清于老凤声。"出自唐朝诗人李商隐的《韩冬郎》诗。意思是说，雏凤鸣声嘹亮，比老凤的鸣声更为悦耳动听。喻指青出于蓝而胜于蓝，年轻的超过年老的，可谓至理名言。这使我想起了巴罗教授让贤的故事。（摘自杜新柱《雏凤清于老凤声——也谈不能总以职称还债》）

② "桐花万里丹山路，雏凤清于老凤声。"广大老同志对挑起重担的年轻干部寄予殷切的期望。（摘自《人民日报》社论《意义重大的一步》）

第二章

读唐诗，学写作

诗词是最精粹的语言，它精于构思，意象生动，议论精警，而在短短几句中也有起承转合，其中的文章技巧是非常丰富的。比如『旧时王谢堂前燕，飞入寻常百姓家』这句，以燕子归巢这一形象，抒发物是人非、繁华不再的感慨，构思非常高妙。这就能给我们写作带来很多启发。

一、鲜明而典型的形象

来日绮窗前，寒梅著花未？

君自故乡来，应知故乡事。

来日绮窗前，寒梅著花未？

——王维《杂诗（其二）》

这首诗通篇运用借问法，以第一人称叙写，四句都是游子向故乡来人的询问之辞。游子离家日久，不免思家怀内。遇到故乡来人，迫不及待地打听家中情事。他关心的事情一定很多，其中最关心的是他的妻子。但他偏偏不直接问妻子的情况，也不问其他重大的事，却问起窗前的那株寒梅开花了没有，似乎有些不可思议。细细品味，这一问，确如前人所说，问得"淡绝妙绝"。窗前着一"绮"字，则窗中之人，必是游子魂牵梦绕的佳人爱妻。清黄叔灿《唐诗笺评》说："'绮窗前'三字，含情无限。"体味精妙。而这株亭亭玉立于绮窗前的"寒梅"，更耐人寻味。它或许是爱妻亲手栽植，或许倾听过他们夫妻二人的山盟海誓，总之，是他们爱情的见证或象征。因此，游子对它有着深刻的印象和特别的感情。他不直接说思念故乡、亲人，而对寒梅开花没有这一微小的却又牵动着他情怀的事物表示关切，而把对故乡和妻子的思念、对往事的回忆眷恋，表现得格外含蓄、浓烈、深厚。

王维深谙五言绝句篇幅短小，宜于以小见大、以少总多的艺术特点，将抒情主人公交集的百感一一剔除，只留下一点情怀，将他冥想中所映现出的故乡种种景物意象尽量删减，只留下窗前那一树梅花，正是在这净化得无法再净化的情思和景物的描写中，透露出无限情味，引人生出无穷遐想。清人宋顾乐《唐人万首绝句选》评此诗："以微物悬念，传出件件关心，思家之切。"说得颇中肯。

初唐诗人王绩写过一首《在京思故园见乡人问》，与这首诗题材内容十分类似。王绩诗写得质朴自然，感情也真挚动人，但诗中写自己遇到故乡来人询问故乡情事，一连问了子侄、栽树、建茅斋、植竹、种椿、水渠、石苔、果园、林花等一系列问题，他把见到故乡人那种什么都想了解的心情和盘托出，没有经过删汰，没有加以净化。因此，这许多问，也就没有王维的一问给人的印象深。通过这一比较，足以显示出王维是一位在意境创造中追求情思与景物净化的高手。

医得眼前疮，剜却心头肉。

> 二月卖新丝，五月粜新谷。
>
> 医得眼前疮，剜却心头肉。
>
> 我愿君王心，化作光明烛。
>
> 不照绮罗筵，只照逃亡屋。
>
> ——聂夷中《伤田家》

这首诗以朴素动人的话语道出了百姓的辛酸。新丝二月卖，新谷五月粜，这是多么奇怪的事情啊，因为那时候，丝和新谷还没有长成呢！可是为什么要这样呢？"医得眼前疮，剜却心头肉。""眼前疮"指的是那些苛捐杂税。为了交纳这些苛捐杂税，只得隐痛割爱，把全家一年的指望都搭上了，真是如同挖心头肉一般让人心疼啊！看到这样的情景，作者大声疾呼："愿君王的心化作能带来光明与温暖的蜡烛，把温暖带给那些无立足之地的贫苦人民，而不是那些穿金戴银的富人吧！"

　　这首诗之所以一向为人们所传诵，除了它真实而带有高度概括性地再现了当时社会的黑暗现实、反映了农民的痛苦生活、具有高度的思想性之外，还在于它有高超的表现技巧。

　　首先，形象的比喻，高度的概括，使得诗歌的容量更为广阔。对农民被迫借取高利贷及其更惨痛的后果，诗人并未明白道出，而是用"剜却心头肉"以"医得眼前疮"来比喻之。剜肉补疮，并非根本的疗毒之策，它只会造成更加严重的新局面。这样以剜肉补疮来比喻农民以借高利贷解燃眉之急，是再形象不过了，也是再具有高度概括力不过的了。这个比喻，一方面使诗歌的形象具备了可感性，另一方面也深刻地揭示了问题的本质，使有限的形式容纳了无限广阔深厚的社会内容。

　　其次，鲜明的对比手法的运用，把封建社会中贫富悬殊的阶级差别历历如绘地描写出来了。"不照绮罗筵，只照逃亡屋"，本是对"君王"的希冀之语，其中却包含了双重对比的意味。从"君王"的角度来说，恩泽不均，只顾富室，不恤贫苦，这一对比，就把"君王"的阶级立场鲜明地展示在读者面前。从社会现实的角度来看，一边是权贵豪门华丽的衣着，丰盛的筵宴，一边却是无衣无食，贫困破产，逃亡在外。这一对比，就把地主富室用高利贷剥削农民的严重恶果突现出来了。如此形象的对比，也把作者鲜明的爱憎之情烘托得淋漓尽致。

我们在写文章的时候，要善于选取生动鲜明的形象来表达主题，增强文章的艺术感染力。

少小离家老大回，乡音无改鬓毛衰。

少小离家老大回，乡音无改鬓毛衰。

儿童相见不相识，笑问客从何处来。

——贺知章《回乡偶书》

古代读书人为了追求功名或是被生活所迫，在年轻的时候就背井离乡。加之那时交通不便，一旦与家乡万山阻隔便很难回归故里。于是许多漂泊异乡的游子暮年之时常常会有"落叶归根"的夙愿，阔别家乡多载，一旦归来，感慨万千，便有了贺知章的《回乡偶书》。

如果说前两句是诗人的自画像的话，那么后两句却转为一个颇富戏剧性的场面描写。几个活泼可爱的小孩子出现在视线中，开始还让诗人感到亲切，可是他们却如陌生人一样上下打量着诗人，最终发出天真的一问："你是从哪里来的呀？"这无心的一问无疑给了诗人沉重的一击："我念念不忘故乡，可是故乡还记得我吗？"全诗在有问无答中做结。而这一问后带来的诗人反主为宾的复杂的内心情感变化是可以想见的，真可谓"言有尽而意无穷"。

儿童问话的场面极富生活的情趣，即使读者不为诗人的哀伤所感染，也不能不被这一饶有趣味的生活场景所打动。正是这一场景，让整首诗活了起来，成了回乡感怀情绪的典型代表。

我们写文章也要考虑这样一个问题：你是否善于创设场景、营造意象？鲁迅笔下的孔乙己，见到小孩就教人"回字有四种写法"，且一副津津乐道的模样，深深印入读者的脑海，于是孔乙己成了抱残守缺、迂腐书生的代名词。如果没有这样的典型场景，这个人物是不会立起来的。

苦恨年年压金线，为他人作嫁衣裳！

蓬门未识绮罗香，拟托良媒益自伤。

谁爱风流高格调，共怜时世俭梳妆。

敢将十指夸针巧，不把双眉斗画长。

苦恨年年压金线，为他人作嫁衣裳！

——秦韬玉《贫女》

这首诗是以内心独白的方式来描写贫女困苦的生活。首联，直接入题，表明贫女的直率性格。由于贫困，这个少女从来没有看过华丽的衣裳。虽然现在已是待嫁的年龄，却没有媒人来保媒。如果自己去托人说媒，会感到很伤心。"谁爱风流高格调，共怜时世俭梳妆"，因为现在的年轻人都追求时髦和富有。谁会来怜惜"我"这个贫家女呢？虽然"我"不同流俗，可是又有谁来欣赏呢？就自己的情况而言，不仅心灵手巧，而且朴素自然，从不愿与别人争妍斗艳。可是这样高洁的品质却无人能识，岂不可悲？"苦恨年年压金线，为他人作嫁衣裳"，一年一年的压线刺绣，可都是为他人做嫁衣！从诗的最后，我们可以看出贫女内心的痛苦。在长年的辛苦劳作之后，她终于把内心压抑已久的郁闷发泄出来，给人不小的震撼。

良媒不问蓬门之女，寄托着寒士出身贫贱、举荐无人的苦闷哀怨；夸指巧而不斗眉长，隐喻着寒士内美修能、超凡脱俗的孤高情调；"谁爱风流高格调"，俨然是封建文人独清独醒的寂寞口吻；"为他人作嫁衣裳"，则令人想到那些终年为上司捉刀献策，自己却久屈下僚的读书人——或许就是诗人的自叹。诗情哀怨沉痛，反映了贫寒士人不为世用的愤懑和不平。

　　诗人刻画贫女形象，既没有凭借景物气氛和居室陈设的衬托，也没有进行相貌衣物和神态举止的描摹，而是把她放在与社会环境的矛盾冲突中，通过独白揭示她内心深处的苦痛。语言没有典故，不用比拟，全是出自贫家女儿又细腻又爽利、富有个性的口语，毫无遮掩地倾诉心底的衷曲。

　　从家庭景况谈到自己的亲事，从社会风气谈到个人的志趣，有自伤自叹，也有自矜自持，如春蚕吐丝，作茧自缚，一缕缕，一层层，将自己愈缠愈紧，使自己愈陷愈深，最后终于突破抑郁和窒息的重压，呼出那"苦恨年年压金线，为他人作嫁衣裳"的慨叹。这最后一呼，以其广泛深刻的内涵，浓厚的生活哲理，使全诗蕴有更大的社会意义。

一唱都护歌，心摧泪如雨。

云阳上征去，两岸饶商贾。

吴牛喘月时，拖船一何苦！

水浊不可饮，壶浆半成土。

一唱都护歌，心摧泪如雨。

万人系磐石，无由达江浒。

君看石芒砀，掩泪悲千古。

——李白《丁都护歌》

《丁都护歌》是一首描写纤夫劳苦生活的叙事与议论相结合的诗。诗中以纤夫为典型形象，表达了作者对统治者残酷奴役人民的愤懑和强烈的控诉。

诗的开头，用繁华的市区场景来反衬出纤夫们非人的生活。"吴牛喘月时，拖船一何苦！"这是描写与议论相结合。吴牛是江淮地区的一种水牛，它很害怕炎热，但江淮地区总是酷暑难耐。因此，这种牛看见月亮也以为是太阳，就大口地喘气。在这种酷暑的天气中，拖船是多么的辛苦啊！连喘气都费劲的时候，还要干这样的苦力，人怎么能承受得住呢？可是，更痛苦的事还在后边。"水浊不可饮，壶浆半成土。"想要喝口水解解渴，可是没有干净的水，纤夫们只能喝河水。但河水浑浊不清，盛在壶中有一半是土。这水怎么能喝呢？这从另一方面也暗示出，拉纤是多么困难啊！在这种情况下，纤夫们一唱起都护歌就泪如雨下，这种非人的生活何时才是个尽头啊？最后，作者点明纤夫们的这些痛苦都来自于统治者的横征暴敛及不断地搜刮民脂民膏，由此点出主题。全诗以纤夫的典型形象来表达对统治者的控诉是非常有力度的。这也是李白为数不多的现实主义诗篇中较为优秀的一篇。

典型形象的选取是这首诗的一大特点。我们在写作时，要表达某种思想时，一般采用的是用事件来表现主题，如：叙述一两件事来表达中心。而对于形象的选择往往不太注意。从这首诗，我们就可以看到典型形象对于表达中心有多么重要了。在中学生的教材中，这样的例子也不少。如，老舍《骆驼祥子》中祥子的形象，夏衍《包身工》中"芦柴棒"的形象，鲁迅《祝福》中祥林嫂的形象等。这些形象都代表了一定时期或一定范围的人物群体，是其中的典型。他们的命运往往代表了群体的命运，因此很具有说服力。这些，我们在自己写作文时都可以借鉴。

二、写景抒情的技巧

谁知竹西路，歌吹是扬州。

> 雨过一蝉噪，飘萧松桂秋。
>
> 青苔满阶砌，白鸟故迟留。
>
> 暮霭生深树，斜阳下小楼。
>
> 谁知竹西路，歌吹是扬州。
>
> ——杜牧《题扬州禅智寺》

这首诗是杜牧在扬州禅智寺看望弟弟时所写的一首写景诗。从全诗来看，作者主要描写了禅智寺的幽静及与之相对的扬州的喧嚣。主要运用的是动静结合、以动衬静的写法。

诗的前六句都在描写禅智寺的清幽环境。这是初秋的时候，松树在微风中飘摇，偶尔几声蝉鸣仿佛是平静的水面上的几丝涟漪，愈加显出禅寺的幽静。满阶的青苔无人迹，白鸟也愿意留在这里长住。在一片树林中，升起傍晚的云雾。夕阳西下，日影在小楼上滑过。这三组镜头，分别从听觉、视觉的角度刻画出此时禅寺的一片静寂。在这样的幽静中，作者忽然有一个发现，"谁知竹西路，歌吹是扬州"。原来，隔壁的竹西路就是繁华的扬州啊。这最后一笔，以动衬静，将禅智寺的幽静在歌舞扬州的对比下凸现出来。

动静结合是这首诗主要运用的手法。不仅如此，它的动静结合还有一些不同。通常，我们所说的动静结合是指动和静两方面互相映衬，动中有静，静中有动。但这首诗不同，虽然它也是动静结合，但它主要侧重的是静的方面，也就是说，以动衬静。

在写作中，这种动静结合的方法有助于衬托出景物的特点，同时达到渲染气氛、烘托人物心情的作用。当然，我们在运用的时候，也可以像这首诗一样，虽然有动有静，但侧重点只有一个。这也是动静结合的方法之一。

例如朱自清的散文《春》，作者在动静结合中侧重"动"的方面："一切都像刚睡醒的样子，欣欣然张开了眼。山朗润起来了，水涨起来了，太阳的脸红起来了。小草偷偷地从土里钻出来，嫩嫩的，绿绿的……桃树、杏树、梨树，你不让我，我不让你，都开满了花赶趟儿。"这是春天的静态自然景物，然而，作者却将这些景物写成动态。这样写，既将春天万物复苏，一片生机的特点表现出来，同时，也抒发了作者对春天的热爱，无限的情趣尽在其中。

月出惊山鸟，时鸣春涧中。

> 人闲桂花落，夜静春山空。
> 月出惊山鸟，时鸣春涧中。
>
> ——王维《鸟鸣涧》

这是一首动静结合的代表作。"人闲桂花落"，"人闲"点明诗人此时的心境是悠闲的、平静的。在这样的情境下，他觉察到桂花落下来了，这又进一步反衬出人的娴静。"夜静春山空"，黑夜的静寂使得整个大山好像无任何事物，一片宁静。这时，月亮升起来了，皎洁的月光将春山照得一片雪白。春山的变化引起了鸟儿们的注意。它们被惊了起来，在春涧中鸣叫来表示它们的好奇。

　　读罢全诗，我们有这样一种感受，那就是"静"。虽然有花落，有月出，有鸟鸣，但这一切更能衬托出此时气氛的寂静和人物心情的幽静。这就是动静结合手法的独特作用。

　　动静结合是一种常见的写作技巧。它通常是指在一些文学作品中，作者将动态之景和静态之景相互结合起来，共同描写一个画面或情境。它的好处在于动中有静，静中有动，在相互的衬托中使文章丰富多彩，跌宕起伏。动静结合的方法不仅在诗歌中适用，在其他文体中也经常使用。

　　例如在茅盾的《风景谈》中：

　　"更妙的是三五月明之夜，天是那样的蓝，几乎透明似的，月亮离山顶，似乎不过几尺，远看山顶的小米丛密挺立，宛如人头上怒发，这时候忽然从山脊上长出两支牛角来，随即牛的全身也出现。掮着犁的人形也出现，并不多，只有两三个，也许还跟着小孩，他们姗姗而下；在蓝的天，黑的山，银色的月光背景上，就成了一幅剪影。"

　　作者首先渲染出一片宁静的画面：蓝天、明月、高山、小米。然后，在这宁静的画面上随意涂了几笔。整个画面就活了起来。宁静中的一些生活气息使文章富有诗意。

从唐诗中汲取写作智慧

日暮汉宫传蜡烛，轻烟散入五侯家。

春城无处不飞花，寒食东风御柳斜。

日暮汉宫传蜡烛，轻烟散入五侯家。

——韩翃《寒食》

寒食节，是中国一个传统的节日。它是人们为纪念春秋时的介子推被焚死绵山而形成的一种风俗。在清明节的前一天，家家禁火。这首诗题为《寒食》，就是描写了寒食节这一天的生活场景。

诗人在这首诗中不是以描写风俗入手，而是从反风俗入手，从而形成鲜明的对比。"日暮汉宫传蜡烛"，这是反风俗的典型。本来应该禁火，可是皇宫里凭着特权而"明知故犯"。这就与平常百姓家的凄凉色调形成了强烈的对比，这是其一。其二，"轻烟散入五侯家"，又是一层对比。"轻烟"好似皇帝的恩泽，可这"恩泽"也只是被那些"近水楼台"的"五侯"得去，平常百姓是丝毫得不到的。这样，作者就含蓄而巧妙地把皇帝利用特权、大臣利用地位的官场与权场，淋漓尽致地刻画出来。

对比是常常运用的写作手法。但是，一些学生在运用对比时往往一团乱麻，没有头绪。这首诗就给大家提供了一个很好的借鉴。分层次的对比，一层比一层深入，同时内含反讽，是这首诗在写法上的巧妙之处。我们运用对比手法时，可以借鉴其分层次对比的手法，有序有章，逐层深入。这样的文章既符合逻辑性，也具有深度。尤其在议论文写作中，这种分层次对比更具有优势。

例如在鲁迅《拿来主义》一文中，作者首先用"闭关主义"与"拿来主义"相对比，表现出"闭关主义"的守旧和愚昧。然后，又用"送去主义"与"拿来主义"对比，表现"送去主义"的崇洋媚外。通过两层对比，表明对于文化遗产的正确态度应该是"拿来主义"，即取其精华，弃其糟粕。这两层对比，一方面批判了"闭关主义"和"送去主义"的错误，另一方面也在对比中突出了"拿来主义"的正确，使文章的论辩更具说服力。

南朝四百八十寺，多少楼台烟雨中。

千里莺啼绿映红，水村山郭酒旗风。

南朝四百八十寺，多少楼台烟雨中。

——杜牧《江南春》

这是抓住特点来描写景物的一篇名作，历来为人们所传诵。全诗描写了一些景物，有黄莺、绿树、红花、溪水、大山、小酒馆、寺庙、楼台及烟雨等。那么，作者为什么选取这些景物来写呢？

仔细体味我们就会发现，这些都是具有江南特色的景物。而且，可以说它们都是最能代表江南风光的。用这些景物来构成这幅《江南春》，可以说是再恰当不过的了。诗人在描写时，不仅在选景上下功夫，而且，在景物的安排上也煞费苦心。前两句，用啼莺、绿树、红花来从整体上概括出江南的美景，用溪水环绕的村子和山中绿树掩映的小酒馆这两个独具江南特色的景物来点明江南与北方的不同。从天气情况来看，这两句描写的都是晴天时的景物。但是我们知道，江南水乡是以烟雨蒙蒙著称的，如果没有雨，还是不能体现出江南来。作者当然了解这点。在后两句中，景物由晴转阴，描写了众多的寺院、楼台在烟雨中的景色。由此，我们可以总结出，抓住了江南景物的特点是这首诗最大的特色。全诗淳朴自然，真挚感人。

在作文练习中，也要注意抓住景物的特点来描写。在描写景物时，要符合景物在不同境地下的特点。比如，同是描写桨声灯影里的秦淮河，朱自清笔下的秦淮河清新秀丽，静穆悠远；俞平伯笔下则细腻柔婉，迷离恍惚。又如，同是描写树，春天的树和夏天的树是不同的。在颜色的对比上，春天的树呈嫩绿色，夏天的树呈翠绿色。在树型的比较上，春天的树比较稀疏，夏天的树比较饱满等。虽然这些都是一些常识，而且其中的差别也并不是很大。但是，正是要在细小的地方写出特点，才能体现出景物的特色。因此，我们在描写景物时，要注意抓住景物在不同环境下的不同特点。

三、议论方法

尘世难逢开口笑，菊花须插满头归。

江涵秋影雁初飞，与客携壶上翠微。

尘世难逢开口笑，菊花须插满头归。

但将酩酊酬佳节，不用登临恨落晖。

古往今来只如此，牛山何必独沾衣？

——杜牧《九日齐山登高》

这是一首抒发郁闷心情的诗。这天是九九重阳，作者与朋友们一起带着酒登上齐山。此时的齐山一片翠绿，周围的江水绿波荡漾，初飞来的大雁影子清晰可见。在这样的美景中，人们都心情愉悦，可以开怀一笑。而这种场景在尘世中是难以遇到的。从这句话中，我们就读出了作者在尘世中的郁闷与无奈。虽然如此，但今天是重阳节，让那些郁闷到一边去吧，现在应该把握这份美好时光。头上插上菊花，开怀畅饮吧，不要辜负这美好的佳节。在这部分，作者虽然表面看起来很愉快，但我们能看出他这愉快背后的辛酸。"古往今来只如此，牛山何必独沾衣"，作者像是在安慰别人，也像是在安慰自己。古往今来尘世都是这样，牛山（指代齐景公在牛山落泪的典故）上又何必落泪呢？

这首诗主要以议论的方式来表达中心。在诗中，作者用了"须插、但将、不用、何必"等词语来增强议论的效果，使得全诗处处有感慨，但这些感慨又如羚羊挂角，无迹可寻。这就是作者的高明之处。

在中学生的作文中，议论的方式是经常为同学们所采用的。但是，通常中学生作文中的议论往往直白，缺少含蓄感，由此使整篇文章显得苍白、稚嫩。通过分析这首诗，学生们可以借鉴其含蓄的议论方法。也就是，在描写和记叙的过程中，用议论式的语言来点染。议论的口气隐藏在描写和记叙中，从而达到既深刻地表达了主题思想，又使文章含蓄、耐人寻味的效果。

采得百花成蜜后，为谁辛苦为谁甜？

不论平地与山尖，无限风光尽被占。

采得百花成蜜后，为谁辛苦为谁甜？

——罗隐《蜂》

这首诗歌咏了勤劳的蜜蜂辛劳一生而无所求的风格。全诗采用了叙议结合的方法。诗的开头，作者以夸张的手法描绘出蜜蜂的辛勤足迹遍及高山平地，无限的风光尽是它的领地。这种有意的夸张为后面的议论埋下了伏笔。作者感叹道："采得百花成蜜后，为谁辛苦为谁甜？"这样能干的蜜蜂在取得了那么多的劳动成果之后，自己又能得到什么呢，它的辛苦是为了谁？作者以反诘的语气加强了议论的效果。

叙议结合是这首小诗的特色之一。作者用夸张的叙述为议论作铺垫，同时，又用反诘的议论与叙述相对比。这样使叙述更真实，议论更有力。在作文中，特别是由一件事情来阐发一个道理或抒发某种感情时，这种叙议结合的手法是可以采用的。

例如，我们都读过鲁迅先生的《一件小事》，其中就采用了叙议结合的方法。我们可以借鉴一下。

首先，鲁迅先生记叙了小事的经过。一个妇女被"我"的黄包车刮倒了，"我"认为不要紧，让车夫继续拉车。可是，车夫却停下来，扶起那女人向前边的巡警分驻所走去。然后，面对这样一件小事，针对两种不同的态度，作者感慨万分："我这时突然感到一种异样的感觉，觉得他满身灰尘的后影，刹时高大了，而且愈走愈大，须仰视才见。而且他对于我，渐渐地又几乎变成一种威压，甚而至于要榨出皮袍下面藏着的'小'来。"通过这样的议论，鲁迅先生将人性中都有虚伪的一面揭示出来，同时，用"善"来与之对比，体现出"善"的伟大。

西施若解倾吴国，越国亡来又是谁？

家国兴亡自有时，吴人何苦怨西施。

西施若解倾吴国，越国亡来又是谁？

——罗隐《西施》

这首小诗充满了辩论的色彩。在诗中，作者驳斥了世人把吴国的灭亡归罪于西施的事，认为不应该把国家的灭亡归罪于一个弱女子。作者反驳道：如果把吴国的灭亡归罪于西施，那么越国的灭亡又怪谁呢？

这首诗采用驳论的方式来阐明自己的观点。驳论是一种论证方式。它是以充分有力的证据去驳斥别的论点，并在驳斥的过程中树立自己的论点。这种方法又叫反驳。一般包括反驳对方论点的错误，反驳对方论据的不足或对论点无法说明等的不足，反驳论证中出现的语言、逻辑等的错误等三种方式。

以本诗为例，作者用越国的灭亡来反驳世人的偏见。这是逻辑性很强的一种反驳。因为，如果世人的观点成立，即吴国的灭亡由西施负责，那么，由此来推，越国的灭亡也应该由女人来承担。可这就与越王并不宠幸女色的事实相违背。由此，有力地反驳了世人的观点。

在议论文中，反驳是一种很好的论证方法。通过反驳别的观点，会使自己的观点逐步完善，从而增强说服力。但是，需要指出的是，在运用反驳方法时，我们应当以科学的态度来进行论证，应当以理服人，不应当强词夺理。如果陷入诡辩里，就更不好了。同时，要充分尊重别人的人格与权利，保持公正、准确的论证等。

可怜夜半虚前席，不问苍生问鬼神。

宣室求贤访逐臣，贾生才调更无伦。

可怜夜半虚前席，不问苍生问鬼神。

——李商隐《贾生》

贾生指的是西汉著名的政论家、文学家贾谊。这首诗以贾谊被贬长沙为题材，揭露统治者庸俗无能，不能任人唯贤的丑恶嘴脸。这首小诗构思奇特，以不同常法的角度来描写统治者的无能与置国家人民于不顾的行径。

"宣室求贤访逐臣，贾生才调更无伦。"宣室是汉文帝的宫殿正厅，这里是借代的手法，用宣室来借代文帝。诗的开头从正面入手，一方面写文帝求贤若渴，一方面写贾谊的少年才俊。两方面互相映衬。

"可怜夜半虚前席，不问苍生问鬼神。"从这里开始，作者的笔锋直转而下，从反面辛辣地讽刺文帝不注重国家社稷，只关心自己长生不老的昏庸形象。而这一描写又与首联的正面歌颂形成鲜明的对比。读到这里，人们恍然大悟。原来文帝求贤若渴是为了自己长久的统治，而不是为了人民啊！这种前后的反差使讽刺的效果更佳。

独特的讽刺是这首诗的特色。讽刺是指用比喻、夸张等手法对不良的或愚蠢的行为进行揭露或批评。辛辣而独到的讽刺可以增强文章的力度。在一些著名作家的作品中，中国的如鲁迅、钱钟书、老舍等，外国的如果戈里、马克·吐温、巴尔扎克等，经常采用讽刺的方法来揭露或批判一些社会问题。我们在语文学习时，可以比较一下各个名篇中不同的讽刺方法以及取得的效果，然后积累下来，在自己的写作中练习使用。长此以往，会有明显的效果。

雨中黄叶树，灯下白头人。

静夜四无邻，荒居旧业贫。

雨中黄叶树，灯下白头人。

以我独沉久，愧君相见频。

平生自有分，况是蔡家亲。

——司空曙《喜外弟卢纶见宿》

这首诗运用了多种方法来表达中心思想，如比兴兼用、对比烘托、比喻设喻以及反正相生等。这里我们着重分析这首诗是如何运用反正相生的方法的。"静夜四无邻，荒居旧业贫。雨中黄叶树，灯下白头人"四句描写作者的生活状况。"无邻""荒居""旧业"点明诗人的贫苦生活，"静夜""雨中""灯下"描绘出此时作者的孤独与寂寞。这四句连在一起，将诗人贫苦潦倒又孤苦伶仃的状况真切地表现出来，给人一种"悲"的滋味。"以我独沉久，愧君相见频。平生自有分，况是蔡家亲"描写了诗人的表弟兼好友卢纶来到诗人家里的情景。表弟的到来令诗人十分惊喜，孤寂的心情暂时得到缓解。但是，想到自己的贫困，诗人又觉得有愧。一个"愧"字，又将这份惊喜蒙上了一份悲的色彩，真是悲喜交加啊！

可以说，在这首诗中蕴含的悲与喜的感情，是一正一反两方面相互映衬的结果。反正相生，突出了中心，深化了主题。在中学生的作文中，反正相生是一种突出主题的有效方法。通常，这种方法运用于说明道理的文章中。从正反两面来分别加以说明，并且通过正反对比来突出一方，以达到深刻地说明道理的目的。

四、构思与立意

花近高楼伤客心，万方多难此登临。

> 花近高楼伤客心，万方多难此登临。
> 锦江春色来天地，玉垒浮云变古今。
> 北极朝廷终不改，西山寇盗莫相侵。
> 可怜后主还祠庙，日暮聊为梁甫吟。
>
> ——杜甫《登楼》

这首诗在构思上具有独到之处。"花近高楼伤客心，万方多难此登临"，国家经历了收复河南河北、平定安史之乱后，又陷入了吐蕃的入侵中，"万方多难"就是这些战乱的概括。在这个时候，作者登上城楼远眺，"伤心客"正是诗人的代称。"锦江春色来天地，玉垒浮云变古今"，站在城楼上，锦江和玉垒尽呈眼前。锦江水清澈明净，玉垒上郁郁葱葱，正是一片春色。这里不仅写出了空间，而且"古今"也将时间的变换表现出来。"北极朝廷终不改，西山寇盗莫相侵"，由景引发出对现实的思考。虽然朝廷经历了这么多的战争，但唐朝的大旗始终不倒，那些入侵的寇盗们必定会失败而归的。作者捍卫祖国的决心由此可见。"可怜后主还祠庙，日暮聊为梁甫吟"是规劝当朝的统治者，要励精图治治理国家，不要沉迷在个人的享乐中，否则，再大的江山也会毁于一旦的。

在构思上，作者巧妙地将近景远景结合，将时间空间结合，将情与景结合。这三个结合，使全诗宏大雄浑而又富有意境美。

构思是写作中非常关键的一步。那么，什么是构思，该如何构思呢？构思通俗地说就是写文章的计划，也就是在写作之前，从审题、立意、选材到表现手法、结构等都要做到心中有数，就好像一个优秀的建筑师在盖楼之前一定要有设计图纸一样。构思的成功与否，直接关系到文章的质量。因此，中学生应该端正态度，重视构思，养成良好的写作习惯。

例如，在我们熟悉的秦牧的《土地》中，作者按照从今到昔，从昔到今的结构来构思全文。文章的开头描写了今天的大地的景色，然后引发联想，由今转到古，通过古代的一个故事来说明土地在人们心目中的作用。在文章的后半部分，作者借古代的故事发出感慨，并联系到现在人们对土地的感情。整篇文章构思严谨，结构清晰，体现出作者在构思上的认真态度。

白雪却嫌春色晚，故穿庭树作飞花。

新年都未有芳华，二月初惊见草芽。

白雪却嫌春色晚，故穿庭树作飞花。

——韩愈《春雪》

诗人韩愈以追求奇险著称。在这首描写春雪的小诗中，我们能够充分地领略到韩愈诗的这种奇险的特色。虽然这是一首七言绝句，但作者没有因此而掉以轻心，相反，在构思上着实下了一番苦功。

这首诗主要描写的是春天的雪景，诗中的草芽、白雪、庭院等景物都是比较常见的，而且在其他描写雪的诗中也经常使用。但是，这首诗并没有因为所描写景物的平淡无奇而黯淡无光。"新年都未有芳华"，此时已是春天了，为什么春天好像还没有来呢？作者用"都未有"这三个字，将自己急切地盼望春天的心情直率地表达出来。"二月初惊见草芽"，到了二月才看见草芽确实令诗人感到惊奇，但不管怎么说，春天毕竟来了，诗人在久盼中看到了希望，因此，惊喜万分。诗的尾联，构思奇特，使整首诗呈现出浪漫的气息。"白雪却嫌春色晚，故穿庭树作飞花"，作者借白雪来抒发自己的期盼。诗中把白雪写成了同诗人一样盼着春天的到来，但是仿佛白雪比诗人还急，自己飘飘而下，像春天的花瓣一样穿过庭院。

在这首诗中，我们主要学习韩愈的巧妙构思。我们都知道，构思是写作文的必要步骤。在动手写之前，一定要根据实际情况或所要表达的中心思想来构思整篇文章，这样，才能在落笔的时候做到心中有数，使文章有自己的风格。大家在写作文时，不要急于动笔，拿到一个题目就开始写，写到最后才发现跑了题。而应该先认真地思考，仔细地构思，这样才能写出好的文章来。

在中学生的作文中，多数是给材料作文或命题作文。在这样的情况下，构思要以材料和题目为依据，大致分为以下五步。

第一，根据材料的要求先确定体裁，是记叙文、说明文还是议论文等。

第二，构思立意，即确定文章的主题。主题的确定要与材料的内容和题目一致。

第三，构思写作方法。在写作中，方法的选择是非常重要的。一般说来，在一篇优秀的作文中往往是许多方法的综合应用。我们在构思方法时，要综合考虑各个方法的作用和特点，择优选取，确定适合这篇文章的方法。

第四，构思文章的结构。在写之前一定要对文章的结构认真构思。结构是整篇文章的骨架，它直接决定文章的总体风貌。

第五，选材的构思。在确立了主题、结构和写作方法后，要对材料的选择进行构思。选择什么样的材料才能表达中心，才能突出主题等都是选材时必须考虑的问题。

寻常不省曾如此，应是江州司马书！

远信入门先有泪，妻惊女哭问何如。

寻常不省曾如此，应是江州司马书！

——元稹《得乐天书》

这是元稹描写自己在谪居通州时收到白居易的信时欣喜的情景。小诗构思有别于一般的抒情诗。整首诗是要表达作者与白居易之间的深厚友谊，但它没有像一般的抒情诗那样用景或用物来抒情，而是采用了一种类似叙事的手法，从收到来信写起，由此来表现两人感情之深。

诗的开头描写了接到信时作者的反应，"远信入门先有泪"，在作者最不得意的时候，没有人来问候了，心里自然感到悲伤。现在，却收到了好友的来信，心里除了感动还是感动，不由得老泪纵横。"妻惊女哭问何如"是从侧面描写作者的反应，妻子惊讶，女儿害怕，这到底是怎么了？"寻常不省曾如此，应是江州司马书"，诗的尾联点出了主题，平常时不是这样的，一定是白居易来信了，因为只有他的来信才会让作者这样。由此，我们可以明显地感到作者与白居易之间这种可以"泣鬼神"的友谊。

全诗构思奇特，脱离了用景物写情的一般手法，开创了一个以叙事来写情的新方法。这种新方法最大的特点是描写一定要细腻，而且事件一定要有代表性，能够以小见大。

这种通过叙事来写情的方法通常适用于记叙文。用代表性的细节来表达一种无法言表的情感或思想对整篇文章的表达是非常有用的。如这首诗，用接到信这样一件看似极小的事反映出作者与白居易之间的情谊，以小见大。由特殊可见一斑，使全诗新颖独特，引人深思。

又如在朱自清《背影》中，作者要表现的主题是父爱。在构思时，作者没有运用直接的议论和抒情的方式，而是通过父亲给儿子买橘子这样一件小事来表达中心。小中见大，平凡中见伟大，独特而巧妙的构思是这篇文章成功的重要因素。

溪水无情似有情，入山三日得同行。

溪水无情似有情，入山三日得同行。
岭头便是分头处，惜别潺湲一夜声。

——温庭筠《过分水岭》

这首诗是作者在过分水岭时的即兴之作。溪水在岭下蜿蜒流淌，作者在岭间的小路上迂回前行。入山已经三日了，这溪水一直与作者同行。此时，在作者眼里，无情的溪水也已有情了。可是，前边就是分水岭了，就要与三日来一直陪伴作者的溪水告别了。这一夜，作者辗转反侧，耳中听到溪水潺潺声，好像是同自己叙谈惜别之情。

这是一首别致的写景诗。本来，溪水在岭下流淌是件平常的事，但是，作者却能从中发现诗、发现情。这些都与作者的细致观察是密不可分的。

目前，在中学生写作中，选材是大多数同学头疼的地方。原因何在呢？这里，可以指出的是，缺乏观察是中学生在写作时无内容可写的一个重要原因。观察，是写作前的必要条件。一个不善于观察的人，是不会写出好的文章的。因为，写作来源于生活，并展现生活。善于观察的人才能善于展现生活。正如温庭筠一样，平平常常的溪水在他的眼里都变成了有情物。这不是作者的矫揉造作，而是作者在观察到人走溪走、人转溪转的特点后即兴而生的。我们试想，如果作者不是一个善于观察的人，那么，这些溪水也是平常的了，也就没有这首脍炙人口的小诗了。因此，大家要培养自己的观察能力，要勇于观察，善于观察。只有这样，写作文时才能有内容可写。

丛菊两开他日泪，孤舟一系故园心。

> 玉露凋伤枫树林，巫山巫峡气萧森。
>
> 江间波浪兼天涌，塞上风云接地阴。
>
> 丛菊两开他日泪，孤舟一系故园心。
>
> 寒衣处处催刀尺，白帝城高急暮砧。

——杜甫《秋兴（八首其一）》

《秋兴》这八首诗是代宗大历元年（766年）秋杜甫流寓夔州时所作。秋兴，即因为秋天而抒发自己的情怀。"悲秋"是古诗中常见的题材，作者此时身居巫峡，以思念长安为线索，抒写自己在兵荒马乱的时候，滞留他乡的客中秋感，充满了凄清哀怨的情绪。

作者先渲染了此时的环境，萧瑟阴森，动荡不安，本该收获的季节，却因为战乱而显得极为萧条，让人触目惊心。诗人的忧国之情、孤独抑郁的情感被这景象引发，不可抑制。

"丛菊两开他日泪，孤舟一系故园心。"杜甫于永泰元年（764年）夏离开成都，秋居云安，次年秋又滞留夔州，所以称"丛菊两开"。回忆过去，自己禁不住流泪，花开两次，自己流泪两次，日夜思念着自己的第二故乡长安，可归舟老是系在江岸上，开不出去，因此，自己的心情也高兴不起来，时时在考虑归乡的时间，而这又是漫长的等待，从天明盼到黄昏，直到深夜，夜不能寐。由于思乡心切，以至于菊花的开落，都让诗人联想到什么，过于敏感的心，让他无法摆脱孤独，而一切都事与愿违。诗人只有无尽的等待。

我们从这首诗中借鉴的应该是作者选择了一个很好的角度来抒发自己的情感。秋天是收获的季节，面对秋色，人们往往是充满喜悦的，但也有例外，当一个人寄寓他乡时，见到秋天，勾起对故土的思念，心中自然是悲凉的。譬如写一篇题为《秋天》的命题作文，可以写金色的田野、丰收的喜悦；也可以写萧瑟的秋风、秋雨和落叶，只要有景有情，都未尝不可。再譬如写一篇状物散文，有的同学写了姹紫嫣红的花朵，用花朵的艳丽展示自己内心对生活的信心和愉悦；有的同学写了浑浊的河流、枯萎的树木，表达了心中对人类居住环境的无限忧虑。只要借景抒情，有感而发，就是好文章。

江边一树垂垂发，朝夕催人自白头。

东阁官梅动诗兴，还如何逊在扬州。

此时对雪遥相忆，送客逢春可自由？

幸不折来伤岁暮，若为看去乱乡愁。

江边一树垂垂发，朝夕催人自白头。

——杜甫《和裴迪登蜀州东亭送客逢早梅相忆见寄》

诗人在这首诗中充分利用了早梅使人感伤的特点来立意，通篇不离梅，让人们误以为这是一首咏梅诗。首联是对裴迪所赠诗的赞美。"此时对雪遥相忆，送客逢春可自由"，作者对裴迪说："这本来就是个感伤的季节，更何况你还是在送别的时候看见梅花呢？由此产生的思念家乡、思念友人的情感是正常啊！""幸不折来伤岁暮，若为看去乱乡愁"，"我"现在已经满是离愁之苦了，幸好你没有折下那梅花送给"我"，否则，我怎么能承受得住呢？"江边一树垂垂发，朝夕催人自白头"，"我"已满头白发了，每天看见那株梅花知道时光的飞逝了！

在中学生的作文中，立意主要是指对于文章主题的选择。立意的高低，是决定文章好坏的重要因素。作文中的主题选择有两类，一类是命题作文中的主题，另一类是自拟主题。大家在立意时，要通过观察、体验、分析、研究等，从生活中提取素材。同时，运用自己的感受和理性认识，采取集中概括、筛选熔炼等方法表达出主题思想。立意的基本要求是正确、新颖、鲜明、深刻，力求在文章中说明一个道理或反映一种现象和本质。

那么，如何立意呢？

首先，可以从不同的角度来立意，如反映社会的主流，批判丑陋现象，赞美高尚人格，探索新问题等。例如在魏巍《谁是最可爱的人》中，作者把立意放在表现中国人民志愿军崇高的道德品质上。

其次，也可以通过不同的方法来立意，如以小见大，由表及里，设置文眼等。例如在冰心《小桔灯》中，作者描写了一个革命者的女儿为她用小桔灯照路的小事。由这件小事，反映了一个大的社会背景，革命者的坚定信念以及他们的后代们对他们的支持。

永巷长年怨绮罗，离情终日思风波。

永巷长年怨绮罗，离情终日思风波。

湘江竹上痕无限，岘首碑前洒几多？

人去紫台秋入塞，兵残楚帐夜闻歌。

朝来灞水桥边问，未抵青袍送玉珂！

——李商隐《泪》

这首诗与众不同，诗题为《泪》，但全诗无一"泪"字。诗的前六句分别写了六个故事、七个人物。有长年在深巷里被人遗忘的怨妇；有远离家乡、远离亲人的游子；有人死留德为百姓追思的羊祜；有痛哭湘江边、泪洒青竹的娥皇、女英；有被遣远嫁的王昭君；还有兵败垓下的楚霸王项羽。

这些故事和人物表面看起来没有什么联系，但我们仔细体味就会发现，这正是六滴辛酸泪。每一个人物，每一个故事，都有无尽的泪水，怨妇的粉泪、游子的清泪、百姓的热泪、湘妃的血泪、昭君的香泪以及楚王的英雄泪。由此，我们可知，作者罗列这些故事，并非拖沓烦琐，而是"用心良苦"。作者用它们展示了一个共同的主题，那就是人世间的泪。

在这首诗中紧紧围绕一个中心思想来展开，是中学生特别值得学习的地方。众所周知，一篇文章通常只有一个中心思想，其他的内容都是为这个中心思想服务的。例如，在鲁迅的《阿Q正传》中，作者分成九章来展示阿Q的形象。在这九章中，作者从八个方面来描绘出阿Q所在的社会大环境以及在这种环境下形成的扭曲的性格特点。这九章内容相互关联，逐层深入，将这种特殊的社会状况和这种特殊的人格特征透彻地剖析出来。九章内容紧紧围绕这一中心。如果所写的内容远离中心，就会出现跑题的现象。而这种现象在目前的中学作文中比较常见。因此，值得同学们注意。

五更鼓角声悲壮，三峡星河影动摇。

岁暮阴阳催短景，天涯霜雪霁寒宵。

五更鼓角声悲壮，三峡星河影动摇。

野哭千家闻战伐，夷歌数处起渔樵。

卧龙跃马终黄土，人事音书漫寂寥。

——杜甫《阁夜》

这首诗是杜甫七律中的代表作。该诗以描写四川军阀战争为题材，揭示了战争给人们带来的痛苦，表达出作者对战争的痛恨以及由此感怀往事，感叹人生的悲凉心情。

这首诗一个主要的特点就是围绕一个主题，从不同侧面来描写和展

从唐诗中汲取写作智慧

示。"岁暮阴阳催短景,天涯霜雪霁寒宵",从环境方面来描写此时的境况。此时正值寒冬,昼短夜长,天气异常寒冷,霜雪飘飞,连年的战争让人不禁感叹人生的悲凉。"五更鼓角声悲壮,三峡星河影动摇",从视听的角度来写战争又要开始了。在这样寒冷静寂的夜里,鼓角声又起,清晰而悲壮,这是战争的预示。此时的三峡仿佛受到这鼓声的干扰,星影飘摇。虽然景色如此美丽,但人们已无暇欣赏这美景了。"野哭千家闻战伐,夷歌数处起渔樵",从人们对战争的反映来看,当听到征战的鼓声时,千家万户的哭声也随之响起。因为战争预示着妻离子散、家园被毁,无数的百姓流离失所,预示着饥饿和死亡。"卧龙跃马终黄土,人事音书漫寂寥",作者用历史典故来说明战争的后果。无论是诸葛亮还是公孙述,尽管有雄才伟略,但现在都成了黄土中的枯骨。这里,流露出作者的无限感伤。

总的来说,这首诗分别从环境,作者的所见、所闻,人们的反映以及历史史实等四个方面描写出连年的战争带来的危害以及诗人的感伤。

在作文中,围绕一个中心从不同侧面展示的方法是值得重视的。因为,这种方法往往可以开阔思路,使中心表达得更充分。不同侧面、不同角度的选取是在写作时的一个重要环节。例如,同是表达热爱祖国这个主题,可选的材料很多,但是如何选取才符合自己这篇文章的侧重点呢?而且,当材料选取之后,在构思文章的框架时,也要认真考虑如何安排才能使材料充分地发挥表达中心的作用。不同侧面之间是并列关系、递进关系、对比关系还是主次关系,中学生要在写作时恰当地安排。

五、选材与布局

曲径通幽处，禅房花木深。

清晨入古寺，初日照高林。

曲径通幽处，禅房花木深。

山光悦鸟性，潭影空人心。

万籁此俱寂，但余钟磬音。

——常建《题破山寺后禅院》

　　作者在清晨进入古寺中，初升的太阳照耀着山上的树林。寺中的竹林小路古雅幽深。在路的尽头，禅房隐现其中。此时的古寺，山光与鸟声相映成趣，潭水的清幽使得人心也变得纯净。古老而悠远的钟声在古寺中回荡，一切杂音与杂念都在这钟声中涤除。

　　景物描写是这首诗的主要特色。作者用初日、高林、竹径、禅房、花木、山光、鸟声、潭影、钟磬等一系列景物来构成清晨古寺的独特情境。这首诗中，笔调有似古体，语言朴实，景物幽雅，生动地表现出古寺的特点。

　　选定有特点的景物，是在景物描写前的必要准备。一段景物描写，一要符合情境，二要有助于渲染气氛，三要有益于表达内容。学生在选择景物的时候，要考虑这几项要求。以本诗为例，如果作者不是描写这些景物，而是描写其他的，如僧侣诵经，善男信女跪拜等，就会是另一番感觉。而这种古寺的清幽，钟磬的深远则不会表现出来。又如在老舍《济南的冬天》中，可以描写的景物非常多，但作者只选取了几样有济南冬天特色的景物来写。在文章中，作者首先抓住冬景的内容，如阳光、小雪、山水等，同时表现出济南宝地、慈善、蓝水晶等特点。这样就将一个济南的冬天与其他地方的冬天区分开来。

因此，我们在选景的时候，首先要考虑内容，同时要考虑特点。如描写大山，是写它的奇、险还是写它的云深、雾浓，是写它的清秀还是它的幽深，是写它的幽静还是它的生机呢？这些都是在写景时要考虑的问题，而考虑的依据就是围绕主题中心。

新丰美酒斗十千，咸阳游侠多少年。

> 新丰美酒斗十千，咸阳游侠多少年。
> 相逢意气为君饮，系马高楼垂柳边。
>
> ——王维《少年行》

王维的《少年行》是一组七绝诗，共四首，此为其一，描写了长安游侠在高楼豪情纵饮的情景。

这首诗的语言平白、易懂。长安的游侠少年纵饮新丰美酒，尽显游侠豪气。少年们路遇知己，把马系在高楼旁的垂柳下。然后把酒言欢，畅谈豪饮。

浏览全诗，我们不难发现诗人善于从日常生活中选取片段来表现少年游侠的风采，以小见大是这首诗在选材上的一大特点。饮酒是少年游侠日常生活中最普通的一个场景，诗人正是从这样一个小的切入点表现了游侠豪放不羁的气质。这就给了我们一个好的启示，即选材未必要"新""奇""特"，可以从日常生活中选取有典型意义的素材，而这个素材又恰恰可以很好地表现你要表达的思想就足矣。只要你能做一个生活的有心人，注意寻常事，并在其中寻出无尽的趣味来，我们的心境就不至于枯涩，心泉就不至于干涸。这样，一动笔，写作便容易找到感觉，进入境界。琐事不大，放在心上的人，是平常生活中发现不了诗意的人，自然极难写出精彩的文章来。善于选材的人是能从沙中淘到金子的人，是知道如何能化腐朽为神奇的人。总之，我们在选材上要遵循一条原则："选材宜新不宜旧，宜小不宜大，宜熟不宜生。"

烽火城西百尺楼，黄昏独坐海风秋。

> 烽火城西百尺楼，黄昏独坐海风秋。
>
> 更吹羌笛关山月，无那金闺万里愁。
>
> ——王昌龄《从军行七首》（其一）

这是王昌龄《从军行七首》中的第一首。这首诗笔法简洁，意思浅显，却自有其特色。征人独坐在百尺高的烽火城西的瞭望台上，黄昏时分，秋风从青海湖的方向吹来，秋意正浓，思乡之情涌上心头。此时又传来阵阵悠扬的笛声。只是无奈远方妻子思念自己的心情，空有愁绪万里，却无法相见。

诗人在前两句写景时，巧妙地选取了最具特征、最能反映征人思想之情的意象（景物）来写，如"烽火""百尺楼"，给人荒凉寂寞之感，正所谓"高处"不胜"愁"。秋天本来就是思乡的季节，杜甫在《登高》中也有"万里悲秋常作客"之句。更何况又值"黄昏"时分，这让征人情何以堪？可见诗人在选取景物时是颇费苦心的。

　　马致远的《天净沙·秋思》在这一点上就很见功力："枯藤老树昏鸦，小桥流水人家，古道西风瘦马。夕阳西下，断肠人在天涯。"在这支曲中，浮现在我们眼前的景物的色彩是灰色调的，每一种意象的选取都透着游子驿人的孤寂与惆怅。某年广州市联考的作文题给考生创设的特定情境是"当你就要毕业时，漫步金色的校园，思绪飘得很远……"有的考生有选择地写了操场上嬉笑打闹的低年级学生；依旧步履匆匆，拿着教案的老师；还有依旧人来人往的"芙蓉路"……可以说这样的选景是比较成功的，与此相反，有的考生则是事无巨细地描写了教学楼、宿舍、食堂、操场等，给人一种空洞、呆板，记流水账之感。这种做法是"眉毛胡子一把抓"，不懂得如何围绕文章中心去取舍景物，须知选景是为表达中心内容服务的。这也是许多学生在写作中亟待解决的问题。

和雪翻营一夜行，神旗冻定马无声。

和雪翻营一夜行，神旗冻定马无声。

遥看火号连营赤，知是先锋已上城。

——王建《赠李愬仆射二首》（其一）

这是一首描写战争场面的诗。诗中以李愬率兵攻打吴元济的历史史实为题材，赞美了李愬出神入化的用兵策略以及他治军的纪律严明和指挥有素。

"和雪翻营一夜行，神旗冻定马无声"是紧张的战时场面。由于李愬的战略是夜间出奇兵，所以这两句抓住了出奇制胜的特点来描写。这天晚上，天气阴暗，下着大雪，这正是一个出兵的好机会。只听一声令下，战士们迅速倾营而出。风雪交加，天气寒冷，又是夜间急行，但没有一个人抱怨，可见纪律严明。这里诗人没有直接描写士兵们的反应，而是通过战旗和战马的状态来从侧面烘托。战旗冻住，战马也无声，一切都在紧张神秘中快速地进行着。从这两句的描写中，我们可以预示到这场战斗的获胜者了。

"遥看火号连营赤，知是先锋已上城"两句与前面不同。它没有继续那种紧张的描写，而是从紧张中松弛下来，做一下展望。这里，诗人以观望为角度，以半现实半猜测的手法来描写。从远处看去，手持战旗的先锋已经登上城楼了。这就与前两句的描写相照应，同时又使紧张的节奏舒缓下来。先紧后松的节奏是这首诗在结构上的巧妙之处。

在写作中，结构的安排是非常重要的。在节奏的处理上，同学们多是一气呵成的写法，也就是节奏上不是有紧有松的，而是通篇一个节奏。这样的处理不符合读者的阅读习惯和阅读心理。那么如何处理节奏才能符合读者的阅读习惯呢？

一般来说，读者在阅读时的心理是有紧有松的，也就是在阅读一个段落或一个事件当中可以一气呵成，而在整篇文章中，尤其是段落与段落之间、事件与事件之间，通常要有过渡的语言或节奏舒缓的语言来协调这种关系。就像这首诗一样，诗人采用先紧后松的节奏处理，不仅使文章结构有张有弛，而且符合读者的阅读习惯。大家在写作文时可以适当地借鉴这一写法。

犬吠水声中，桃花带露浓。

犬吠水声中，桃花带露浓。

树深时见鹿，溪午不闻钟。

野竹分青霭，飞泉挂碧峰。

无人知所去，愁倚两三松。

——李白《访戴天山道士不遇》

戴天山（又名大康山）以山势高峻直插云天而得名，位于今天四川省江油县，是李白青少年生活的地方。这首诗生动地描写了寻友不遇的整个过程。

诗人很早就启程了，这时大地还在晨曦中甜睡，四野无人，一片寂静，只听到潺潺的溪水声和偶尔从远处传来的几声汪汪的狗叫声。诗人走着走着，天渐渐亮起来了。只见路边的桃花挂着明净清亮的露珠，在朝阳的映照下，显得格外浓艳。当诗人怀着高兴而急迫的心情走进山里，快到道士的住处时，眼前却呈现了出乎意料的景象：树林深处时有小鹿的身影出现，中午时分却不闻钟声传来（古时有的地方于正午鸣钟报时）。道士外出了。环顾道士居所四周的景色，只见房前屋后，那茂密的青绿的竹林与浩瀚的云雾相接，远处险峻的山峰上，一条白色的水带仿佛从天上飞下来一般，挂在山腰。四周寥无人迹，无法打听道士的去向。诗人刚才在路上的好心情此时已经荡然无存了，只有倚松长叹了。

在我国古代写诗很讲究"起承转合"的章法，而李白这首诗就很好地运用了这一布局方法。"起"，顾名思义当然就是介绍事情的起因了。诗的首联写清晨赶路，就是告诉我们诗人此行的目的是拜访友人。

颔联便是"承"的部分，承上写出在路上欣赏到的美丽景色，字里行间流露出诗人心情的喜悦。颈联"野竹分青霭，飞泉挂碧峰"中，我们看出友人已经外出了，此时诗人的心情当然是失落的，但这里丝毫不提愁绪，而是荡开一笔，写绝胜的风光，可谓转得巧妙。尾联便是"合"的部分了，诗人收拢思绪，以一个"愁"字对题面照应，正是因为"不遇"才引来了这般的惆怅，因果相连，有始有终。

　　我们要从这首诗中借鉴的是"起承转合"井然有序的章法。大家在行文中要注意的是，"起"的部分要把事件的起因交代得清楚明白，要能引起读者的兴趣；"承"的部分要起到承上启下的作用；"转"的部分要转得开，拓展出新的意境，不能再在"起""承"二联的意境上原地翻跟斗；"合"的部分要合得拢，不能只顾漫无边际地扩展而忘却收拢。

试玉要烧三日满，辨材须待七年期。

> 赠君一法决狐疑，不用钻龟与祝蓍。
> 试玉要烧三日满，辨材须待七年期。
> 周公恐惧流言日，王莽谦恭未篡时。
> 向使当初身便死，一生真伪复谁知？
> ——白居易《放言五首》（其三）

　　这是白居易在被贬为江州司马时，感慨万千，写下的一首名篇。它就好像一篇小型的议论文一样，论点、论据、结论一应俱全。开篇就说要告诉读者一个不用钻龟和祝蓍的占卜就可以解决狐疑毛病的方法。

有了这样的开头，引起了读者的兴趣，然后提出中心论点："试玉要烧三日满，辨材须待七年期。"要试玉的真伪，须让其在烈火中烧满三天，要判断一个人是否是人才，须经过七年的观察与考验。接着，用了举例子的论证方法，写出了支持论点的论据："周公恐惧流言日，王莽谦恭未篡时。向使当初身便死，一生真伪复谁知？"周公在辅佐成王的时候，很多人都说他企图篡权，但是实践证明他是贤臣，使谣言不攻自破。王莽在西汉末任职大司马，假装谦恭，口碑甚好，可是他却用行动证明了其篡权夺位的奸臣本质。最后诗人得出了结论：如果当初他们都死了，那么其中的真真假假又有谁能知道呢。暗示着自己虽然现在遭遇不幸，但只要意志坚强，保持本真的性格，时间会证明一切。

结构是文章的骨架，结构安排得好，文章才能完整有序。这首诗写得之所以成功，除了它蕴涵着深刻的哲理，更在于它的结构安排得成功。我们可以借鉴这种典型的"三段式"来构建我们的议论文，即引论（提出问题）、本论（分析问题）、结论（解决问题）。对于初学写议论文的学生来说，最好按照这样的方法安排文章结构，做到层次分明、完整。

六、线索与情节

望来已是几千载，只似当时初望时。

终日望夫夫不归，化为孤石苦相思。
望来已是几千载，只似当时初望时。

——刘禹锡《望夫山》

这首诗描写的是古时望夫女的传说，这个传说历来为人们所传颂。一个女子终日站在山上等待远行的丈夫归家，日久天长，竟变成一块人形巨石，人称"望夫石"。

这首诗中，一共用了三个"望"。第一个"望"，是女子终日望夫，从早到晚。第二个"望"，是望了几千载。第三个"望"，又回到了初望。这三个"望"构成了全诗的线索。终日的盼望，几千载的期盼，到最后，还像初望一样，表现出女子的执着热情。

在中学生的作文中，常常出现条理不清的现象。这主要是由于没有合理的线索来贯穿全文。线索是穿结作品全部材料、推进内容发展的重要因素。一般来说，按照不同的角度，线索可分为不同的种类。从内容上分，线索可以分为以人为线索、以物为线索、以中心事件为线索和以题眼为线索等。从在文章中的作用来分，可分为主线和副线两种；从在文章中的表现来分，可以分为明线和暗线等。以这首诗为例，"望"是贯穿全诗的明线，而执着的思念是全诗的暗线。这一明一暗，使全诗浑然一体，脉络清晰。

在文学作品中，采用两条线索的名篇也不在少数。例如，鲁迅的《药》这篇作品就有两条线索：一条是明线，以华老栓为儿子买人血馒头治病为线索。另一条是暗线，以革命者夏瑜为革命而就义为暗线。两条线索交相呼应，把复杂的思想内容清晰、有条理地表现出来。双线交错运用，体现出鲁迅先生深厚的文学功底。同学们在构思文章时，要抓住主要线索，避免结构的混乱。

野戍荒烟断，深山古木平。

故乡杳无际，日暮且孤征。

川原迷旧国，道路入边城。

野戍荒烟断，深山古木平。

如何此时恨，嗷嗷夜猿鸣。

————陈子昂《晚次乐乡县》

这首诗描写了作者在夜晚经过乐乡县的所见。诗中以写景为主，同时借景物来抒发诗人漂泊在外、孤苦伶仃的悲凉之感。

全诗从日落写起。"故乡杳无际，日暮且孤征"，远离故乡，在日落的时候，一个人孤独地行走。这两句将诗人孤寂的身影生动地描绘出来，我们仿佛看到一个步履蹒跚的瘦弱的身影在日暮下艰难地走着，影子是他唯一的伙伴。随着夜幕的降临，周围一片灰暗。眼前的山川对于诗人来说都是陌生的。而这陌生感又加重了作者的思乡之情。现在，沿着脚下的路，诗人走进了这个边远的小城。此时，夜已经完全黑了，城中的景物无法看清，好像黑暗中摸索前行的人一样，作者的眼前一片迷茫，心中一腔悲凉。这时深山中传来的一声声猿鸣，好像黑暗中的一丝光明、久旱后的一滴小雨、孤旅途中的一封家书，让诗人激动不已。这首诗以时间顺序为线索。首先描写了日落时的景物。其次写暮色渐浓的景色。最后是对夜色降临后的描写。

在作文中，这种以时间为线索的描写是比较常用的。它的好处主要有两个，一是使文章结构清晰，次第有序。二是有助于读者把握文章的脉络，提高阅读的质量。

例如，在碧野的《天山景物记》中，作者以时间为线索来描写"迷人的夏季牧场”的景色：

"……无边的草原是这样平展，就像风平浪静的海洋。在太阳下，那点点水泡似的蒙古包，闪烁着白光。

"……每当一片乌云飞来，云脚总是扫着草原，洒下阵雨，牧群在雨云中出没，加浓了云意，很难分辨出哪是云头哪是牧群。而当阵雨过后，雨洗后的草原更加清新碧绿，像块巨大的蓝宝石；那缀满草尖上的水珠，却又像数不清的金刚钻。

"特别诱人的是牧场的黄昏，落日映红周围的雪峰，像云霞那么灿烂。……当落日沉没，周围雪峰的红光逐渐消褪。银灰色的暮霭笼罩着草原的时候，你就会看见无数点的红火光，那是牧民们在烧起铜壶准备晚餐。"

在这里，作者以时间为线索，描写了从白天到黄昏再到晚上的草原风情。不仅如此，作者还在其间穿插了晴天和雨天的不同特色。这样一来，整个天上的草原就在作者笔下全面地、逼真地描绘出来，给读者一种身临其境的感觉。

平明寻白羽，没在石棱中。

> 林暗草惊风，将军夜引弓。
> 平明寻白羽，没在石棱中。
>
> ——《塞下曲》（六首其二）

春秋时，楚国的养游基善射，能在一百步以外射中杨柳的任何一片叶子，于是便有了"百步穿杨"这一成语，以此来形容箭法或枪法准的人。那么，让我们看看卢纶《塞下曲》中所描述的汉代飞将李广的箭法如何？

诗歌开篇即从将军夜猎的情景写起，昏暗的林中，突然强风劲起，草木纷披。原来是将军夜猎，走马射箭带来的强风，只见将军拉弓搭箭，稳稳地射出去。等到第二天的清晨，去搜寻猎物时发现那支箭竟然深深地没入了石棱之中。

诗人以平明寻箭、箭没石棱的生动、具体的描写，让将军夜猎的威武情景跃然纸上。最妙的是这样的结尾颇让人有一惊三叹之感。"平明寻白羽"是读者预料之中的事情，"没在石棱中"则是极富戏剧性的转折，让我们对将军的神力英武赞叹不已。

许多作家都很善于设置故事情节，让故事的发展有跌宕起伏之感，以激发读者的兴趣。

在命题作文续写莫泊桑小说《项链》的习作中，我们就不妨来设计这样一个的情节："佛来思节夫人把那副价值不菲的项链又送还给了玛蒂尔德。当夜幕降临的时候，玛蒂尔德坐在灯下，小心翼翼地擦拭着这串项链。手在微微地颤抖着，泪水不知不觉地盈满了眼眶。玛蒂尔德自言自语地念叨着：'项链……命运……'过了好久，她站起身来把项链放在盒子里，放到柜子的最底层，然后走到窗前，轻轻地叹了口气，一直紧锁的眉头也舒展了。"这一情节的设计在意料之外，又在情理之中，让读者感叹命运无常的同时，也对主人公多了一份理解和尊重。中学生在写作文时，应多动脑筋，在不违背主题和情理的前提下，多多在故事情节上下功夫。

残星几点雁横塞，长笛一声人倚楼。

云物凄清拂曙流，汉家宫阙动高秋。

残星几点雁横塞，长笛一声人倚楼。

紫艳半开篱菊静，红衣落尽渚莲愁。

鲈鱼正美不归去，空戴南冠学楚囚。

——赵嘏《长安秋望》

这是一篇描写长安之秋的小诗。作者按照观察的顺序安排全篇。开头，点明描写的对象，"汉家宫阙"指的就是长安，"高秋"说明是秋天的景色。从颔联起，作者按照由高到低、由远到近的顺序描绘长安秋天的美景。残星、大雁、高楼、篱笆、莲子、鲈鱼等，这些景物按照由高到低的顺序出场，使得全诗如同一幅有层次感的立体画，把古都长安的美景呈现出来。

这首诗最大的特点就是按照观察的顺序，由高到低、由远及近地描写。这种方法的运用有助于文章结构的清晰和层次的分明。在中学生的作文练习中，特别是景物描写的时候，这种按照观察的顺序来写景的方法是值得学习的。对于刚开始练习写作的同学，这种方法更值得重视，因为它可以使复杂的景物简单化，可以帮助同学理清思路，从而把握主次。

例如，下面是一名学生的一篇习作片段，其中较好地运用了按照观察的顺序，由高到低、由远及近的写景方法。

"夕阳西下，我伫立在高楼上，极目远眺。

"一束沉落的日光，恋恋不舍地留在山口，余晖映在浮云上，黄的，红的，紫的……给晶莹而苍茫的天空涂上一层热烈的暖意。晚霞漫空倾泻下来，橘红的一片，……晚霞在浮云里映出火红的光点，浮云便仿佛凝滞不动了。……

"远处是连绵起伏的山，峰峦如聚，在夕阳中现着重重叠叠的影，环着近处的树林流水，像是一位健壮而温情的保姆，看护着摇篮中的婴儿。近处，是一望无际的稻田，金黄的稻穗连成一片，随风起伏，犹如海浪一般。稻田对面高高低低，密密麻麻都是树，杨柳最多，……

"连绵的山，凝滞的云，金色的稻田，多姿的杨柳，是那么和谐地组合在一起。美得像一幅如诗似歌的画，香得如一杯清醇醉人的酒，连我也恨不得融进这醇醇的世界里了……"（凌昱《高楼远眺》）

在这个片段中，作者充分运用了观察的顺序来描写景物，使得整个景物富有立体感、层次感，符合人们的欣赏习惯，因此取得了很好的表达效果。

千山鸟飞绝，万径人踪灭。

千山鸟飞绝，万径人踪灭。

孤舟蓑笠翁，独钓寒江雪。

——柳宗元《江雪》

柳宗元的《江雪》堪称千古名篇，虽然全文只有20个字，但无论从意境还是从写作手法上都有很多我们可以借鉴的地方。在这里我们将着重谈谈它在描写顺序上的与众不同之处。

连绵起伏的高山中，百鸟已经飞绝了。千万条小路上，也没有了人的踪迹。此时，一条小船孤独地停泊在寒江边，身着蓑笠的老翁正在独自垂钓。这就是诗人为我们展示的一幅《寒江垂钓图》。整首诗色调暗灰，寂静中透着寒冷。

作者选取了具有强烈对比的景物来表现，可见其独特的立意。"千山""万径"可见其磅礴的气势，"孤舟""老翁"又见其精心的刻画。大中有小，小后有大，有远有近，使这首诗如同山水画般层次分明，错落有序。

很多同学写作文，尤其是在景物描写中，往往缺少一定的顺序，忽远忽近，忽高忽低，让人眼花缭乱。那么，如何安排写景的顺序呢？一般说来，顺序包括时间顺序和空间顺序两种。时间顺序主要用于记叙文的写作。空间顺序主要用在写景状物的文章中。如果在一篇文章中，时间和空间顺序同时运用，可以用下列两种方法。

第一，以时间为主，在同一时间段写空间的变化。

例如，在碧野《天山景物记》中，作者巧妙地利用时空两条顺序来进行。描写草原时，先把它分成早晨的草原，白天的草原，晚上的草原，然后，以空间为序，描写同一时间下不同的景物。如白天的草原，描写了云、雨、风、牛羊、哈萨克少女、青草等，这些景物都是按照空间的从上到下的顺序。

第二，以空间为主，在同一空间下写时间的变化。

例如，在波兰著名作家显克微支的作品《洪流》中有这样一段描写："终于，白色的喀尔巴阡山巍然屹立于旅人的面前。峦峦坡坡，白雪皑皑，而那硕大的峰峰岭岭，显得云雾缭绕，云遮雾障；每当晚夕晴明，落日霞影。就奇幻地把这山山峦峦打扮得盛装奢服，着起氤氲璀璨的艳裳。直到夜幕深笼人间，艳霞华光方才消褪。这样的自然美景。克密达从未见过，他由不得瞠目凝望，心为之迷，神为之夺。"

在这段景物描写中，作者分别从白天和傍晚两个时间来描写喀尔巴阡山的景物。这就是以空间为主，在同一空间下写不同时间下的美景的方法。

借问酒家何处有，牧童遥指杏花村。

清明时节雨纷纷，路上行人欲断魂。

借问酒家何处有，牧童遥指杏花村。

——杜牧《清明》

写作的顺序大体上有四种，包括顺叙、倒叙、插叙和补叙。中学生在写作文时，通常采用的是顺叙。杜牧的这首《清明》可以给同学们提供一些借鉴。

这首诗以清明为对象，描写了清明时节的情景。作者在描写时，并没有刻意地去安排顺序和情景，而是自然顺序，一气呵成。诗的开头，描写了清明时节独特的景致。纷纷的小雨使得路上的行人感到一阵冰凉，"欲断魂"三个字把行人们由于赶路不能与家人团圆，并且又遇到了这一场寒雨的悲凉心情生动地表现出来。身上的衣服湿了，心情也不好，如果能找到一个酒家就好了，一方面可以填饱肚子，喝点酒驱驱寒气；另一方面，也可以慰藉离家在外的孤独心情。那么，问路就是水到渠成了。"借问酒家何处有，牧童遥指杏花村"，字字精妙，把一幅牧童骑在牛背上，回头指向远方酒旗飘飘的杏花村的画面绘形绘色地表现出来。

顺叙就是按照事件发生、发展的先后顺序进行叙述，文章的层次跟事件发展的过程基本一致。也就是说，在写作时，要按照一定的顺序，或空间，或时间，或逻辑等来组织，这样可使文章条理清晰，结构分明，使读者一目了然。

在平时的写作中，顺叙是最基本的叙述方法，通常包括下面几种。

第一，按照事件发展的顺序。在练习写记叙文时，以事件发展的先后顺序来记叙是最常见的，也就是按照事件的起因、经过、发展、高潮和结局的顺序来构成全篇。我们学过的许多名篇都是采用这样的记叙方法，如巴尔扎克的《守财奴》、茅盾的《子夜》、孙犁的《荷花淀》等。

第二，按照作者的思绪变化。例如在马烽的《我的第一个上级》中，作者按照主人公对田副局长的认识来组织全篇。他先是认为田副局长是个怪人，然后认为他是个麻木的人。可是在经过一些事情以后，他发现田副局长是个办事果断利索的人。最后通过田副局长的言行，主人公把田副局长看成是一个非常值得尊重的人。

第三，按照时空的变化来结构全篇。这种方法在学生作文中也是比较常见的。它的特点是使学生在写作中，容易把握众多的内容，从而使结构清晰。

征人去日殷勤嘱，归雁来时数附书。

> 清风明月苦相思，荡子从戎十载余。
>
> 征人去日殷勤嘱，归雁来时数附书。
>
> ——王维《伊州歌》

这是一首表达女子思念远征的丈夫的抒情诗。在那清风明月之时，本应是夫妻团圆的日子，可是丈夫已经参军十多年了。这十多年的相思真是很苦啊！今天清风拂面，明月高悬，这场景令女主人公忆起了十多年前那个送别的场面：女子依依不舍地相送，一遍又一遍地叮嘱："在大雁归来时，要记得写信报平安啊！"想到这些动人的场景，又与现在的冷冷清清相对比，怎能不让人伤心呢？

在这首诗中，作者采用了倒叙的方法来结构全诗。首先出现的画面中的是分别十多年后的场景。此时的女子想必已经习惯了孤苦吧，然而，在这清风明月的夜晚，看到万家灯火，还是感慨万千，不由得又思念起远方的丈夫来了。十多年的时间太漫长了。现在，女子心中记忆最深的就是那场令她魂牵梦绕的送别了。自己的叮嘱声仍在耳边回响，丈夫满含深情的容貌也不时地呈现在眼前。作者独具匠心的安排为这首诗增色不少。倒叙的方法符合了读者的阅读心理，增强了亲切感。

倒叙也是一种叙述方法，是指将事件的结果或发展过程中的某一个环节提前叙述，然后用顺叙的方式从头叙述事件的整个过程。简单地说就是先写结局，然后按时间顺序写起因、经过。这种方法的好处在于增强文章的生动性，通常能造成悬念，引起读者的兴趣，使得整个故事曲折感人。在写记叙文时，如果记叙的事件本身并无多大的趣味，那么，我们可以利用这种倒叙的方法来加强悬念感，引起读者的兴趣。

例如，在鲁迅的小说《祝福》中，作者先是描写了祥林嫂的死，然后追溯她一生的悲惨遭遇。开头引起读者的阅读兴趣，使读者急于知道祥林嫂的死因。然后，逐层展开，一点点地将发生在祥林嫂身上的不幸娓娓道来，凄凄切切，从而增强了文章的表现力。

曾与美人桥上别，恨无消息到今朝。

清江一曲柳千条，二十年前旧板桥。

曾与美人桥上别，恨无消息到今朝。

——刘禹锡《柳枝词》

这首诗采用倒叙的方法成篇。"清江一曲柳千条"，借眼前的景物引出别情。"清江""柳枝"都是暗含感伤的景物。诗人开篇描写这两种景物，为后文的追忆渲染了气氛，也为全诗的别情定下了悲凉的基调。"二十年前旧板桥"，是由眼前的景物开始追忆在这旧板桥上的离别情景，时间仿佛回到了二十年前。"旧板桥"由物的陈旧来写岁月的流逝，离别已久。"曾与美人桥上别"，进一步回忆那段离别的情景。在这座桥上，诗人曾与美人惜别，其情真，其意切。"恨无消息到今朝"，回忆是痛苦的，当诗人从回忆中清醒过来的时候，把心中的愤恨都发泄出来。二十年的离别，到现在一点消息也没有，怎能不让人忧伤呢？

我们在写作文时，要适当地尝试不同的写作顺序，这样可以增加写作知识的积累、拓展写作的思路。本首诗中按照由今到昔，由昔到今的顺序组织全文，实际上是运用了倒叙的方法。通过这首诗，我们可以感到，倒叙方法的好处就在于婉曲回环，使文章含蓄动人。时间的倒转又在一定程度上引发人的记忆和思考。

在中学语文的课文中，有许多名家的文章中都采用了倒叙的方法。例如，鲁迅在《为了忘却的记念》《记念刘和珍君》中，就采用了倒叙的手法来纪念几位烈士和学生。鲁迅在这两篇文章中用倒叙的方法，将结果提前公布，引起读者继续阅读来探究原因的兴趣。这样使人们在了解事情的原委后，更增添了对反动派的愤恨。可见倒叙的写作手法为表达情感起到了一定的作用，是值得我们借鉴的。

开元一枝柳，长庆二年春。

半朽临风树，多情立马人。

开元一枝柳，长庆二年春。

——白居易《勤政楼西老柳》

这是一首寓情于物的小诗。诗中描写的是白居易在看到勤政楼西的老柳树时的所感。"半朽临风树，多情立马人"，诗的开头作者即入情。立马驻足在这棵老树前，作者不禁由树联想到自己。这棵树是前朝的人种下的，到现在已是百年的树龄了。面对这棵半朽的柳树，作者想到自己也是年过半百之人了。于是，他感叹岁月流逝的无情，沧桑变换的冷酷。这时的作者和老柳树仿佛融为一体。人和物，景和情在这里交融了。"开元一枝柳，长庆二年春"，是对前两句的补充说明。"开元"是这棵老柳树种下的时间，"长庆"是现在的时间，作者用这两个时间词语既补充了树的年龄，又把这百年的历史变迁和物是人非的变换表现出来。

这首诗在记叙上采用的是补叙的方法。在中学生的作文中，补叙是记叙的方法之一。它的作用是补充说明与事件有关的内容，从而使故事情节完整，来龙去脉清晰明确。补叙多是文章的前边先略去某个部分，然后在后面补充出来。一般来说，补叙可以从下列三个方面来考虑。

第一，补叙的时候采用的表达方法，有的是作者直接说出来，有的是借助文章中其他人的语言从侧面来补充。

第二，补叙的内容与和它相关的内容在位置上的安排，有的补叙紧接着内容，有的则故意隔开一段。

第三，作者在写作时为了造成悬念，引起读者阅读兴趣而故意省略前边的部分内容，到结尾时才揭示出来。或者是由于在写作的过程中，不得已要把内容所涉及的背景和相关内容补充出来。

例如，在夏衍的报告文学《包身工》中，描写了这样一个女包身工："芦柴棒着急地要将大锅子里稀饭烧滚，但是倒冒出来的青烟引起了她一阵猛烈的咳嗽。她十五六岁，除了老板之外，大概很少有人知道她的姓名。手脚瘦得像芦柴棒一样，于是大家就拿'芦柴棒'当了她的名字。"这里关于芦柴棒的名字由来就是补叙的写法。

第三章 古典诗词常见意象

所谓意象，就是客观物象经过创作主体独特的情感活动而创造出来的一种艺术形象。简单说来，就是主观的『意』和客观的『象』的结合，也就是融入诗人思想感情的『物象』，是赋有某种特殊含义和文学意味的具体形象，概括地说就是借物抒情。

古诗词是中华传统文化的重要组成部分，作为古诗词的灵魂——意象，它透射出诗人主观情感的形象，是中国古典诗词中一种突出的文化现象。不同的意象可以表达不同的含义，当然同一意象在不同的情景下也可以表示不同的情怀。

一、送别类意象

送别类意象或表达依依不舍之情，或叙写别后的伤感与思念之情。这类意象主要有杨柳、长亭、南浦等。

（一）留别之物——杨柳

"折柳"是汉代惜别的风俗。古人赠柳，寓意有二：一是柳树速长，用它送友意味着无论漂泊何方都能枝繁叶茂；二是柳与"留"谐音，折柳相赠有"挽留"之意。

另外，以柳比喻女子的身材和容貌也很常见。比如，大诗人白居易《长恨歌》里的"芙蓉如面柳如眉，对此如何不泪垂"，宋代诗人张先的"细柳诸好处，人人道柳身"等。所以，世人常以"柳叶眉""柳腰身""杨柳腰"来比喻女人们的千姿百媚。

"柳"与"留"谐音，经常暗喻离别。"今宵酒醒何处？杨柳岸，晓风残月"三句，抒写了柳永对恋人的怀念。

"柳"多种于檐前屋后，常作故乡的象征。"此夜曲中闻折柳，何人不起故园情？"抒发了李白对故乡的无限怀念。"一上高楼万里愁，蒹葭杨柳似汀洲。"《咸阳城西楼晚眺》抒发了许浑对故乡的无限牵挂。

"柳"絮飘忽不定，常作遣愁的凭借。"羌笛何须怨杨柳，春风不度玉门关"形象地表现了王之涣的忧愁。"试问闲愁都几许？一川烟草，满城风絮。梅子黄时雨。"《青玉案》中的几句，形象地诠释了贺铸此时忧愁的深刻程度。

唐代西安的灞陵桥，是当时人们到全国各地去时离别长安的必经之地，而灞陵桥两边又是杨柳掩映，这儿就成了古人折柳送别的著名地点。"秦楼月，年年柳色，霸陵伤别。"（李白《忆秦娥》）后世把"灞桥折柳"作为送别典故的出处。故温庭筠有"绿杨陌上多别离"的诗句。柳永在《雨霖铃》中以"今宵酒醒何处，杨柳岸，晓风残月"来表达别离的伤感之情。

（二）送别地点

长亭，是陆上的送别之所，古代路旁置有亭子，供行旅停息休憩或饯别送行。十里一长亭，五里一短亭。如北周文学家庾信《哀江南赋》："十里五里，长亭短亭。""长亭"成为一个蕴含着依依惜别之情的意象，在古代送别诗词中不断出现。李白的《菩萨蛮》中有："何处是归程？长亭更短亭。"写离人望着短亭长亭而不见人归来的伤心情景。柳永的《雨霖铃》中有："寒蝉凄切，对长亭晚。"李叔同的《送别》中有："长亭外，古道边，芳草碧连天。"王实甫的《西厢记》中有："遥望见十里长亭，减了玉肌，此恨谁知？"都是借长亭抒发离别的伤感。

南浦，是水边送别之地，多见于水路送别的诗词中。它成为送别诗词中的常见意象与屈原的名句"与子交手兮东行，送美人兮南浦"（《九歌·河伯》）有很大关系。南朝江淹作《别赋》曰："春草碧色，春水渌波，送君南浦，伤如之何！"之后，南浦在送别诗中出现的次数明显多了起来，到唐宋送别诗词中则更为普遍。如唐代白居易《南浦别》中的"南浦凄凄别，西风袅袅秋"等。范成大的《横塘》中有："南浦春来绿一川，石桥朱塔两依然。"而古人水边送别并非只在南浦，但由于长期的民族文化浸染，南浦已成为送别的一个专名。

二、思乡类意象

思乡类意象，或表达对家乡的思念，或表达对亲人的牵挂，或表达羁旅、漂泊生活的愁绪。

（一）白云、明月

"望云思友，见月怀人"是古代诗词中经常表现的情感。如唐代杜甫的《恨别》中有"思家步月清宵立，忆弟看云白日眠"，诗人卧看行云，倦极而眠，借白云曲折地表现了怀念亲人的无限情思。唐代刘长卿的《谪仙怨》中有"白云千里万里，明月前溪后溪"，写别后相隔之遥、思念之深，希望悠悠白云把自己的一片思念之情带给千万里之外的友人。

"月亮"一直是古代诗词中最常见的意象。从李白《静夜思》中的"举头望明月，低头思故乡"，到苏轼以豁达的胸襟说出的"但愿人长久，千里共婵娟"，月是永恒的文化物质。

李白望月生情让人感叹："相思如明月，可望不可攀。"他想起故乡，"举头望明月，低头思故乡"；想起朋友，"我寄愁心与明月，随风直到夜郎西"等，使月蕴涵了怀远思人的惆怅。

王维的"明月松间照，清泉石上流"是一种禅意的诗境。

屈原的"与天地兮比寿，与日月兮同光"是爱国忠君之气节。

明月蕴含边人的悲愁，如"更吹羌笛关山月，无那金闺万里愁"的悲凉凄婉，"撩乱边愁听不尽，高高秋月照长城"的苍茫忧患。

明月蕴含时空的永恒和生命的无奈。"人生代代无穷已，江月年年只相似"，把时间对生命的劫掠和生命在时间面前的无奈表现得淋漓尽致。所以，苏轼"但愿人长久，千里共婵娟"的遥遥祝愿和期盼显得那样的意味深长。

（二）鸿雁

鸿雁是一种大型候鸟，群居排行前进，春来北国，秋去南方，在千百年来的往返途中，传递了多少故事，承载了多少文化，真是难以尽数。作为最常用的原型意象，在古代诗文中，鸿雁具有丰富的文化内涵。

以鸿雁来指代书信，其典故载于《汉书·苏武传》：汉朝时，苏武出使匈奴，被单于流放北海去牧羊。10年后，汉朝与匈奴和亲，但匈奴单于仍不让苏武回汉，并欺骗汉使称苏武已死。与苏武一起出使匈奴的常惠把苏武的情况密告汉使，并设计让汉使对单于讲汉朝皇帝打猎射得一雁，雁足上绑有书信，叙说苏武在某个沼泽地带牧羊，单于只好放了苏武。这就是"鸿雁传书"的故事。后来用"鸿雁""雁书""雁足""鱼雁"等指书信、单讯。鸿雁作为传送书信的使者，在诗歌中的运用也就非常普遍了，诗人往往借用鸿雁传书的传说，表达对远人的思念，或对归乡的渴望。

鸿雁每年秋季南迁，奋力飞回故巢的景象，常常引起游子思乡怀亲之情和羁旅之伤感。如隋人薛道衡《人日思归》：

入春才七日，离家已二年。

人归落雁后，思发在花前。

　　开头两句，诗人淡淡地说出一个事实："入春才七日，离家已二年。"一个"才"字透露出诗人满腹心事，仿佛他在屈指计日，才刚入春。早在花开之前，就起了归家的念头。但等到雁已北归，人还没有归家。诗人在北朝做官时，出使南朝陈，写下了这思归的诗句，含蓄而又婉转。

　　李清照最喜用鸿雁的传说表达心中的相思之苦。如《一剪梅》中有："雁字回时，月满西楼。"《声声慢》中有："雁过也，正伤心，却是旧时相识。"《念奴娇》中有："征鸿过尽，万千心事难寄。"《蝶恋花》中有："好把音书凭过雁，东莱不似蓬莱远。"都以"鸿雁"这一意象表达对丈夫的思念。

　　元代《西厢记》结尾崔莺莺长亭送别时唱的"碧云天，黄花地，西风紧，北雁南飞。晓来谁染霜林醉？总是离人泪"，情景相生，其情不堪，成千古绝唱。以雁写相思的还有欧阳修的"夜闻归雁生乡思，病人新年感物华"（《戏答元珍》），杜甫的"鸿雁几时到，江湖秋水多"（《天末怀李白》），李商隐的"朔雁传书绝，湘篁染泪多"（《离思》），王湾的"乡书何处达，归雁洛阳边"（《次北固山下》），王维的"清风明月苦相思，荡子从戎十载余。征人去日殷勤嘱，归雁来时数附书"（《伊州歌》）等。

　　诗人们看见鸿雁即希望捎书至家乡亲人，这是正写。也有反写者，看见鸿雁，无书可寄，喻心中苦闷无处可诉或怨鸿雁失信等。晏殊的《清平乐》中有："红笺小字，说尽平生意。鸿雁在云鱼在水，惆怅此情难寄。"作者以"鸿雁在云鱼在水"的构思，表明无法驱遣它们去传书递柬，因此"惆怅此情难寄"。李煜的《清平乐》中有："雁来音信无凭，路遥归梦难成。"都说鸿雁能传书，但如今已到雁来之季人却音信全无。

哀鸿，比喻哀伤苦痛、流离失所的人。考其源流，"哀鸿"一语出自"鸿雁"。《诗·小雅·鸿雁》曰："鸿雁于飞，哀鸣嗷嗷。维此哲人，谓我劬劳。"诗歌写使臣行于四方，见流民如鸿雁飞集于野，流民喜使者到来，皆合词倾诉，如鸿雁哀鸣之声不绝。后来以哀鸿遍野喻指百姓流离失所。如杜牧的《早雁》：

> 金河秋半虏弦开，云外惊飞四散哀。
>
> 仙掌月明孤影过，长门灯暗数声来。
>
> 须知胡骑纷纷在，岂逐春风一一回。
>
> 莫厌潇湘少人处，水多菰米岸莓苔。

唐武宗会昌二年（842年）八月，北方边地各族人民因战乱流离四散，痛苦不堪。八月是大雁开始南飞的季节，诗人目送征雁，触景感怀，因以"早雁"为题，托物寓意。首联想象鸿雁遭射四散的情景。"虏弦开"写出了箭上弦、刀出鞘的紧张气氛，语意双关，也指战乱扰乱人民生活。那些鸿雁遭受到"虏弦"而惊飞四散，发出声声凄厉的哀鸣，闻之酸楚难堪。一个"惊"字写出了鸿雁的惊恐，也反衬了敌人的嚣张。那四散哀鸣的鸿雁，不也是人民受侵扰后流离失所的情景吗？通过"孤影过""数声来"这些景物、气氛的烘托，可以隐约传达出唐王朝的衰朽颓落。颈联是设想鸿雁有家归不得的深沉感叹。尾联，诗人为逃难中的百姓所作的设想和安慰，寄托了诗人对他们的深切同情和爱抚。

另外这类诗还有黄侃的《水龙吟·秋花》中"天涯吟望，哀鸿遍地，都成愁侣"，李颀的《古从军行》中"胡雁哀鸣夜夜飞，胡儿眼泪双双落"，龚自珍的《己亥杂诗》中"三更忽轸（悲痛）哀鸿思，九月无襦淮水湄"等。

（三）莼羹鲈脍

在我国的传统文化中，乡愁和故乡的食物总是有着天然的联系。那些食物放在当年其实很普通，比如红薯、土豆、南瓜、茄子，当通过岁月的沉淀与发酵后，这些食物的味道便幻化为乡愁的一部分。"莼羹鲈脍"是一个成语，表意为味道鲜美的莼菜羹、鲈鱼脍。古人常用"莼羹鲈脍"表达思乡之情，典出《晋书·张翰传》。传说晋朝的张翰当时在洛阳做官，因见秋风起，思念家乡美味的"莼羹鲈脍"，便毅然弃官归乡，从此引出了"莼鲈之思"这个表达思乡之情的成语。后来文人以"莼羹鲈脍""莼鲈秋思"借指思乡之情。例如，辛弃疾在《沁园春·带湖新居将成》中有："意倦须还，身闲贵早，岂为莼羹鲈脍哉？"徐自华在《慧僧先生解职归见》中有："转瞬西风又起，忽摇动莼鲈乡思。"

（四）船

古人常用浮萍、飞蓬等表现漂泊之感，船则是其中最为常见的意象。一叶扁舟，天水茫茫，越发比照出人的渺小；人在旅途，所见多为异乡风物，更易触发无限的思绪。杜甫诗中"船"的意象出现得极为频繁，表现漂泊之感也非常强烈，如《旅夜书怀》中"细草微风岸，危樯独夜舟"两句，描写作者漂泊的情景。

微风吹拂着江岸上的细草，竖着高高桅杆的小船在月夜孤独地停泊着。当时杜甫离开成都是迫于无奈，在成都赖以存身的好友严武死去，处此凄孤无依之境，他便决意离蜀东下。因此，这里不是空泛地写景，而是寓情于景，通过写景展示他的境况和情怀——像江岸细草一样渺小，像江中孤舟一般寂寞，深刻地表现了诗人内心漂泊无依的感伤。

又如《登岳阳楼》：

昔闻洞庭水，今上岳阳楼。

吴楚东南坼，乾坤日夜浮。

亲朋无一字，老病有孤舟。

戎马关山北，凭轩涕泗流。

首联虚实交错，今昔对照，写早闻洞庭湖盛名，然而到暮年才实现目睹名湖的愿望，表面看有初登岳阳楼之喜悦，其实意在抒发早年抱负至今未能实现之情。颔联写洞庭湖的浩瀚无边。洞庭湖坼吴楚、浮日夜，波浪掀天，浩茫无际。"浮"字富有动态感，让人感觉仿佛天地万物都日日夜夜地在洞庭湖水上浮动漂游。颈联这两句是写诗人自己的处境。"亲朋无一字"写出了诗人的孤苦，主要是音信断绝，是一种被社会忘记的孤独感。"孤舟"是指诗人全家挤在一条小船上漂泊度日，消息断绝，年老多病，孤舟漂泊，其精神上、生活上的惨苦可以想见。"乾坤"与"孤舟"对比，阔大者更为浩渺，狭小者更显落寞。孤舟的漂泊、动荡与渺小，非常形象而深刻地显示出杜甫晚年时的精神痛苦。

杜甫经历了唐朝由盛转衰的巨大转变，晚年在四川、湖南一带漂泊达11年之久，最后病死于自潭州赴岳州的一条小船上。船是他晚年最常用的交通工具，也成为他最终的归宿。他在诗中反复写到"船"这一意象，无论是"危樯独夜舟"，还是"老病有孤舟"，"船"都是诗人漂泊身世的象征和写照。

三、愁苦类意象

这一类意象，或表达忧愁、悲伤的心情，或渲染凄冷、悲凉的气氛。

（一）梧桐

梧桐作为人们喜爱的树木，自古就是造琴的良好木材。梧桐在古典文学作品中带着浓厚的衰飒悲凉之意，常用来表现愁苦、孤寂等情思。

王昌龄的诗句"金井梧桐秋叶黄，珠帘不卷夜来霜"，写的是被剥夺了青春、自由和幸福的少女，在凄凉寂寞的深宫里，形孤影单、卧听宫漏的情景。诗歌的起首句以井边叶黄的梧桐破题，烘托了一个萧瑟冷寂的氛围。元人徐再思的词"一声梧叶一声秋，一点芭蕉一点愁，三更归梦二更后"，以梧桐叶落和雨打芭蕉写尽愁思。唐人温庭筠的"一叶叶，一声声，空阶滴到明"（《更漏子》）、李清照的"梧桐更兼细雨，到黄昏、点点滴滴"（《声声慢》）等，也都是运用"梧桐"这一意象的名句。

（二）芭蕉

古典诗词中的"芭蕉"与"梧桐"一样，常常与秋、雨意象相结合，表达诗人的孤独忧愁，特别是离情别绪。南方有丝竹乐《雨打芭蕉》，表凄凉之音。李清照曾写过："窗前谁种芭蕉树，阴满中庭。

阴满中庭，叶叶心心，舒卷有余情。"把伤心、愁闷一股脑儿倾吐出来。葛胜仲的《点绛唇》中写道："闲愁几许，梦逐芭蕉雨。"雨打芭蕉本来就够凄怆的，梦魂逐着芭蕉叶上的雨声追寻，更令人觉得凄恻。

（三）芳草与草木

"芳草"意象的运用，远可追溯到战国时期，屈原所作《离骚》最引人注目的意象之一便是香草。"扈江离与辟芷兮，纫秋兰以为佩"，屈原以香草自喻，抒发了自己出淤泥而不染的高洁情怀，寓含了自己对美好事物生生不息的追求信念。

后来，人们也常以远接天涯、绵绵不尽、无处不生的春草来喻离别的愁绪。春草茂盛，春光撩人，不免引人登楼伫望，故也表达对远方之人的思念。《楚辞·招隐士》中有："王孙游兮不归，春草生兮萋萋。""萋萋"是形容春草茂盛。春草茂盛，春光撩人，而伊人未归，不免引起思妇登楼伫望。乐府《相和歌辞·饮马长城窟行》中"青青河边草，绵绵思远道"，以"青青河边草"起兴，表达对远方伊人的思念。

唐宋两代是诗词高度繁荣的时期，而"芳草"意象的内蕴也在这一时期得到淋漓尽致的体现。在唐宋诗词中，漫无边际的离离芳草寄托了多少文人的别情离绪、思旧念旧之情。白居易的名篇《赋得古原草送别》即为其一：

> 离离原上草，一岁一枯荣。
>
> 野火烧不尽，春风吹又生。
>
> 远芳侵古道，晴翠接荒城。

又送王孙去，萋萋满别情。

首句即破题面"古原草"三个字。多么茂盛（离离）的原上草啊，这话看来平常，却抓住"春草"生命力旺盛的特征，可以说是从"春草生兮萋萋"脱化而不着迹。颔联两句是"枯荣"二字的发展，变为形象的画面。此二句不但写出"原上草"顽强的性格，而且写出一种从烈火中再生的理想的典型，一句写枯，一句写荣，"烧不尽"与"吹又生"是何等唱叹有味，对仗天然，故卓绝千古。颈联将重点落到"古原"，以引出"送别"题意。"远芳""晴翠"都写草，而比"原上草"意象更具体、生动。作者安排了一个送别的典型环境：大地春回，芳草萋萋的草原景象如此迷人，而送别在这样的背景下发生，该是多么令人惆怅，同时又是多么富有诗意呵。"王孙"二字借自楚辞"王孙游兮不归，春草生兮萋萋"。写的是看见萋萋芳草而增送别的愁情，似乎每一片草叶都饱含别情，那真是"离恨恰如春草，更行更远还生"（李煜《清平乐》）。

再如孟浩然的《留别王维》"欲寻芳草去，惜与故人违"、晏殊的《玉楼春》"绿杨芳草长亭路，年少抛人容易去"，均有此意味。

繁盛的草木背后，往往是残垣断壁。与草木的繁茂对比，辉煌已成为过往云烟。因此古人也常借草木繁盛反衬荒凉，以抒发盛衰兴亡的感慨。

"过春风十里，尽荠麦青青。"（姜夔《扬州慢》）春风十里，十分繁华的扬州路，如今长满了青青荠麦，已是一片荒凉了。此句用野草、麦子的繁盛反衬如今的荒凉。

"映阶碧草自春色，隔叶黄鹂空好音。"（杜甫《蜀相》）一代贤相及其业绩都已消失，如今只有映绿石阶的青草，年年自生春色，春光枉自明媚，黄鹂白白发出这婉转美妙的叫声，诗人慨叹往事空茫，深表惋惜。

"朱雀桥边野草花，乌衣巷口夕阳斜。"（刘禹锡《乌衣巷》）朱雀桥边昔日的繁华已荡然无存，桥边已长满杂草野花，乌衣巷已失去了昔日的富丽堂皇，夕阳映照着破败凄凉的巷口。

（四）杜鹃

杜鹃鸟俗称布谷，又名子规、杜宇、子鹃。春夏季节，杜鹃彻夜不停地啼鸣，啼声清脆而短促，唤起人们多种情思。古代神话中，蜀王杜宇（即望帝）被迫让位给他的臣子，自己隐居山林，死后灵魂化为杜鹃鸟。于是古诗中的"杜鹃"也就成了凄凉、哀伤的象征。

宋代范仲淹诗云："夜人翠烔啼，昼寻芳树飞，春山无限好，犹道不如归。"

李白的《闻王昌龄左迁龙标，遥有此寄》当属名篇：

> 杨花落尽子规啼，闻道龙标过五溪。
>
> 我寄愁心与明月，随风直到夜郎西。

诗一开头便择取两种富有地方特征的事物，描绘出南国的暮春景象，烘托出一种哀伤愁恻的气氛。"杨花"即柳絮，"子规"是杜鹃鸟的别名，"龙标"指王昌龄，"五溪"为湘黔交界处的辰溪、酉溪、巫溪、武溪、沅溪，正是王昌龄要去的贬所。读了这两句，我们不难想象，寄游在外的诗人，时当南国的暮春三月，眼前是纷纷飘坠的柳絮，耳边是一声声杜鹃的悲啼。此情此景，已够撩人愁思的了，何况又传来了好友远谪的消息。这起首二句写了时令，也写了气氛，既点明题目，又为后二句抒情张本。后二句紧承上文，集中抒写了诗人此时此地的情怀。这里既有对老友遭遇的深刻忧虑，也有对当时现实的愤慨不平，有恳叨的思念，也有热诚的关怀。王昌龄贬官前为江宁丞，去龙标是由江宁溯江而上的。远在扬州、行止不定的诗人自然无法与老友当面话别，只好把一片深情托付给千里明月，向老友遥致思念之忧了。

又如宋代词人贺铸的《忆秦娥》："三更月，中庭恰照梨花雪。梨花雪，不胜凄断，杜鹃啼血。"三更月光照在庭院里雪白的梨花上，杜鹃鸟在凄厉地鸣叫着，使人禁不住倍加思念亲人，伤心欲绝。还有，李白《蜀道难》中的"又闻子规啼夜月，愁空山"、白居易《琵琶行》中的"其间旦暮闻何物，杜鹃啼血猿哀鸣"、宋代秦观《踏莎行》中的"可堪孤馆闭春寒，杜鹃声里斜阳暮"、宋人王令《送春》中的"子规夜半犹啼血，不信东风唤不回"、文天祥《金陵驿二首》中的"从今别江南路，化作啼鹃带血归"等，都以杜鹃鸟的哀鸣，来表达哀怨、凄凉或思归的情感。

（五）鹧鸪

鹧鸪的形象在古诗词里有特定的内蕴。鹧鸪的鸣声让人听起来像"行不得也哥哥"，极容易勾起旅途艰险的联想和满腔的离愁别绪。如"落照苍茫秋草明，鹧鸪啼处远人行"（唐代李群玉《九子坡闻鹧鸪》）、"江晚正愁余，山深闻鹧鸪"（辛弃疾《菩萨蛮·书江西造口壁》）等诗词中的鹧鸪都不是纯客观意义上的一种鸟，而是满含着旅途艰险的联想和满腔的离愁别绪。

（六）乌鸦

乌鸦因形象不美，叫声难听，被认为是一种不祥的鸟。它经常出没在坟头等荒凉之处，在中国古典诗词中常与衰败荒凉的事物联系在一起。如李白《乌夜啼》中的"黄云城边乌欲栖，归飞哑哑枝上啼"、张继《枫桥夜泊》中的"月落乌啼霜满天，江枫渔火对愁眠"、李商隐《隋宫》中的"于今腐草无萤火，终古垂杨有暮鸦"、严维《丹阳送韦参军》中的"日晚江南望江北，寒鸦飞尽水悠悠"、秦观《满庭芳》中的"斜阳外，寒鸦万点，流水绕孤村"、马致远小令《天净沙·秋思》中的"枯藤，老树，昏鸦"等中的"乌鸦"，都是凄清、荒凉意境的点缀。

四、人格隐喻类意象

我国自古就有"山水比德"的文化传统，自然界中花草树木都可能因其自然属性，而成为某种品格的象征，并成为具有特定意义的诗歌意象。如那些能经受严寒的松柏，常年翠绿的草竹，傲霜斗雪的菊花、梅花，自甘寂寞、坚守贞洁的幽兰，出淤泥而不染的莲花等，历来受到诗人青睐，常被用来比喻品格高尚的君子。

（一）松柏

《论语·子罕》中说："岁寒，然后知松柏后凋也。"作者赞扬松柏的耐寒，来歌颂坚贞不屈的人格，形象鲜明，意境高远，启迪了后世文人无尽的诗情画意。

三国刘桢有《赠从弟》："岂不罹凝寒，松柏有本性。"诗人以此句勉励堂弟要像松柏那样坚贞，在任何情况下保持高洁的品质。

李白有《赠书侍御黄裳》："愿君学长松，慎勿作桃李。"因黄裳一向谄媚权贵，李白写诗规劝他，希望他做一个正直的人。

刘禹锡《将赴汝州，途出浚下，留辞李相公》诗中的"后来富贵已凋落，岁寒松柏犹依然"，也以松柏来象征孤直坚强的品格。

（二）梅

"梅花"这一意象最早见于《诗经》，以其冰清玉洁的品格和傲霜斗雪的精神备受诗人青睐。到唐代，张九龄"馨香虽尚尔，飘荡复谁知"，在感怀身世的同时赋予梅坚毅不屈的意志。到宋代，人们看到在寒霜季节盛开的梅花，又把它诠解为一种孤高绝俗、贞洁自爱的君子情操，以梅隐喻自身的美德。再经过苏轼、欧阳修等大家咏赞，梅成就了今天冰清玉洁、坚贞孤傲的人文个性。

陆游著名词作《咏梅》中"零落成泥碾作尘，只有香如故"，借梅花来比喻自己备受摧残的不幸遭遇和不愿同流合污的高尚情操。

林和靖《山园小梅》诗中"疏影横斜水清浅，暗香浮动月黄昏"一联，语意双关，更是梅花幽姿绝尘的写照和诗人神韵仙骨的化身。

陆游"骑龙古仙绝火食，惯住空山啮冰雪"一句，将梅花描绘成一位冰肌雪肤、玉骨霜心的仙子。

（三）兰

人们赞美兰花，一般都寄托了一种幽芳高洁的情操。兰，一则花朵色淡香清，二则多生于幽僻之处，故常被看作谦谦君子的象征。

在我国文化史上，与兰关系最密切的，也是文人爱兰的源头，应该是先秦时期影响了后世无数士人的两个人——孔子和屈原。孔子曰："兰生幽谷，不以无人而不芳。君子修德，不因贫困而改节。"孔子的这句话既道出了兰花超脱、逸然的品格，又完美地阐释了君子对高尚道德品行的修养以及那种处境艰难而品格傲然脱俗的君子形象。诗人用"绝代有佳人，幽居在空谷"来描写佳人如兰花一样的品质，虽历尽艰难而不失清雅、脱俗的品格。兰，最具魅力的地方就在于它的洁身自好。

一曲《离骚》，将兰花与屈原系在了一起，也赋予了兰花清高的文人品格。为奸邪小人所害、被楚王怀疑的屈原，空有一腔忠君爱国的抱负却无人赏识，忧愁幽思而作《离骚》，用兰花来寄托自己举世皆浊我独清的高洁。渐渐地，兰花的高洁在士人中成为共同的理想追求，颂兰之诗层出不穷。

历代持身高洁的君子，都爱兰、咏兰，留下了不少诗篇。他们喜欢兰花，不免都带有一种同病相怜的情调。兰花的意象也日渐丰富，"孤兰生幽谷，众草共芜没"（李白《古风》），但它却能洁身自好。兰是幽清自持的君子，代表了一种不媚俗的淡泊和孤芳自赏的清高；又因为画家的匠心独具，兰具有了爱国的意义，体现着文人坚贞不屈的爱国品质，形成传统文化中的独特体系。

（四）竹

松、竹、梅被誉为"岁寒三友"，而梅、兰、竹、菊被称为"四君子"。殷商时代用竹简写的书叫"竹书"，用竹简写的信叫"竹报"。后来用竹制成"竹笔"，9世纪用竹造"竹纸"，汉字至少有"竹部"209个。竹与文化一路走来，不畏逆境，不惧艰辛，中通外直，宁折不屈的品格，被列入人格道德美的范畴，其内涵已成为中华民族品格、禀赋和美学精神的象征。

竹朴实无华，任何环境都能生长，常喻不畏逆境、勇敢向上。郑板桥在《竹石》图的画眉上题原诗："咬定青山不放松，立根原在破岩中。千磨万击还坚劲，任尔东南西北风。"高度赞扬了竹子不畏逆境、坚忍不屈的秉性。

竹的自然环境清幽雅致，象征隐者的与世无争。郑板桥这样赞美道："一节复一节，千枝攒万叶。我自不开花，免撩蜂与蝶。"竹子心无杂念，甘于孤寂，表现隐者不求闻达，不慕名利的人生志趣。

竹子中空，为虚心的象征。钱樟明的咏竹诗称赞道："有节骨乃坚，无心品自端。"

竹子挺拔高洁，不扶则直，四季常青，受到文人士大夫的喜爱，被视为士大夫气节的象征。苏东坡说："宁可食无肉，不可居无竹。"

（五）菊

菊常象征隐逸、高洁、清高。菊这一意象最早见于屈原的《离骚》"朝饮木兰以坠露兮，夕餐秋菊之落英"，由陶渊明的"采菊东篱下，悠然见南山"使之延伸，表现了陶渊明的隐逸生活，使菊具有了隐士的品质，从而成为一种文化符号。

菊用来比喻归隐山林的隐逸高雅之士，最具代表的是东晋大诗人陶渊明，不为五斗米折腰，辞官回归故园，回归自然，慨然赋《归去来兮辞》："三径犹荒，松菊犹存"，"采菊东篱下，悠然见南山"，表达对隐逸生活的欣然之情和对恬适闲淡生活的追求。

菊傲霜而开，比喻高洁。"春兰兮秋菊，长无绝兮终古"，屈原在《离骚》里借朝露秋菊表现自己洁身自好、不与恶势力同流合污的品格。

菊花凌寒而开，幽香灿烂，宁愿干枯枝头，也不委落尘泥，这样一种孤芳自赏的高傲品质成就了菊的清高。宋遗民郑思肖称道寒菊的气节："宁可枝头抱香死，何曾吹落北风中。"

（六）莲花、冰心、蝉等

莲花"出淤泥而不染，濯清涟而不妖"（周敦颐《爱莲说》），素来是纯洁、清高的象征。

诗人们还以冰雪的晶莹比喻心志的忠贞、品格的高尚，如王昌龄的《芙蓉楼送辛渐》："洛阳亲友如相问，一片冰心在玉壶。""冰心"，高洁的心性，以"冰心在玉壶"比喻个人光明磊落的心性。再如张孝祥《念奴娇》中的名句："应念岭海经年，孤光自照，肝肺皆冰雪。"岭南一年的仕途生涯中，自己的人格品行像冰雪一样晶莹、高洁，表明自己的襟怀坦荡、光明磊落。

古人以为蝉栖于高枝，餐风饮露，不食人间烟火，是高洁的象征，则其所喻之人品，自属于清高一型。《唐诗别裁》说："咏蝉者每咏其声，此独尊其品格。"骆宾王的《咏蝉》中"无人信高洁"、李商隐的《蝉》中"本以高难饱，徒劳恨费声……烦君最相警，我亦举家清"、王沂孙的《齐天乐》中"甚独抱清高，顿成凄楚"、虞世南的《蝉》中"居高声自远，非是藉秋风"等诗句，都是用蝉喻指高洁的人品。

五、爱情类意象

此类意象一般用以表达爱恋、相思之情。

（一）红豆

红豆即相思豆，象征爱情、相思、情谊，源自王维的《相思》诗：

"红豆生南国，春来发几枝？愿君多采撷，此物最相思。"诗人借生于南国的红豆，抒发了对友人的眷念之情。

除了王维的《相思》诗，还有一首《新添声杨柳枝词》，是这样写的："井底点灯深烛伊，共郎长行莫围棋。玲珑骰子安红豆，入骨相思知不知？"这是一首感人的男女爱恋的词，词中以红豆嵌在骰子中，比喻对对方入骨的相思之情。

温庭筠也在自己的诗中不只一次地吟咏红豆。如他的《锦城曲》中有两句就写到了红豆："江头学种相思子，树成寄与望乡人。"这里的红豆成了诗人寄予远行之人作为纪念的礼物。

（二）莲

由于"莲"与"怜"音同，所以古诗中有不少写莲的诗句，借以表达爱情，如南朝乐府《西洲曲》："采莲南塘秋，莲花过人头；低头弄莲子，莲子青如水。""莲子"即"怜子"，"青"即"清"。这里是实写，也是虚写，语意双关，采用谐音双关的修辞，表达了一个女子对所爱的男子的深长思念和爱情的纯洁。晋《子夜歌四十二首》之三十五中有："雾露隐芙蓉，见莲不分明。"雾气露珠隐去了莲花的真面目，莲叶可见但不甚分明，这也是利用谐音双关，写一个女子隐约地感到男方爱恋着自己。南北朝萧衍的《子夜四时歌》"江南莲花开，红光覆碧水。色同心复同，藕异心无异"，以莲藕为喻，写女子希望和情人深结同心，永远相爱。

（三）连理枝、比翼鸟

连理枝指连生在一起的两棵树。比翼鸟是传说中的一种鸟，雌雄老在一起飞，古典诗歌里用作恩爱夫妻的比喻。

关于"连理枝"还有一个凄美的故事。相传古时宋康王夺了随从官韩凭的妻子，囚禁了韩凭。韩自杀，他的妻子把身上的衣服弄腐，同康王登台游玩时自投台下，大家拉她衣服没有成功，结果她还是掉下去死了。她留下遗书说是要与韩凭合葬，康王却把他们分葬两处。不久，两座坟上各生出一棵梓树，十天就长得很粗大，两棵树的根和枝交错在一起，树上有鸳鸯一对，相向悲鸣。

之后白居易的《长恨歌》中有"七月七日长生殿，夜半无人私语时。在天愿作比翼鸟，在地愿为连理枝"的诗句。后来中国人把结婚称为"喜结连理"。

（四）燕

燕子属候鸟，随季节变化而迁徙，喜欢成双成对，出入在人家屋内或屋檐下。燕子为古人所青睐，经常出现在古诗词中，或表现爱情的美好，或惜春伤秋，或渲染离愁，或寄托相思，或感伤时事，意象之盛，表情之丰，非其他物类所能及。

1. 表现爱情的美好，传达思念情人之切

燕子素以雌雄颉颃，飞则相随，以此而成为爱情的象征。"燕尔新婚，如兄如弟"（《诗经·谷风》）、"燕燕于飞，差池其羽，之子于归，远送于野"（《诗经·燕燕》）等诗句，正是因为燕子的这种成双成对，才引起了有情人寄情于燕、渴望比翼双飞的思念，才有了"暗牖悬蛛网，空梁落燕泥"（薛道衡·《昔昔盐》）的空闺寂寞，有了"落花人独立，微雨燕双飞"（晏几道《临江仙》）的惆怅嫉妒，有了"罗幔轻寒，燕子双飞去"（晏殊《破阵子》）的孤苦凄冷，有了"月儿初上鹅黄柳，燕子先归翡翠楼"（周德清《喜春来》）的失意冷落，有了"花开望远行，玉减伤春事，东风草堂飞燕子"（张可久《清江引》）

的留恋企盼。凡此种种，不一而足。

2. 表现春光的美好，传达惜春之情

相传燕子于春天社日北来，秋天社日南归，故很多诗人都把它当作春天的象征加以美化和歌颂，如"冥冥花正开，飐飐燕新乳"（韦应物《长安遇冯著》）、"燕子来时新社，梨花落后清明"（晏殊《破阵子》）、"莺莺燕燕春春，花花柳柳真真，事事丰丰韵韵"（乔吉《天净沙·即事》）、"鸟啼芳树丫，燕衔黄柳花"（张可久《凭栏人·暮春即事》）等。南宋词人史达祖更是以燕为词，在《双双燕·咏燕》中写道："还相雕梁藻井，又软语商量不定。飘然快拂花梢，翠尾分开红影。"尽态极妍，形神俱似。

春天明媚灿烂，燕子娇小可爱，加之文人多愁善感，春天逝去，诗人自会伤感无限，故欧阳修有"笙歌散尽游人去，始觉春空。垂下帘栊，双燕归来细雨中"（《采桑子》）之慨叹，乔吉有"燕藏春衔向谁家，莺老羞寻伴，风寒懒报衙（采蜜），啼煞饥鸦"（《水仙子》）之凄惶。

3. 世事变迁，人事代谢的寄托

燕子眷恋旧巢的习性，成为古典诗词表现世事变迁，抒发人事代谢的寄托。其中最著名的当属刘禹锡的《乌衣巷》：

> 朱雀桥边野草花，乌衣巷口夕阳斜。
> 旧时王谢堂前燕，飞入寻常百姓家。

燕子秋去春回，不忘旧巢，诗人抓住此特点，既暗示了乌衣巷往日的繁华，又袒露了诗人面对今昔变化的无限感慨，抒发世事变迁、昔盛今衰、亡国破家的悲愤。

另外还有晏殊的"无可奈何花落去，似曾相识燕归来，小园香径独徘徊"（《浣溪沙》）。李好古的"燕子归来衔绣幕，旧巢无觅处"（《谒金门·怀故居》），姜夔的"燕雁无心，太湖西畔，随云去。数峰清苦，商略黄昏雨"（《点绛唇》），张炎的"当年燕子知何处，但苔深韦曲，草暗斜川"（《高阳台》），文天祥的"山河风景元无异，城郭人民半已非。满地芦花伴我老，旧家燕子傍谁飞？"（《金陵驿》）等，燕子无心，却见证了世事的变迁，承受了国破家亡的苦难，表现了诗人的"黍离"之悲，负载可谓重矣。

4.代人传书，幽诉离情之苦

唐代郭绍兰于燕足系诗传给其夫任宗。任宗离家行贾湖中，数年不归，绍兰作诗系于燕足。时任宗在荆州，燕忽泊其肩，见足系书，解视之，乃妻所寄，感泣而归。其《寄夫》诗云："我婿去重湖，临窗泣血书。殷勤凭燕翼，寄于薄情夫。"谁说"梁间燕子太无情"（曹雪芹《红楼梦》），正是因为燕子的有情才促成了丈夫的回心转意，夫妻相会。郭绍兰是幸运的，一些不幸的妇人借燕传书，却是石沉大海，音信皆无，如"伤心燕足留红线，恼人鸾影闲团扇"（张可久《塞鸿秋·春情》）、"泪眼倚楼频独语，双燕来时，陌上相逢否"（冯延巳《蝶恋花》），其悲情之苦，思情之切，让人为之动容，继而潸然泪下。

5.表现羁旅情愁，状写漂泊流浪之苦

燕子的栖息不定留给了诗人丰富的想象空间，或漂泊流浪，"年年如新燕，飘流瀚海，来寄修椽"（周邦彦《满庭芳》）；或身世浮沉，"望长安，前程渺渺鬓斑斑，南来北往随征燕，行路艰难"（张可久《殿前欢》）；或相见又别，"有如社燕与飞鸿，相逢未稳还相送"（苏轼《送陈睦知潭州》）；或时时相隔，"磁石上飞，云母来水，土龙致雨，燕雁代飞"（刘安《淮南子》）。

六、战争类意象

文人常用诗文表达对战争的厌恶，或表达对和平的向往，或表达渴望建功立业的决心，出现了很多此类意象。

（一）马

"马"这一意象，经历了一个曲折的演变过程。《山海经》神话中的马，是作为自然力或自然暴力出现，马的原始野性得到充分的展示。《庄子》的许多篇章一方面再现马的原始野性，另一方面对于马的自然天性遭扭曲、被异化表示同情和愤慨，在文学史上具有定格意义。

《诗经》中马的意象是朴素的，而在魏晋乃至唐宋的作品中，马明显象征着自由、奔腾、劲健和蓬勃的生命激情。伴随主线，还有一些马的意象的变体，如瘦马、老马等。

历朝历代，中原民族对外的军事交锋对象，主要是来自西域直到中亚的游牧民族。文人向来就以良骥贤才自许，于是骐骥意象就被变异置换为瘦马、病马、老马，暗示其内在价值因境遇不利而可悲地失落了。南朝陈代沈炯《咏老马》："昔日从戎阵，流汗几东西。一日驰千里，三丈拔深泥。渡水频伤骨，翻霜屡损蹄。勿言年齿暮，寻途尚不迷。"老遭人弃，病无人用。这种悲叹语真情苦，酸楚动人。在唐代，人们建功立业的心情更加迫切，一旦境遇不顺，其悲慨之情更加强烈，于是这一重要的抒情思路在诗歌中真正定型。杜甫在《病马》中感慨："尘中老尽力，岁晚病伤心。"

有时，咏马的病、瘦、老，沿袭有关骐骥拉盐车等典故，更透露出有志才士久受压抑的心境，韩愈《入关咏马》就自诫不能随意妄鸣，《驽骥赠欧阳詹》诗中自抒其愤，称驽骀（劣马）力小易制，反而易售，骐骥却难遇相知，只能由自矜转为沮丧失落："人皆劣骐骥，共与驽骀优。喟余独兴叹，才命不同谋。"以此表示人与马同病相怜。此外还有乔知之的《嬴骏篇》、李瑞的《瘦马行》、元稹的《哀病骢呈致用》等，不一而足。

将马与人对应时，病马、瘦马一类的文学意象当然不可忽视。而传统文化中以儒家士大夫进取精神为主的心态，构成了马意象观念层面的核心部分。骏马意象在唐代被广泛运用，它是时代风貌的反映，是诗人个体人生理想和价值观的体现，同时也展示了我们民族自强不息的精神。

（二）投笔、长城、楼兰、柳营、羌笛等

《后汉书》载：班超家境贫寒，靠为官府抄写文书来生活。他曾投笔感叹，要效法傅介子、张骞立功边境，取爵封侯。后来"投笔"就指弃文从武，如辛弃疾的《水调歌头》中有："莫学班超投笔，纵得封侯万里，憔悴老边州"。

《南史·檀道济传》记载：檀道济是南朝宋的大将，权力很大，受到君臣猜忌。后来宋文帝借机杀他时，檀道济大怒道："乃坏汝万里长城！"很显然是指宋文帝杀害将领，瓦解自己的军队。后来就用"万里长城"指守边的将领，如陆游的《书愤》中有"塞上长城空自许，镜中衰鬓已先斑"。

《汉书》载：楼兰国王贪财，多次杀害前往西域的汉使。后来傅介子被派出使西域，计斩楼兰王，为国立功。以后诗人就常用"楼兰"代指边境之敌，用"破（斩）楼兰"指建功立业，如王昌龄的《从军行》中有"青海长云暗雪山，孤城遥望玉门关。黄沙百战穿金甲，不破楼兰终不还"。

"柳营"指军营。《史记·绛侯周勃世家》记载：汉文帝时，汉军分扎霸上、棘门、细柳以备匈奴，细柳营主将为周亚夫。周亚夫细柳军营纪律严明，军容整齐，连文帝及随从也得经周亚夫许可，才可入营，汉文帝极为赞赏周亚夫治军有方。后代多以"柳营"称纪律严明的军营。

"羌笛"是出自古代西部的一种乐器，它发出的是一种凄切之音。唐代边塞诗中经常提到羌笛，如王之涣的《凉州词》中有"羌笛何须怨杨柳，春风不度玉门关"。"羌笛"二字，一下子就把人带到了边塞，奠定了此边塞诗的基调。此外还有岑参的《白雪歌送武判官归京》"中军置酒饮归客，胡琴琵琶与羌笛"、范仲淹的《渔家傲》"浊酒一杯家万里，燕然未勒归无计，羌管悠悠霜满地"等诗句。羌笛发出的凄切之音，常让征夫怆然泪下。胡笳的作用与此相同，就不再列举了。

声　明

从唐诗中汲取写作智慧